O DUQUE que Eu CONQUISTEI

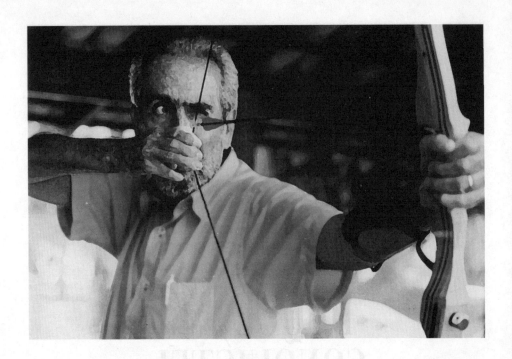

O Arqueiro

GERALDO JORDÃO PEREIRA (1938-2008) começou sua carreira aos 17 anos, quando foi trabalhar com seu pai, o célebre editor José Olympio, publicando obras marcantes como *O menino do dedo verde*, de Maurice Druon, e *Minha vida*, de Charles Chaplin.

Em 1976, fundou a Editora Salamandra com o propósito de formar uma nova geração de leitores e acabou criando um dos catálogos infantis mais premiados do Brasil. Em 1992, fugindo de sua linha editorial, lançou *Muitas vidas, muitos mestres*, de Brian Weiss, livro que deu origem à Editora Sextante.

Fã de histórias de suspense, Geraldo descobriu *O Código Da Vinci* antes mesmo de ele ser lançado nos Estados Unidos. A aposta em ficção, que não era o foco da Sextante, foi certeira: o título se transformou em um dos maiores fenômenos editoriais de todos os tempos.

Mas não foi só aos livros que se dedicou. Com seu desejo de ajudar o próximo, Geraldo desenvolveu diversos projetos sociais que se tornaram sua grande paixão.

Com a missão de publicar histórias empolgantes, tornar os livros cada vez mais acessíveis e despertar o amor pela leitura, a Editora Arqueiro é uma homenagem a esta figura extraordinária, capaz de enxergar mais além, mirar nas coisas verdadeiramente importantes e não perder o idealismo e a esperança diante dos desafios e contratempos da vida.

O DUQUE que Eu CONQUISTEI

SEGREDOS DA CHARLOTTE STREET
LIVRO 1

SCARLETT PECKHAM

Título original: *The Duke I Tempted*
Copyright © 2018 por Scarlett Peckham
Copyright da tradução © 2020 por Editora Arqueiro Ltda.

Todos os direitos reservados. Nenhuma parte deste livro pode
ser utilizada ou reproduzida sob quaisquer meios existentes sem
autorização por escrito dos editores.

tradução: Geni Hirata
preparo de originais: Sheila Til
revisão: Camila Figueiredo e Taís Monteiro
projeto gráfico e diagramação: Ana Paula Daudt Brandão
capa: Aero Gallerie: aerogallerie.com
adaptação de capa: Gustavo Cardozo
impressão e acabamento: Associação Religiosa Imprensa da Fé

CIP-BRASIL. CATALOGAÇÃO NA PUBLICAÇÃO
SINDICATO NACIONAL DOS EDITORES DE LIVROS, RJ

P384d   Peckham, Scarlett
        O duque que eu conquistei / Scarlett Peckham; tradução
        de Geni Hirata. São Paulo: Arqueiro, 2020.
        288 p.; 16 x 23 cm. (Segredos de Charlotte Street; 1)

        Tradução de: The duke I tempted
        ISBN 978-85-8041-868-2

        1. Romance americano. I. Hirata, Geni. II. Título.
        III. Série.

20-63491   CDD: 813
                                  CDU: 82-31(73)

Todos os direitos reservados, no Brasil, por
Editora Arqueiro Ltda.
Rua Funchal, 538 – conjuntos 52 e 54 – Vila Olímpia
04551-060 – São Paulo – SP
Tel.: (11) 3868-4492 – Fax: (11) 3862-5818
E-mail: atendimento@editoraarqueiro.com.br
www.editoraarqueiro.com.br

*Para minha mãe, minhas avós
e todas as mulheres que deixaram
seus romances espalhados por aí,
onde eu poderia roubá-los.*

A culpa disto tudo é de vocês.

(E serei eternamente grata por isso.)

Capítulo um

Threadneedle Street, Londres
31 de maio de 1753

— Maldição! – murmurou Archer Stonewell, duque de Westmead, para a escuridão noturna de seu escritório.

Ao seu lado, a única vela tremulou e se apagou, como se em solidariedade. Não havia ninguém ali para vê-lo desmoronar, um homem adulto abalado por um simples pedaço de papel enviado por uma jovem de não mais de 20 anos.

Seus dias de solteiro estão contados, meu querido irmão, Constance havia escrito, em uma caligrafia tão floreada que parecia zombar de seu infortúnio. *O baile está marcado para o final de julho e vai ser sensacional. Toda dama que entrar em Westhaven vai querer sair como nada menos que sua duquesa. Tente desfrutar seu último mês de amarga e irredutível solidão, pois pretendo que se case até o outono. (E não me olhe desse jeito, Archer, sinto sua fúria no papel!)*

A chuva batia em suas valiosas janelas de vitrais, companheira adequada para o pavor que se expandia em seu estômago. Normalmente, ele tinha prazer em ficar no escritório vazio, com as fileiras de livros contábeis que registravam a transformação de seus investimentos em um império e os mapas que reduziam o país a mercados só aguardando serem explorados. Aquele prédio era um templo aos deuses da ordem e do controle, e nada o deixava mais relaxado.

Mas não nesse dia.

Aquela antiga neblina já começava a baixar.

Ele não era alheio à insensatez da própria reação. Afinal, fora ele quem cerrara os dentes e declarara que o nascimento de um herdeiro para seu ducado era um dever moral urgente. Fora ele quem contratara arquitetos para restaurar os dilapidados salões de Westhaven, fora ele quem proclamara que era hora de pôr fim à decadência fantasmagórica daquela mansão e encontrar uma esposa para habitá-la.

Ele dera as ordens. Pagara para que fossem cumpridas. Ainda que preferisse a própria vida do jeito que era: deserta, imaculada, livre de qualquer coisa que lhe evocasse o passado.

Ainda que a única coisa no mundo que ele quisesse menos que uma esposa fosse um filho.

Basta.

Pegou a pena e cumpriu sua responsabilidade para com seus arrendatários, sua família e a Coroa: escreveu apressadamente uma palavra de agradecimento a Constance por seus esforços, assinou, derreteu um círculo de cera vermelha sobre o papel dobrado e a selou com o brasão do título que em momento algum desejara, mas que estava obrigado a proteger a todo custo: *duque de Westmead.*

Vestiu o casaco, apagou o fogo e desceu os degraus mal-iluminados que levavam à Threadneedle Street, onde o cocheiro o aguardava.

– Para casa, Vossa Graça?

Ele hesitou.

Vinha sendo muito, muito cuidadoso fazia muito, muito tempo.

– Vamos fazer uma parada primeiro. Charlotte Street, número 23.

Ele fechou os olhos e afundou no assento, deixando-se levar pelo compasso da carruagem que serpenteava em direção a Mary-le-Bone. Fazia semanas que não visitava aquele endereço. Desde então, os rumores sobre a existência do estabelecimento e especulações desprezíveis sobre o que acontecia lá – e o tipo de homem que o frequentava – se tornaram praticamente um esporte nos cafés e clubes de cavalheiros.

Os interesses dele eram arriscados. Aquele não era o momento ideal para ser rotulado como depravado ou algo ainda pior.

Mas a cautela tinha limites. Em certas noites, um homem precisava ser pervertido.

E ele certamente não deixaria de usufruir daqueles prazeres!

A casa parecia a mesma. Tijolos claros, um alpendre discreto; a velha porta preta sem identificação, também discreta como sempre. A rua abençoadamente deserta.

À batida, a jovem e circunspecta criada que o recebeu pegou a chave de ferro do cordão que ele levava no pescoço e o conduziu ao salão da proprietária sem tecer comentários. Elena estava sentada junto ao fogo em seus habituais trajes pretos. Ao contrário da maioria das mulheres de sua profissão, ela usava roupas sóbrias e recatadas, mais como as vestes de uma freira do que as sedas decotadas de uma cortesã. O que era apropriado, já que seu ofício estava mais para a punição do que para o prazer.

– Sra. Brearley, um visitante – anunciou a criada.

Ele não disse nada. E Elena o conhecia bem o suficiente para compreender que, se ele fora procurá-la, não estaria com disposição para as gentilezas de praxe.

– Escolha seus instrumentos, tire a roupa e espere – ordenou Elena.

A criada o levou para o quarto vazio e sem janelas. Era iluminado por velas e continha pouco mais que uma almofada no chão e um aparador. Depois que a jovem saiu, ele passou pelo ritual que aperfeiçoara ao longo de uma década naqueles aposentos. Correu o olhar pelos artigos dispostos nas prateleiras ao longo da parede: correias de couro, chicotes, todo tipo de instrumento de imobilização. Como sempre, escolheu as varas de vidoeiro, mantidas numa bacia rasa de água para permanecerem verdes e flexíveis, e um elegante chicote trançado com tiras douradas. Dispôs os itens sobre um pano de veludo deixado em um aparador para esse fim e dobrou as roupas despidas, colocando-as ao lado deles. Nu, exceto pela camisa de baixo, ajoelhou-se de frente para a parede a fim de esperar por ela.

Ela o faria esperar. Afinal de contas, testar a resistência ao sofrimento era seu dom.

Ele ouviu os passos no corredor.

– Quieto – ordenou ela ao entrar. – Senão eu o amordaço.

Ela o vendou com um pano preto grosseiro e deu um forte nó, repuxando o cabelo. O tecido cheirava a lixívia.

– Eu não mandei tirar a roupa?

De fato. Mas a provocação tornava os procedimentos muito mais interessantes.

Ela o pegou pelo colarinho e deu um puxão para trás. Archer sentiu um toque frio de metal na nuca: a lâmina de uma tesoura. Ouviu um corte, seguido do ruído do tecido fino sendo rasgado. Sua camisa escorregou dos ombros e caiu nas coxas. E com ela se foi a tensão acumulada no pescoço.

Ele sentia as saias de Elena roçarem sua pele enquanto ela amarrava um punhado de varas para formar a chibata. Ele se preparou, ouvindo o zumbido agudo conforme ela a testava no ar.

A primeira chicotada foi um choque, embora ele já esperasse recebê-la e a desejasse. Pressionou a palma das mãos no chão e arqueou as costas para o golpe seguinte.

Sua mente clareou.

Pela primeira vez em muitos dias ele sorriu.

Fechou os olhos de alívio e sentiu que finalmente começava a despertar.

Capítulo dois

Grove Vale, Wiltshire
14 de julho de 1753

Abrir caixotes de transporte não era atividade para uma dama, mas Poppy Cavendish duvidava seriamente de haver vantagens em ser considerada uma dama.

Posicionou a garra do martelo no último prego e puxou o cabo com toda a força que seu corpo rijo podia reunir. Esperava por aquela encomenda que levava o selo do Sr. Alva Carpenter, do outro lado do Atlântico, havia meses e não pretendia esperar nem um segundo mais.

O prego cedeu com um estalido satisfatório. O odor de folhas secas e musgo se espalhou ao seu redor. Ela fechou os olhos e respirou fundo. O ar cheirava a almíscar, terra e oportunidade.

Dentro da caixa, as bandejas de raízes e bulbos haviam sido embaladas com esmero e cada item recebera o número correspondente a uma página do catálogo de esboços mostrando as plantas maduras que se tornariam. Poppy queria muito desembrulhá-los, com cuidado para não danificar as plantas frágeis que haviam viajado tanto e para tão longe. Ela prendeu a respiração enquanto alcançava o fundo da caixa.

Suas mãos encontraram o que procuravam. *Magnolia virginiana*. Finalmente.

As mudas haviam sobrevivido à umidade e à agitação da viagem pelo mar, pelo rio Tâmisa e pelas sinuosas estradas rurais de Wiltshire. Havia oito ali: galhos grossos e robustos, as folhas, antes lustrosas, agora secas e sem brilho, mas ainda intactas.

Poppy só esperava que não tivessem chegado tarde demais.

Um mês antes, ela não teria demorado a remover as folhas inferiores das mudas e transplantá-las para vasos na estufa a fim de criarem raízes. Agora esse trabalho teria que esperar. Ela as envolveu em um pano úmido e as colocou em uma nesga de luz solar para protegê-las. Havia assuntos mais urgentes para tratar.

Uma vida precisava ser salva. A dela.

Voltou a atenção para sua mesa, onde o livro-razão gordo e sujo de terra registrava, fileira após fileira, a soma impossível de dinheiro de que ela precisava para salvar seu horto e o tempo ínfimo que lhe restava para consegui-lo.

Duas semanas: era o período a que seu destino fora reduzido. Todos os seus sonhos tinham sido limitados ao que ela pudesse carregar por uma estrada rural para cinco quilômetros dali entre aquele instante e o dia primeiro de agosto.

Esfregou os olhos. Não importava de que maneira ela reorganizasse os números, eles não fechavam. A tarefa diante dela exigia pelo menos uma de duas coisas: mão de obra ou capital. Contudo, mesmo que dispusesse de dinheiro, sempre que tentara contratar trabalhadores temporários obtivera a mesma resposta exasperadora: ninguém disponível devido às reformas em Westhaven. Cada alma de Grove Vale – ou mesmo de todo o condado de Wiltshire – fisicamente apta para trabalhar tinha sido contratada pelo duque de Westmead.

Se Poppy não conseguisse contratar mais gente, não conseguiria transferir o horto e seu futuro estaria à mercê de... *Pare*, ordenou a si mesma. Se deixasse os pensamentos vagarem naquela direção, sua mente afundaria num turbilhão de cenários cada vez mais desastrosos. Ela precisava se concentrar nas tarefas possíveis. Sua única salvação era agir depressa.

– Poppy.

Ela deu meia-volta. Um homem de ombros largos estava parado à porta do galpão, encostado no batente com tal senso de propriedade que parecia ter ele mesmo construído o lugar.

– Tom! – exclamou ela, levando a mão ao coração como a velha solteirona que sem dúvida estava fadada a se tornar.

A habilidade de Tom Raridan de ir e vir sem ser detectado era seu maior talento. Ainda que ele fizesse isso desde que os dois eram crianças, Poppy continuava a se assustar.

– Poppy – repetiu ele, correndo os olhos por ela da maneira que a deixava desconfortável.

Tom nunca fora um homem franzino e se tornara ainda mais corpulento nos dois anos que passara na cidade grande. Longe do sol de verão de Wiltshire, seu cabelo estava mais escuro – sem o tom flamejante da infância, tendia agora para o castanho-avermelhado. Mas o sorriso era o mesmo de quando ela o vira pela última vez. Um pouco familiar demais.

– Eu vim assim que soube do seu tio – disse ele. – Você deveria ter escrito para mim. E pensar que descobri pela correspondência de minha mãe…

Maldição. Ele estava certo. Ela estava tão mergulhada em pânico pela morte súbita do tio e no caos que isso provocara em sua vida que não tratara de forma adequada as sutilezas do luto. Não enviara cartas. Não seguira tradições. Seu bondoso tio gostava muito de Tom e merecia melhor tratamento.

– Desculpe, Tom. Receio que tenho andado preocupada. O herdeiro de tio Charles chega daqui a quinze dias para tomar posse de Bantham Park. Precisei me apressar para… organizar meus pertences.

– Quinze dias? – repetiu ele, e soltou um assobio em direção às prateleiras de plantas e mudas ao redor, as paredes forradas do chão ao teto com ferramentas, vasos e sacos de sementes e musgo. – E o que vai fazer com tudo isto?

– Meu tio me deixou a casa de campo em Greenwoods, a única parte de seus bens que ele podia alienar. Eu pretendo mudar o horto para lá.

– Transportar um horto inteiro? Como espera fazer isso?

Ela suspirou.

– Com muito esforço.

Tom balançou a cabeça.

– Você sempre adorou uma tarefa impossível. Nunca o caminho mais fácil para a nossa Poppy.

Ela suspirou de novo. Ele não estava errado, mas Poppy se cansara do hábito dele de comentar assuntos que não eram de sua conta.

Não que apenas Tom houvesse feito esse comentário. Poppy tinha a reputação de ser impossível, embora não gostasse. A questão era que o tal caminho fácil raramente a levava aonde queria. O mundo não fora feito para moças solteiras ambiciosas. Era preciso ser bastante exigente e impopular se quisesse uma chance de sucesso.

Porém nem mesmo ela teria assumido por opção uma tarefa tão insana. Durante anos, o tio deixara claro que ela herdaria sua fortuna particular. Somente na leitura do testamento fora revelado que Bantham Park vinha sendo improdutiva fazia mais de uma década.

Não havia fortuna particular. Seus sonhos e seu sustento dependeriam dos caprichos de um primo distante que ela nunca conhecera.

E o tio, o querido velhinho que ela amava e em quem confiava mais do que em qualquer outra pessoa, de alguma forma não tivera coragem de lhe contar aquilo.

– É um dia lindo demais para ficar neste velho barracão bolorento preocupando-se com plantas – declarou Tom, folheando o livro-razão com desagrado. – Venha comigo dar uma volta no jardim.

Ela olhou para o livro-razão e hesitou. Não tinha tempo para passeios. Mas Tom podia ser difícil. Era mais simples ceder à sua vontade e esperar que ele ficasse entediado e fosse embora do que contrariá-lo.

– Está bem. Mas só até a estufa. Tenho que terminar a poda enquanto ainda está claro.

O caminho que saía do galpão atravessava seu pequeno império, deslumbrante ao sol de verão. O horto e os jardins murados resplandeciam com a vegetação florida de julho. No campo mais além, cresciam bosques de árvores frutíferas e suas preciosas mudas exóticas, juntamente com fileiras e mais fileiras de árvores inglesas. Raios de sol dançavam no telhado da pequena estufa, onde suas flores se banhavam na luz da tarde. Poppy mal podia acreditar que, em duas semanas, perderia tudo aquilo.

– O que perdi em Grove Vale nestes últimos meses? – perguntou Tom, aproximando-se para que seu braço tocasse o dela.

Poppy se afastou.

– A reforma de Westhaven está quase concluída. Você deveria ir até lá para ver a casa. Virou um palácio. Eu até já vendi algumas árvores para eles.

Tom olhou para ela com interesse.

– Fez negócios com o duque? Tenho um empreendimento em que ele pode ter interesse em investir. Daria minha mão direita para ser apresentado a ele.

Ele piscou para Poppy.

– Receio que meus negócios não tenham sido com ninguém mais importante do que o jardineiro-chefe. Ele próprio já é um sujeito bastante autoritário. Se o jardineiro é tão arrogante, tremo só de pensar em como deve ser o duque.

Ela olhou para o céu. Estava ficando tarde. Precisava voltar ao trabalho.

– Foi gentil da sua parte vir, Tom – disse ela, esperando que ele entendesse a deixa. – Desnecessário, mas gentil.

– Poppy, quando o assunto é você, nada é desnecessário.

Ela preferiu ignorar as segundas intenções na voz dele e caminhou mais rápido em direção à estufa, mas ele a fez parar embaixo de uma antiga macieira. Audaciosamente, segurou a mão dela.

– Permita-me esta liberdade – sussurrou, depois deu um beijo no pulso dela.

O pavor revirou as entranhas de Poppy. Claro. Aquele era o motivo para ele ter se dado o trabalho de sair de Londres quando uma carta de condolências teria sido suficiente.

Agora que ela estava sozinha, ele achava que teria uma chance.

– Tom, por favor – falou Poppy, retirando a mão.

Ele se aproximou mais, ainda assim.

– Você sabe por que vim, não sabe? Nunca fiz segredo do meu apreço por você. Minha posição em Londres é segura, tenho o suficiente para construir uma vida para nós na cidade.

Ele se ajoelhou na grama, um sorriso gentil e intenso nos olhos.

– Poppy, me dê a honra de ser minha esposa.

Ela queria muito que ele se levantasse.

– Fico lisonjeada. Mas você, mais que qualquer um, sabe que não tenho intenção de me casar.

Ele exibiu um sorriso enviesado e esperançoso.

– Você *finge* que não quer se casar para poupar as pessoas de pensarem que ninguém vai querê-la. Não precisa mais fazer isso. Você não vê? Você não é o que a maioria dos homens quer, mas é o que *eu* quero. Toda aquela conversa fiada sobre você ser uma solteirona louca, eu vou desmentir.

Ela se irritou.

– *Você* não vai fazer nada disso. Por favor...

– Poppy, não seja tola. Não pode ficar aqui sozinha. Deixe todos esses arbustos para trás – disse ele, gesticulando para as plantas que ela cultivava com tanto carinho desde a infância. – Vou comprar vestidos novos para você. Teremos aposentos privados, uma cozinheira e uma empregada. Em poucos anos possuirei o suficiente para comprar um cavalo. Até mesmo antes, se eu conseguir encontrar um lugar melhor. Venha para Londres comigo. Como minha esposa.

– Não – disse ela com firmeza.

A compaixão que sentira inicialmente por decepcioná-lo fora destruída a cada frase do discurso dele.

– E, por favor, levante-se – completou.

O rosto dele se transfigurou. A luz de seus olhos se embaçou, depois escureceu. Ela desviou o olhar.

– Desculpe, Tom. Mesmo. Sou grata por sua amizade. Mas minha vida é aqui.

As faces dele se ruborizaram.

– Amizade. É assim que você chama? Porque eu poderia chamar de outra coisa. Ou você distribui seus favores a todos os amigos?

Ela fechou os olhos. Fora um único momento na floresta. Um momento muito breve, fazia quase cinco anos, quando ele fora ajudá-la a colher musgos. Ela rira de algo que ele tinha dito e ele a empurrara contra uma árvore e a beijara. E, por cerca de meio segundo, ela havia permitido – se ficar paralisada pudesse ser considerado dar permissão – que isso acontecesse, antes que se afastasse em choque.

Eles nunca haviam falado sobre isso. Mas, desde aquele dia, Tom passara a olhar para ela como se soubesse algo a seu respeito que ela própria desconhecia.

Como se ele tivesse algum direito sobre ela.

E, como ele era o favorito de seu tio, a ajudava no horto e lhe mandava plantas de Londres, ela continuara sorrindo e fingindo não ver esse sentimento, fingindo que ele não se infiltrava sob sua pele e lhe causava uma irritação que vinha dos ossos.

Ela estava cansada, mortalmente cansada daquilo.

Respirou fundo e enfrentou com calma aquele olhar ofendido.

– Tom, você sempre foi meu amigo. Espero que continue sendo. Mas não tenho nenhuma intenção de me casar com você nem com ninguém. Se foi por isso que veio, tenho que lhe pedir que vá embora.

Ele ficou boquiaberto. Seu rosto se anuviou com uma mistura de perplexidade e mágoa.

A raiva dela se esvaiu quando ele assumiu a antiga expressão de tristeza do garoto que fora um dia. Pobre Tom. Ele era cheio de pose, mas não era pior do que os outros homens. E fora gentil com ela, apesar de toda a sua insuportável presunção.

– Tenho certeza que você vai encontrar uma esposa adorável. Uma mulher muito mais adequada do que eu.

Os olhos dele ficaram escuros e vidrados, como os de um cachorro prestes a atacar.

– Mas você não se sairá bem, Srta. Cavendish. Eu juro.

Ele se virou e se afastou às pressas, o pescoço e os braços grossos comprimidos em torno do tronco como se protegessem um coração ferido. Ela o observou se afastar até não suportar mais a visão.

Como ele pudera confundir as intenções dela daquela forma? Ele, que ouvira todos os grandes planos dela durante anos? Supor que ela iria desistir do trabalho de sua vida – a paixão na qual investira todos os esforços e cada xelim – em troca de um apartamento em Londres e uma empregada doméstica? Era mais provável que ela navegasse para a Índia ou cortasse o próprio braço e o entregasse à cozinheira londrina de Tom Raridan para ser servido no jantar.

O que ela queria não era um marido. Era finalmente ser livre, não depender de homens. Toda a sua vida havia sido ditada pelo destino deles: suas mortes que a mergulharam em uma crise atrás da outra; sua caridade que lhe permitira sobreviver, economizar e firmar a tênue base de seus negócios; suas meias-verdades que sabotaram suas ambições. Ela estava cansada de precisar de permissão, dispensa, bondade. Pretendia ser a senhora do próprio destino. E, por observar os caminhos do mundo, havia algo de que tinha certeza: não se obtém esse tipo de poder através do casamento.

Recostou-se na parede de vidro quente da estufa e ficou ali por um momento, deixando seu calor acalmar os arrepios que tinham aflorado em seus braços apesar do brilho do sol. Tom estava certo sobre uma coisa: ela estava completamente sozinha. Respirando o ar ameno e com cheiro de argila da estufa, ela sentiu isso. Se havia alguma chance de garantir sua independência, ela precisaria encontrar em si mesma a vontade indomável que tantos a acusavam, não carinhosamente, de possuir.

Esperou até que suas mãos parassem de tremer e começou a podar suas fileiras de plumérias em vasos – uma tarefa braçal, repetitiva, que sempre a ajudava a clarear a mente. Recebia com prazer o perfume das flores que flutuava ao redor enquanto trabalhava. Ela se esforçava nas pontas dos pés para alcançar os galhos das plantas na prateleira mais alta, cantarolando para si mesma.

– Srta. Cavendish, não é? – disse um homem, assustando-a.

Ela perdeu o equilíbrio e uma planta tombou em direção à sua cabeça.

O homem se pôs à frente de Poppy em um salto, impedindo por um triz que o vaso atingisse o nariz dela e fazendo com que batesse no próprio ombro. Para salvar a jovem, o homem alto acabou por encurralá-la contra as prateleiras diante deles. Fragmentos de folhagem perfumada atingiram a face e o pescoço de Poppy. Algo passou por sua nuca – o linho engomado do lenço do homem.

Ah, que dia maldito. Ela já não tinha problemas suficientes sem que cavalheiros não convidados aparecessem em cada canto do seu horto? Perturbando-a com indesejáveis propostas de casamento? Agredindo-a com plantas?

Ela esticou o pescoço para ver melhor o novo intruso, que já colocara o vaso de volta na prateleira e tentava desvencilhar os botões do próprio colete dos laços do grosso espartilho de trabalho de Poppy, feito de couro.

E então ela corou, tomada por um desejo súbito e louco de estar usando qualquer coisa – qualquer coisa – que não fosse um chapéu de palha e um vestido de jardinagem velho e desbotado.

Aquele estranho não era exatamente um sujeito bonito. O nariz era torto, como se tivesse sido quebrado uma vez, e seus olhos eram escuros, com sobrancelhas grossas. Mas o perfil aquilino somado à roupa imaculada, à estatura alta e à constituição esbelta quase lhe tirou o fôlego. Se ele não tivesse esbarrado nela e causado tanto estrago em seu último resquício de paz no dia mais perturbador de sua vida, ela poderia até ter gostado dele.

Em vez disso, estreitou os olhos.

– Quem é o senhor?

– Archer! – trinou uma mulher de voz gutural e elegante, da porta de entrada. – Por favor, diga-me que a mulher que você está abordando não é a nossa Srta. Cavendish.

O homem liberou seu último botão e se afastou, voltando-se para a recém-chegada com um sorriso cáustico.

– Eu não saberia dizer. Receio que ainda não tenhamos tido a chance de nos apresentar.

– Eu sou de fato a Srta. Cavendish. E este é o meu horto. Posso ser de alguma ajuda ou o senhor veio apenas para derrubar minhas plantas?

A mulher miúda deslizou para dentro com uma risada graciosa, as crinolinas balançando perigosamente perto das frágeis gavinhas da passiflora de Poppy conforme ela caminhava.

– Perdoe-nos, Srta. Cavendish. Meu irmão tem um jeito muito curioso de fazer apresentações. Sou lady Constance Stonewell e este pobre homem mal-educado é o duque de Westmead.

Poppy reprimiu uma risada amarga. Westmead. *Claro que sim*. Quando o Universo resolve testar sua fibra, as provações vêm em cascata.

Westmead inclinou a cabeça, fazendo com que uma pétala branca tremulasse de seus cabelos lustrosos.

– Minhas sinceras desculpas por assustá-la, Srta. Cavendish. Não havia ninguém lá fora.

– É um prazer conhecê-los – disse Poppy, fazendo pouco esforço para infundir sinceridade em seu tom de voz. – A que devo essa honra?

– Você não vai gostar quando eu lhe disser – disse lady Constance, inclinando-se com um brilho nos olhos, como se ela e Poppy compartilhassem um longo histórico de piadas particulares. – Bem, suponho que já tenha negociado com meu jardineiro, o Sr. Maxwell.

Maxwell. Poppy quase gemeu ao ouvir esse nome. O homem andara atrás dela durante semanas, insistindo que ela assumisse a tarefa de decorar com flores um baile em Westhaven – nunca compreendendo que ela não era decoradora e definitivamente não estava disponível. A confusão tinha começado quando ela enviara arranjos florais como presente a algumas das grandes propriedades do condado, na esperança de atrair mais clientes para suas plantas exóticas. Junto com novos clientes, o plano tinha lhe angariado a inesperada reputação de artesã de arranjos sofisticados para salões de baile. Uma reputação lisonjeira, mas que pouco fazia para viabilizar sua ambição de vender árvores.

– Um sujeito muito persistente, o Sr. Maxwell – disse ela. – Receio, no entanto...

– Não suficientemente persistente, pelo que vimos – interrompeu lady Constance. – Fiquei bastante desanimada ao saber que ele não teve sucesso em recrutar seus talentos, pois me disseram que a senhorita é um gênio, e há muita coisa em jogo nesse baile. Assim, vim para implorar. Ou, fracassando nisso, suborná-la com os bens mundanos do meu irmão.

Westmead, Poppy notou, dera as costas à conversa para examinar o conteúdo da estufa. Sentiu uma pontada de orgulho por aquele lugar ainda não ter sido destruído. Suas plantas exóticas estavam radiantes, perfumadas, uma explosão de verde e cores diversas. Nada comparável às fileiras áridas de cravos e laranjeiras que ele encontraria nos hortos medíocres de Westhaven.

– A senhora é muito gentil – disse Poppy, voltando à tarefa de aparar folhas para sinalizar que não tinha tempo para uma longa entrevista. – Detesto ser repetitiva, mas já deixei claro ao Sr. Maxwell que não tenho condições de aceitar essa encomenda. Estou ocupada com outros afazeres e, como tentei explicar, isto é um horto, não uma floricultura.

Westmead olhou para ela por cima do ombro e atraiu sua atenção.

– Mas é um *negócio*, não é, Srta. Cavendish?

Ela o presenteou com um sorriso tenso. Não gostava de ser tratada com condescendência. Especialmente por um duque.

– Isso mesmo, Vossa Graça – disse ela de forma amável.

Contudo, pronunciou cada palavra com a mesma pompa dele. Afinal, seu avô fora um visconde e sua mãe, uma lady. Ela podia falar assim se quisesse.

– Entretanto, acredito que eu esteja impossibilitada de aceitar novas encomendas devido ao fato de que todos os homens de Wiltshire parecem estar trabalhando para a sua família.

Lady Constance bateu palmas, como se essa fosse uma notícia maravilhosa.

– Ora, Srta. Cavendish, se o problema é mão de obra, eu teria prazer em colocar os recursos do meu irmão à sua disposição. Tenho certeza de que Sua Graça pode ajudar em tudo que for preciso.

Poppy deu a ambos o seu sorriso mais doce.

– Que gentil. Sua Graça poderia começar por movê-las para aquela prateleira mais alta – disse ela, indicando uma fileira de suculentas em potes pesados.

Ela aguardou, esperando que sua ousadia lhe valesse uma pronta repreensão, seguida da partida dos convidados indesejados.

Westmead devolveu seu sorriso de forma igualmente agradável. Depois, tirou as luvas com calma, pegou uma cuba de sempervivum e a colocou onde Poppy solicitara.

A irmã dele ficou observando sem se alterar, como se ver um duque fazer a vontade de uma florista fosse algo muito comum.

– Srta. Cavendish, costuma ler os jornais de Londres? – perguntou ela.

– Não com frequência – respondeu Poppy, apreciando a visão: um duque limpando terra de seu colete de corte impecável.

– Então talvez não saiba da minha reputação de planejar espetáculos ímpios a custos indecorosos – disse ela, animada, como se essa descrição lhe desse grande orgulho. – Diga-lhe, Westmead.

– Eu posso atestar, no mínimo, os custos indecorosos – disse ele, pegando outra planta com uma piscadela.

– Faz muito tempo que ninguém, exceto a família, põe os pés em Westhaven, por isso é muito importante que meus convidados fiquem deslumbrados. Quero transformar todo o salão de baile num lindo jardim – continuou lady Constance. – Algo tão singular, belo e luxuoso que anfitriãs elegantes por toda a Grã-Bretanha e Europa ficarão em frenesi para copiá-lo, especialmente depois de eu ter escrito sobre isso em todos os jornais da cidade.

Ela fez uma pausa. O brilho em seus olhos havia se transformado em um fulgor de determinação.

– Não sou especialista em comércio, é claro, mas acho que uma mulher de negócios inteligente pode ponderar se a oportunidade de exibir seus talentos diante dos clientes mais ricos do país representa incentivo suficiente para que ela reorganize seus compromissos anteriores.

Poppy tentou reprimir a fúria diante da insinuação de que ela fosse tola.

– Meu compromisso anterior, como o chama, é, para mim, de maior valor do que a oportunidade que descreveu. Na verdade, é inestimável.

Com isso, Westmead se virou para ela com um sorriso satisfeito.

– Mas, Srta. Cavendish, tudo tem um preço.

– Seu jardineiro já me ofereceu o triplo da minha taxa habitual.

Ele sorriu.

– Eu não estava falando de dinheiro.

Lady Constance revirou os olhos.

– Agora você vai começar uma de suas tediosas palestras sobre negócios.

– Eu apenas ressaltaria para a Srta. Cavendish que um investidor astuto sabe que o dinheiro é apenas uma das muitas formas de moeda, e muitas vezes a menos valiosa.

– Talvez para um *duque* – Poppy não pôde deixar de retrucar.

Westmead riu.

– Vamos testar a teoria. A senhorita mencionou que necessita de mão de obra. De quantos homens precisa?

Poppy largou a espátula e cruzou os braços. Para fins da discussão, dobrou o número mínimo.

– Doze.

– Feito! – gritou lady Constance.

– Bem, na verdade não faz diferença quantos homens poderiam me fornecer, porque, se eu estiver fora decorando salas de visitas, não haverá ninguém *aqui* para supervisionar o trabalho deles.

– A não ser, claro, que tivesse um ajudante – emendou lady Constance. – Westmead tem um número assustador de assistentes vagando por aí. Farei com que um deles seja designado para a senhorita.

Poppy suspirou.

– Acho que não entenderam direito. O trabalho em que já estou envolvida tem que ser terminado em duas semanas e envolve transportar muitos acres de plantas e mercadorias por cinco quilômetros de uma estrada inacabada.

Westmead ergueu uma das sobrancelhas.

– Agora está inventando desculpas, Srta. Cavendish, quando deveria estar extraindo promessas. Um negociador habilidoso deve ter instinto e saber quando pressionar.

O duque lhe sorria de forma irônica.

Poppy limpou as mãos no espartilho. Dissera a si mesma que tinha que corresponder às expectativas de sua reputação de pessoa endurecida. Se o duque queria uma negociação acirrada, ela lhe daria uma.

– Muito bem. Aqui estão as minhas exigências. Quinze homens, um assistente bem-preparado e o valor em dinheiro necessário para transportar minhas mercadorias até o dia 30 de julho. Além disso, pelo meu tempo e serviços, vou exigir uma taxa de 600 libras a ser paga antecipadamente.

A cifra era espantosa. E poderia salvá-la. Nenhuma pessoa sensata concordaria com sequer metade dela.

– Muito bem – disse lady Constance.

Westmead arqueou uma sobrancelha.

– Muito bem, Srta. Cavendish. Eu ouso dizer que está aprendendo.

Ela forçou seu rosto a exibir a expressão de uma mulher que não precisava de nenhuma lição.

– Há mais uma coisa que vou querer. Tenho um amigo que está interessado em fazer uma proposta de investimento para Vossa Graça. Deve me permitir apresentá-lo.

– Um amigo? – perguntou Westmead.

– Meu irmão ficaria encantado em marcar uma reunião – garantiu lady Constance depressa, lançando-lhe um olhar incisivo. – Não é mesmo, Vossa Graça?

– Encantado – repetiu ele, devagar.

– Perfeito – falou a irmã, sorrindo de forma radiante, mais uma vez a imagem do sol e da luz, agora que havia conseguido o que queria. – Srta. Cavendish, vou mandar uma carruagem para buscá-la pela manhã.

A dama estendeu a mão enluvada.

Então Poppy aceitou a única opção que lhe restava: um aperto de mãos.

Capítulo três

—Q ue mulher intrigante! – comentou Constance enquanto Archer a ajudava a chegar ao banco de seu cabriolé. – Maxwell disse para esperar uma "solteirona maluca", mas a Srta. Cavendish não pode ter mais de 25 anos. E ela não parecia nem um pouco louca.

Ele assentiu e não acrescentou que Maxwell também não tinha mencionado que a florista era bastante cativante. E imensamente segura de si, a julgar pelo sorriso que havia brincado em seus lábios depois que ele, por razões que não conseguia explicar, a instigara a pedir uma soma absurda por alguns dias de trabalho.

– Estou muito feliz por minha vontade ter prevalecido – continuou Constance enquanto ele se acomodava ao seu lado. – Eu lhe disse que meus argumentos a convenceriam.

Ele sorriu.

– Sim. Isso e suas 600 libras.

– Bem, qual seria o prazer de ser irmã do homem mais rico da Inglaterra se eu não se pudesse gastar todo o seu dinheiro em um baile do qual ele não vai gostar, em uma casa que ele nunca visita?

– Qualquer coisa para agradar a minha protegida – disse ele, instigando os cavalos.

Ela disparou o mesmo olhar irônico que vinha lhe lançando desde que ele a mandara morar com a tia, em Paris, aos 8 anos. Como se dissesse: *Sim, vamos fingir que é assim que funciona. Vamos nos deixar levar por essa agradável ficção.*

Ele sentiu uma pontada de angústia. Fizera o seu melhor como guardião da irmã, mas ela era efusiva e carinhosa por natureza e ele não estava apto a responder à altura. Gastar uma fortuna era uma penitência leve se a ajudasse a acreditar que ele lamentava não conseguir ser melhor. Era por isso também que ele a acompanhava em missões fúteis, como concordara em fazer naquele dia.

Estendeu o braço e, meio sem jeito, colocou a mão no ombro de Constance.

– Estou aqui, não estou? Ninguém pode negar.

– Ah, de fato. Contra a sua vontade e completamente apático. Mas... presença física? É, não se pode negar.

Ele meneou a cabeça.

– Sabe, pequena Constance, senti sua falta.

– É mesmo? – disse ela, naquele estilo seco que aprendera na corte francesa. – Apesar da minha natureza provocadora?

– Por causa disso.

Ela sorriu para ele. Havia à sua volta o cheiro etéreo de perfume francês. Era o mesmo que a mãe costumava usar. Afastou-se antes que a irmã percebesse que ele tremia.

Permaneceram em silêncio enquanto ele os guiava pelas estradas frondosas que levavam de Bantham Park às terras da família em Westhaven. O vasto e ondulante parque da propriedade tinha o mesmo verde luminoso de que ele se lembrava da infância, pontilhado de fardos de feno e ovelhas esparsas. Na juventude, ele achara injusto que o sul da Inglaterra, sua terra natal, não recebesse o devido apreço pela beleza bucólica – uma paisagem que rivalizava com as colinas da Itália, com seus penhascos e sua luz dourada.

Ele amara aquele lugar.

Até, é claro, deixar de amá-lo.

Olhou para o horizonte, apreciando os chalés acolhedores e as pastagens bem-cuidadas. Ainda era impressionante imaginar como as esquálidas moradias de barro e palha, que outrora mancharam a paisagem e a reputação de Westmead, haviam sido substituídas por aquele acolhedor cenário campestre. Igualmente admirável era a elegante mansão em que se transformara a antiga casa em ruínas da família, no topo da colina. Os telhados não exibiam nenhum vestígio do incêndio que um dia destruíra os andares superiores.

Ao chegarem, ele passou as rédeas a um cavalariço e ajudou a irmã nos degraus da entrada, depois entregou o chapéu e as luvas para o grupo de empregados cuja presença à porta nunca deixava de alarmá-lo. Em Londres, ele vivia com simplicidade, sem cerimônia. Ali, por outro lado, não podia sequer coçar o queixo sem que seis criados em librés surgissem para oferecer os próprios dedos para a tarefa.

Constance se acomodou num divã no centro do grande salão perfeitamente iluminado pela luz do sol que passava por uma parede com fileiras de janelas ao fundo.

– E então? – disse ela, indicando o enorme aposento repleto de adornos dourados que se erguia ao redor deles.

A luz dançava no ar, que cheirava a rosas.

– Os criados terminaram de colocar o último quadro enquanto estávamos fora – contou ela. – Admita. É impressionante.

Ele lhe deu um sorriso doce.

– Ficou irreconhecível, no mínimo.

– Essa, meu querido irmão, era a intenção. Não gostou?

Ele examinou o trabalho de filigrana dourada, o mármore de veios cinza, os tapetes fabricados pela Savonnerie que ela obtivera só Deus sabia onde e a que preço. E não gostou. Na verdade, achou meio sufocante.

– Você certamente não poupou despesas – disse ele, sendo sutil.

– De fato. Quando alguém quer encontrar uma esposa para um homem com o seu temperamento, precisa usar ferramentas melhores do que tecidos rústicos e sebo. Você não vai conseguir a mão de nenhuma mulher apenas com seu charme.

– Suas reformas são impressionantes. Agora tenho que voltar ao meu escritório para descobrir como pagar por elas.

Ela levantou a mão para fazê-lo parar.

– Mais uma coisa. Tomei a liberdade de encomendar relatórios sobre as damas que comparecerão ao baile. Certamente você vai notar que se trata de um grupo de grande excelência.

Ele suspirou.

– Excelência? Constance, já discutimos sobre o tipo de mulher que você deveria convidar, não foi? Ambiciosa. Interesseira. Impressionável.

Ela torceu o nariz com desagrado. Ele queria eficiência em sua busca pela mulher adequada, o que entrava em conflito com a visão poética e sentimentalista de Constance sobre o matrimônio. E isso ele não se dispunha a negociar. Estava determinado a evitar o sentimento e a poesia com o mesmo cuidado com que evitaria quebrar um osso ou ser contaminado pela peste.

– Na verdade – continuou ela, reunindo papéis em uma escrivaninha delicada, decorada com painéis de porcelana feitos em Sèvres, que poderia muito bem estar no palácio de Versalhes –, imaginei que talvez você pudesse analisar as candidatas agora. Posso designar os melhores quartos para as que despertarem seu interesse.

Ele suspirou.

– Está bem.

Estendeu a mão para o bule de chá, que Constance confiscou de imediato e substituiu por uma pilha de papéis.

– Primeiro temos a necessária safra de senhoritas de criação refinada. Muitas com títulos, fortuna considerável e maneiras impecáveis. Também incluí algumas candidatas do meu próprio círculo social. Todas belas e algumas bastante espirituosas.

Ele fez uma anotação mental para evitar as mulheres de ambas as listas. A última coisa que queria era uma esposa que já possuísse uma fortuna. Ela precisaria muito pouco da riqueza dele. Inteligência tampouco era um atrativo. Se a noiva fosse inteligente, ele poderia ficar tentado a gostar dela. Isso apenas complicaria seu propósito.

O que ele queria era uma mulher que o visse como um título e um cofre de banco. O tipo de esposa que, quando desfrutasse de certos confortos invejáveis, lhe daria um herdeiro e não esperaria que ele tivesse mais do que um interesse estritamente legal no processo. O tipo de mulher que não exigiria um investimento emocional que ele não estava apto a oferecer.

Quase no fim da pilha, um nome chamou sua atenção. Srta. Gillian Bastian, da Filadélfia.

– Das colônias?

– Ah, a Srta. Bastian? Ela é linda, mas conversar com ela é tão interessante quanto com um periquito. Os pais estão ansiosos para que ela encontre alguém com um título, então eu a convidei por caridade. Estava pensando nela para lorde Apthorp.

Um homem não dominava os negócios na cidade de Londres sem reconhecer uma oportunidade quando via uma. Ele encerrou a busca.

– Pronto. Dê um bom quarto à Srta. Bastian.

Constance bufou.

– A Srta. Bastian? Você ouviu uma palavra que seja do que eu disse? Duvido que você pudesse aturá-la por uma hora.

– Todas parecem qualificadas. Coloque-as em qualquer quarto que você quiser.

Constance pegou de volta os relatórios.

– *Qualificadas*. Que falta de romantismo, Archer, até mesmo para você.

– Não estou à procura de romance. Estou procurando uma esposa.

Ela crispou os lábios.

– Quando você diz coisas horríveis assim, soa igualzinho ao nosso pai.

Considerando que a irmã mal conhecera o pai, Archer sabia que ela usava essas comparações por deduzir que eram a forma mais certeira de irritá-lo.

– Vou me casar só para garantir que nossos arrendatários sejam poupados das condições que os afligiram sob a administração do antigo duque – disse ele, em seu tom mais sereno e glacial. – Sem falar no que seria de você se, Deus nos livre, Wetherby pusesse as mãos no título.

– Por favor. Você tem apenas 34 anos e ele deve ter pelo menos 60.

– A varíola não discrimina a idade.

A doença tirara a vida do então herdeiro do título de Archer, um primo distante cuja morte na tenra idade de 20 anos colocara Wetherby na linha de sucessão para o ducado e dera origem àquela busca premente por uma esposa.

– Faz um ano que Paul morreu e você ainda está conosco. Sem dúvida, você pode dispor de mais um ou dois meses para encontrar uma esposa que lhe convenha.

– Não ter *nenhuma* esposa me convém, então eu lhe peço que se contente com o fato de eu me casar e encontre uma candidata apropriada para se tornar duquesa. Quanto mais insípida e mais disposta ao arranjo, melhor.

– Tenho certeza de que você terá exatamente a duquesa que merece com uma atitude como essa. Que desperdício!

Ela jogou a cabeça de fios louros para trás e saiu da sala.

Ele se recostou na cadeira, grato por ficar em paz.

A irmã estava certa. Com alguma sorte, ele *teria* a duquesa que merecia: alguém que entendesse que o casamento era uma busca infame. Que ele não investiria nada mais no arranjo além de seu nome, seu dinheiro e sua semente. Apego e amor não fariam parte do acordo.

Havia tentado aquela combinação uma vez. As consequências foram tais que ele passara a se esforçar para nunca mais sofrê-las.

Archer estendeu a mão debaixo do lenço e passou os dedos ao longo do cordão de couro que usava no pescoço. A chave de ferro dentada que segurava era fria, um lembrete do que estava em jogo. Sua salvação. Sua sanidade. Seu eu secreto e privado.

Sua esposa receberia mais do que a maioria das mulheres poderia esperar: a liberdade dela, o título e a riqueza dele. Em troca, ele pedia apenas um ventre fértil e nenhuma curiosidade sobre ele.

Por mais que estivesse disposto a sacrificar-se pelo dever, aquela chave não estaria entre suas perdas. Afinal, ele tinha responsabilidades. Necessitava de força para cumpri-las.

Ninguém precisava saber as profundezas de onde ele a tirava.

Muito menos sua futura esposa.

Capítulo quatro

A barra de sua saia estava desgastada.

Ela acabara de notar, ao descer da carruagem ducal.

Ora. Poppy raramente usava seus vestidos bons, mas considerava aquele bastante gracioso. Contudo, na sombra lançada pela imponente casa, ela de repente viu a musselina cinza pelo que era: uma imitação esfarrapada dos trajes da aristocracia.

Ajeitou os ombros e respirou fundo, a cabeça erguida. Depois de ter enfrentado o duque e lady Constance, ela preferia morrer a parecer intimidada pela imensidão da casa deles, mas era difícil permanecer impassível diante de portas que tinham três vezes a altura de um homem de boa constituição física. Elas se abriram, revelando uma falange de criados uniformizados e um átrio que rivalizaria com o palácio real pelo simples custo de seus adornos. Fazia os confortos modestos de Bantham Park parecerem um abrigo de pobres.

– Lady Constance, a Srta. Cavendish chegou – informou o criado de libré à anfitriã, que estava sentada a uma escrivaninha ornamentada, anotando algo às pressas e com um intenso grau de concentração.

Lady Constance virou na direção de Poppy, que observou os olhos azuis emoldurados por óculos dessa vez. A anfitriã usava um vestido de verão feito de um material tão leve que flutuou ao seu redor como um halo quando ela se levantou para receber Poppy. O delicado tecido fora levemente manchado pela mesma tinta escura que cobria as pontas dos seus dedos e, aqui e ali, as maçãs do rosto.

– Srta. Cavendish – disse ela, enchendo o aposento com um sorriso caloroso. – Bem-vinda a Westhaven. Espero que me perdoe por tomar seu tempo, pois desejo que sejamos grandes amigas.

Poppy fez uma pequena reverência, um pouco surpresa com aquelas palavras.

– É um prazer, senhora.

– Ah, por favor, pode me chamar de Constance! Somos muito informais aqui.

– Assim parece – disse Poppy, permitindo que seu olhar passasse dos frisos ao longo do teto para as janelas de ornamentos dourados e depois para o tapete indiano no assoalho, tão macio e espesso quanto um colchão.

– Junte-se a mim para uma xícara de chá antes de começarmos.

Constance indicou um sofá estofado em seda mais refinada do que qualquer vestido que Poppy já possuíra.

– Eu tinha imaginado o jardim começando aqui, na entrada, de forma que os convidados sigam a trilha da vegetação até o salão de baile – disse ela, enquanto lhe oferecia uma delicada chávena de porcelana.

Poppy olhou para cima e sentiu um aperto no estômago. A sala era do tamanho de uma pequena catedral. Seria necessário o conteúdo de seis estufas para enchê-la.

– Que ideia inspirada – disse ela, soando despreocupada e torcendo para que pudesse mudar o ponto de vista da jovem assim que compreendesse melhor suas ideias.

Constance sorriu e a expressão em seus olhos não sugeria que tivesse o hábito de ceder ou negociar.

– Minha ambição, Srta. Cavendish, é maravilhar cada convidado. Espero que deixe a sua imaginação correr absolutamente solta. Nenhuma ideia é grandiosa ou caprichosa demais.

Poppy desejou que o rosto não traísse seu crescente horror conforme lady Constance a levava por um corredor de colunas até um salão de baile que poderia acomodar toda a população de Grove Vale.

– Amo cravos e tulipas, mas detesto ser comum. Maxwell diz que você é conhecida pelas plantas exóticas, de modo que vou deixar a seu encargo nos deslumbrar com as mais extraordinárias plantas vindas do estrangeiro.

Maxwell tentara prejudicá-la. O horto de Poppy era conhecido pelas plantas exóticas. Ou melhor, árvores. E ela não poderia encher um salão de baile com árvores de 2 anos de idade.

– O tema precisa mesmo ser incomum para combinar com a... singularidade do espaço – disse Poppy, percorrendo mentalmente seu modesto inventário de flores.

As hortênsias e rosas estavam florescendo, o que era uma sorte, já que eram elegantes e duradouras. Caso tivesse sido avisada antes, poderia ter encomendado plantas de outros hortos. Com menos de quinze dias, no entanto, não daria tempo.

Ela olhou para o rosto ansioso de Constance e imaginou 600 libras escorregando por entre seus dedos. Sua garganta começou a incomodá-la.

– E que liberdade temos para fazer uso dos parques?

Ela gesticulou em direção à janela, abrangendo os gramados ondulantes e a densa floresta que formavam a melhor parte do terreno de Westhaven, para além dos jardins bem-cuidados.

Lady Constance riu.

– Os parques, Srta. Cavendish? Quero dizer, revestir meu salão de baile de tojo e ulmárias?

Poppy deu umas batidinhas no queixo, uma ideia cintilando e tomando corpo em sua mente.

– Sempre considerei que não há nada mais evocativo do campo do que nossa bela flora nativa. As flores silvestres são as mais bonitas e românticas nesta época do ano e elas ficariam notáveis em contraste com a grandiosidade do salão de baile. Afinal de contas, sem um toque silvestre, tudo o que teremos serão aposentos cheios de flores ordinárias... flores *comuns*. Não concorda?

Ela prendeu a respiração, esperando ter entendido a jovem lady.

Constance bateu palmas.

– Ora, é *brilhante*, Srta. Cavendish! Por que ter um jardim quando podemos ter uma floresta no salão de baile?

Poppy soltou um suspiro de alívio. Haveria plantas suficientes para encher os aposentos de Westhaven, ainda que ela mesma tivesse que colher até a última campânula do chão da floresta.

Isso lhe deixava apenas mais um milagre a realizar: concluir tal tarefa no impensável período de quinze dias.

Archer olhou o relógio mais uma vez, incapaz de se concentrar na pilha de cartas vindas de Londres. Passara o dia cavalgando com o administrador da terra, o que o fez lembrar o motivo pelo qual ele não ia ali fazia treze anos. Tinha suposto que os piores resquícios da loucura do pai já haviam sumido da propriedade, mas as ninfas obscenas com que o antigo duque decorara a gruta abaixo do lago de trutas tinham feito seu estômago revirar. Se era seu dever familiar supervisionar uma terra que desejava apenas esquecer, ele preferia fazê-lo por correspondência.

Incapaz de ficar sozinho com pensamentos que insistiam em atrapalhar a leitura dos relatórios sobre os preços do carvão, ele saiu em busca de Constance. O som de risos o atraiu para a biblioteca, onde encontrou a irmã e a Srta. Cavendish sentadas lado a lado em uma nesga de sol do final da tarde, debruçadas sobre um caderno de esboços.

Ocorreu-lhe mais uma vez quanto a florista era adorável. Como um salgueiro, com seu pescoço esguio e tranças que desmoronavam, escapando dos grampos.

– Talvez uma trepadeira de hera cobrindo as janelas na colunata – dizia a mulher. – Disposta de modo que as folhas caiam sobre a vidraça e lancem sombras à luz das velas.

– Adorei! – disse Constance com um suspiro.

Archer se inclinou sobre as duas.

– Posso ver?

As mulheres deram um salto, absortas demais em seu planejamento para notar a aproximação dele. O duque levantou as mãos em um pedido de desculpas. Westhaven o deixava assim: estranho, incapaz de se comportar corretamente. Corroía seu verniz de autocontrole como o mar escavando um penhasco.

– Santo Deus, Archer, anuncie-se da próxima vez – pediu a irmã. – As damas aqui estão *trabalhando*.

Ela lhe lançou um sorriso irônico, já prevendo o divertimento dele diante da ideia de que a irmã trabalhasse.

Atrás dela, os ornamentados jardins de seu pai resplandeciam à luz da tarde, como se o velho piscasse para ele do túmulo. Ao contrário dos afrescos obscenos que o duque pintara na biblioteca, as construções decorativas do jardim não eram abertamente licenciosas. No entanto, elas haviam secado os cofres da família enquanto a propriedade era negligenciada. Ele deveria ter mandado destruí-las.

– Os seus amados jardins alcançam o auge da beleza nesta época do ano, não acha? – chilreou Constance, com doçura, seguindo o olhar dele. – Vamos iluminá-los com tochas para o baile e construir uma plataforma para dança à beira do lago. O Sr. Flannery está vindo de Londres para escrever para o *Peculiar*.

Deus o protegesse. O maior desejo da irmã era deixar sua marca como uma anfitriã lendária ao estilo parisiense. Ele não aprovava a amizade dela com o editor do jornal mais famoso de Londres, o que servia aos interesses dela e o alimentava de informações privilegiadas da sociedade.

– Ora, não há nenhum problema – garantiu ela. – Agora não é hora para escândalos.

Ele passara metade da vida salvando o nome de Westmead da vergonha que o pai lançara sobre ele. Assegurar a sucessão do título era a conclusão de seu trabalho. Depois disso, Constance poderia fazer o que quisesse.

– E eu nem sonharia em criar alvoroços na véspera do seu noivado – completou ela, a imagem clara do fingimento.

– Ah, meu Deus, está ficando tarde – disse a Srta. Cavendish de repente, levantando-se. – Perdi a noção do tempo. Preciso voltar para casa antes do anoitecer.

– Ah, fique para o jantar, Poppy. Archer é tão entediante. Estou desesperada por companhia.

Ele ignorou a provocação da irmã, absorto com a visão da Srta. Cavendish a enrolar um maço de esboços. Então ela se chamava Poppy. Significava "papoula". Um belo nome para alguém que tinha sua profissão. Não inteiramente adequado, porém, dado o seu comportamento. Espinheira poderia ser um nome melhor para ela. Ou Urtiga.

– É muita gentileza sua, mas preciso chegar antes que o Sr. Grouse saia. Fica para outra ocasião.

– Espero que tenha ficado satisfeita com o Sr. Grouse – falou Constance. – Meu irmão garantiu que ele é nosso melhor encarregado.

– Ele parece competente. Quero ir ao horto antes do anoitecer para avaliar o progresso que seus homens fizeram hoje. Poderia me chamar a carruagem?

Poppy olhou com preocupação para um relógio.

– É muito mais rápido no cabriolé – argumentou Constance. – Archer, você se importaria de levar a Srta. Cavendish?

– Se a Srta. Cavendish não se opuser...

Na verdade, ele recebeu essa distração com prazer. Estava curioso para saber o que exatamente aquela mulher vinha fazendo que exigisse tantos homens e tamanha pressa.

– Obrigada, Vossa Graça.

– Vai querer isto antes de sair – disse Constance, tirando uma nota bancária da gaveta da escrivaninha. – Presumo que tenha como descontá-la, não?

– Tenho, sim. Meu advogado cuidará disso – respondeu a Srta. Cavendish, guardando-a cuidadosamente em seu livro-razão.

Seus gestos eram seguros, como se pequenas fortunas passassem por suas mãos várias vezes ao dia.

Archer esperou enquanto Constance abraçava a Srta. Cavendish como uma velha amiga, então a levou até o corredor.

Assim que ficaram sozinhos, ela torceu um canto de sua adorável boca.

– Vossa Graça faz tarefas de cocheiro e de jardineiro? Os jornais têm razão em qualificá-lo como diligente.

Aquilo em seu olhar era uma ligeira centelha? Talvez as 600 libras tivessem afetado o humor dela.

No entanto, ela não exibiu nenhuma alegria em particular enquanto eles se dirigiam a Bantham Park. Parecia distraída – ou perturbada.

– Espero que minha irmã não a esteja afligindo demais com suas exigências – disse Archer, sua quinta tentativa em cinco minutos de entabular uma conversa. – Ela pode ser caprichosa, mas cede à razão quando pressionada.

– De modo algum. Conversar com lady Constance é um prazer – respondeu a Srta. Cavendish num tom firme que não aceitava maiores indagações.

Archer reprimiu um gemido. Ele não era famoso por seu charme, mas raramente se via incapaz de envolver outra pessoa em pequenas cordialidades. Ela estaria nervosa em sua companhia? Havia anos que ele não ficava sozinho com uma mulher tão bonita. Talvez tivesse errado ao concordar em levá-la para casa sem acompanhantes. Por outro lado, eles estavam em uma carruagem aberta em uma tarde de sol numa estrada movimentada, e ela não era uma jovenzinha tola, mas uma profissional experiente com clientes em toda a região. As regras do comércio não eram as mesmas das salas de visitas e uma mulher renomada por criar e vender plantas na certa estaria habituada a lidar com homens por conta própria.

O que devia significar que o problema era *ele*.

Archer então percebeu que ela observava seu perfil. Como suspeitava, Westhaven já devia tê-lo deixado visivelmente insano.

– Perdoe-me, mas não consigo me livrar da sensação de que já nos conhecemos, Vossa Graça.

Ele balançou a cabeça, aliviado por ela, por fim, puxar assunto.

– Não que eu me lembre.

Nunca tinha visto o rosto dela antes de fazer com que um vaso de plumérias caísse em sua direção. Não era um rosto que ele esqueceria com facilidade.

– Não é possível que já tenhamos sido apresentados? Talvez conhecesse meu falecido tio.

– Receio não ter tido esse privilégio.

Ele havia passado a juventude enterrado em livros, quando não estava longe dali, na escola. Misturar-se com a pequena nobreza local tinha sido tarefa de seu irmão mais velho, herdeiro de tudo.

– Devo estar enganada.

Ela cruzou os braços com firmeza sobre o peito. Ele notou que a pele perto de seu pulso estava arrepiada, sob a fita desbotada do punho.

– Está aquecida o bastante?

– Sim – respondeu ela, batendo queixo.

– Está tremendo de frio.

– Esqueci minha capa – admitiu ela, contrariada, como se ele tivesse ganhado uma discussão.

Ele ficou tentado a sorrir. A teimosia dela o fazia lembrar muito de si mesmo.

– Tome, segure as rédeas.

Ele lhe passou o comando, que ela assumiu habilmente, e levou a mão embaixo do assento para pegar o macio xale de lã que sua irmã mantinha ali.

– Use isto.

Depois de uma breve hesitação, ela o aceitou, arrumando-o com cuidado em torno do modesto vestido cinza. Archer estranhou sua escolha de roupas. Ela possuía o discurso polido de uma nobre, mas se vestia como a filha de um fazendeiro. De uma forma distante, ele se familiarizara com Bantham Park em sua juventude e sabia que o tio de Poppy tinha sido um fazendeiro que vivia de forma confortável. O fato de ela ter optado pelo comércio e pelo trabalho ao ar livre com certeza não lhe valera a aprovação dos ilustres habitantes de Wiltshire.

Archer podia imaginar seus motivos para ser um tanto ríspida e hostil, a misteriosa Srta. Cavendish. Ele estava ciente de que havia um preço para as conquistas que ignoravam os costumes da alta sociedade. Ele mesmo passara a maior parte das últimas duas décadas pagando-o.

A mulher apontou para um caminho arborizado tão estreito e coberto de mato que mal se qualificava como estrada.

– Vire aqui.

– Bantham Park está a quilômetros de distância – retrucou ele, sem se preocupar em reduzir a marcha dos cavalos.

– Vou para Greenwoods House. Meu novo horto. Rápido, ou vai perder a entrada.

Ele virou para pegar o caminho estreito, abaixando-se para evitar ser golpeado pelos galhos.

– Posso perguntar por que está levando suas plantas para o meio de uma floresta inacessível?

– Isto é um atalho.

Ela estava se esquivando da pergunta.

– Na verdade, Srta. Cavendish, estou curioso quanto ao motivo pelo qual está mudando seu horto de lugar. Suas plantas parecem prosperar muito bem em Bantham Park.

Ela o encarou como se decidisse se poderia confiar nele com relação aos seus negócios. Evidentemente, decidiu que não.

– As razões são pessoais, mas garanto-lhe que são sólidas.

– A meu ver, acrescentar algumas semanas à sua programação significaria correr menos riscos de erro.

– Agradeço sua preocupação, Vossa Graça – disse ela com uma delicadeza forjada e glacial que teria deixado Constance orgulhosa.

Ele esfregou a têmpora. Era desajeitado. Sua intenção não fora irritá-la. Havia uma razão para ele ser chamado de Duque Mercador. A eficiência nos negócios era sua paixão particular, da mesma forma como alguns homens eram obcecados por corridas de cavalos ou egiptologia.

O caminho se alargou, revelando vários acres de terras agrícolas na clareira. No centro, ficava uma choupana de madeira em ruínas, as tábuas se soltando, várias janelas sem vidro. Ao lado, havia um velho estábulo dilapidado e, além dele, os alicerces de vários prédios menores, recém-erguidos.

Ali estava pelo menos parte da explicação para sua urgência por trabalhadores: o novo horto, tanto quanto ele podia ver, ainda não fora construído.

Ele parou os cavalos na frente da casa velha e malcuidada.

– Srta. Cavendish?

– Sim?

– Como pretende trazer para cá as plantas de sua estufa quando esta propriedade não tem uma estufa?

– Seus homens vão construir uma, Vossa Graça. Obrigada por me trazer.

Ela desceu do cabriolé sem esperar sua ajuda.

– Boa noite – disse.

Ele a encarou espantado.

– Não pode supor que vou deixá-la *aqui*.

A noite caía e, até onde ele podia dizer, a casa estava deserta.

– Vou ficar bem. É uma caminhada curta de volta a Bantham Park. Pouco mais de três quilômetros.

Ele lhe sorriu com uma paciência inabalável.

– Demore o tempo que quiser. Eu vou esperar.

Ela deu de ombros e desapareceu atrás da casa. Ele resolveu passar o tempo indo espreitar o interior do chalé pela porta da frente.

O lugar parecia inabitável por fora, mas era pior por dentro. Teias de aranha, tábuas de assoalho soltas, manchas de mofo, ratos. Ele teria uma conversa com Grouse. Se ela pretendia habitar aquela armadilha propensa a incêndios, seriam necessários mais de quinze homens para restaurá-la em duas semanas.

Voltou ao cabriolé e sentou diante das rédeas como se nunca tivesse saído dali, sentindo que ela não veria com bons olhos se o flagrasse rondando seus domínios sem ser convidado.

Poppy o surpreendeu ao voltar em quinze minutos com um sorriso ofuscante. Pelo sangue de Cristo, que transformação! Estava tão linda que ele teve que se esforçar para não encará-la.

Ela aceitou a mão dele e subiu para o assento.

– É realmente espantoso quanto eles conseguiram fazer em um dia.

– Eu não esperava nada menos que perfeição – disse ele, contraindo a mandíbula para reprimir um sorriso tão deslumbrante quanto o dela.

Não era adequado parecer um tolo, mas, depois de dois dias de pura rabugice, ele se sentia como um garoto que finalmente obtivera a aprovação de uma governanta exigente.

O sentimento não durou muito. O sorriso ofuscante deu lugar à expressão séria de sempre. Eles fizeram o resto do trajeto até Bantham Park em silêncio.

A Srta. Cavendish permitiu que ele a ajudasse a descer.

– Obrigada por me trazer. Boa noite.

Ele a observou enquanto ela se afastava. A casa estava escura, com apenas um lampião aceso na cozinha.

Todo o resto era puro caos.

A cena ordenada que ele encontrara no dia anterior fora substituída por uma confusão generalizada. Os homens de Grouse não haviam perdido tempo: deslocaram árvores, colocaram caixotes em carroças, fizeram trilhas no solo. O lugar parecia ter sido saqueado por um bando de ladrões.

A pergunta era: por quê?

Por que se arriscar com tamanha pressa?

Ele fez uma anotação mental para falar com Grouse. Se a Srta. Cavendish estava em algum tipo de problema, seria melhor saber a natureza de suas circunstâncias antes que o nome de Westmead fosse irremediavelmente envolvido.

Ao olhar para aquelas terras, uma coisa ficava clara, porém: o que quer que a Srta. Cavendish estivesse fazendo, era loucura.

No entanto, ela não lhe passava a impressão de ser uma mulher cuja sanidade fosse questionável.

Ela lhe passava a impressão de ser uma mulher que tinha algo a esconder.

Ele pretendia descobrir o quê.

Capítulo cinco

– No teto do átrio, vamos amarrar setecentos cordões de garança e ulmária, cada um com 18 metros de comprimento. O que significa que precisamos...

Poppy mastigou sua pena, calculando mentalmente.

– Ah, meu Deus! Precisamos de trinta alqueires de flores forrageiras e quinhentas meadas de fio branco de linho.

– Hein? – perguntou Constance, distraída, rabiscando algo em seu diário com os dedos respingados de tinta.

Poppy suspirou. Era essencial que completassem naquele dia o inventário para o baile, mas Constance demonstrava pouco interesse na tarefa.

– Desculpe, querida – disse ela. – Sim, claro. Ah, mas... e se usássemos fios de *ouro*?

A cabeça de Poppy doía.

– O custo de quinhentas meadas de fio de ouro seria...

Constance abanou a mão, afastando o pensamento.

– Nada com que tenhamos que nos preocupar. Vai ser ouro. A menos que você pense em... prata, talvez.

– Certo. A seguir na lista, as pérgulas de rosas no salão de baile terão que ser construídas pela equipe de Maxwell até a próxima terça-feira para termos tempo de amarrar o arame e os fios...

– Ah, Poppy – falou Constance, apoiando a testa nas mãos manchadas de tinta. – Como posso convencê-la a retomar isso pela manhã? Meus olhos estão lacrimejando de tanto enfado.

– Estamos quase terminando – assegurou Poppy, para tentar persuadi-la.

– O que você vai usar no baile? – perguntou Constance, de repente animada. – Minha modista chega amanhã para terminar meu vestido. Ela é incrível. Você vai adorá-la.

Poppy sequer havia contemplado a *possibilidade* de comparecer ao baile.

– Receio que salões de baile não sejam meu ambiente natural – disse ela, de forma despreocupada.

– Ah, mas você deve participar! Quando todos virem seus projetos, vão querer conhecê-la. E, depois que a conhecerem, não vão querer outra coisa senão comprar suas plantas. Desmond vai escrever sobre você no jornal. Já criamos até um apelido: *Botânica da Alta Sociedade*.

– É muita gentileza sua, mas, assim que o meu trabalho aqui estiver terminado, preciso voltar minha atenção para um assunto urgente em casa.

– Poppy Cavendish – retrucou Constance em tom brincalhão, mas falando sério. – Você virá ao meu baile. Afinal, não há maior prazer na vida do que dançar. Você não concorda?

Poppy tentou dar uma resposta descontraída, mas, com o feixe luminoso das atenções de Constance concentrado sobre ela, sua sagacidade falhou.

– Eu não saberia dizer. Dançar não faz parte das tarefas na estufa.

– Está querendo me dizer que nunca dançou? – contestou Constance, empertigando-se. – Mas você teve uma apresentação formal na temporada de bailes, não? A Sra. Todd me disse que você é neta de um visconde. Sua mãe foi apresentada na corte. Você deve ter comparecido a uma temporada de bailes!

Poppy estava ficando cansada daquele interrogatório.

– Eu cuido de plantas. Assim como Maxwell. *Ele* compareceu a alguma temporada?

Constance lhe deu um piparote com o leque.

– Maxwell ficaria horroroso usando cetim. Não seja má.

– Srta. Cavendish, poderíamos conversar por um instante no meu escritório? – perguntou Westmead de repente, a voz grave vinda do outro lado da sala.

Ele caminhava energicamente na direção delas, segurando um maço de papéis. Parecia furioso.

– A Srta. Cavendish e eu estamos muito ocupadas com nosso inventário – disse Constance, fingindo gravidade. – Volte mais tarde.

– Preciso falar com a Srta. Cavendish. Sozinho.

Ele parou e esperou, as costas tensas.

Constance olhou para Poppy com ar de preocupação.

– E ele ainda nem sabe sobre os fios de ouro – sussurrou ela. – É melhor você falar com ele.

– Sim, é claro, Vossa Graça – disse Poppy, levantando-se.

Ele a conduziu pelo corredor até sua ala particular. Ela ainda não vira aquela parte da casa. Era mobiliada em tons escuros e austeros – evidentemente, ele tinha seus limites quando se tratava do gosto da irmã pelo dourado – e cheirava a sândalo.

Ele segurou a porta do escritório para que ela entrasse, em seguida indicou uma cadeira diante de uma imponente escrivaninha de mogno.

– Por favor, sente-se.

As palavras foram educadas, mas algo ardia sob aquele tom. Ele apoiou o corpo longilíneo na escrivaninha, os braços cruzados ao peito de maneira que, com sua altura, era quase ameaçadora.

– Srta. Cavendish, acabo de ter uma conversa com seu amigo, o Sr. Raridan.

Ele disse o nome com desagrado, o dedo tamborilando na mesa num ritmo irritado e percussivo.

– Foi uma conversa muito *incomum*. Talvez a senhorita possa me ajudar a dar sentido a ela.

Poppy se colocou tão ereta quanto possível, esperando não revelar seu mal-estar. Westmead tinha sido quase desafiadoramente afável em suas conversas anteriores. Arrogante, talvez, mas calmo como um lago. Para onde fora aquele homem? E o que Tom poderia ter dito para fazê--lo sumir?

– Certamente, Vossa Graça. O que vocês discutiram?

O duque olhou para ela por um longo momento.

– O Sr. Raridan achou que seria bom me avisar que a senhorita está retirando as plantas da terra do seu falecido tio ilegalmente. E está usando *meus* homens para fazê-lo antes que seja descoberta pelo herdeiro dele.

Poppy foi tomada pela exaustão. Tom. Sempre ultrapassando os limites. Sempre vivendo em um mundo alheio à realidade.

– O Sr. Raridan pediu minha ajuda para bloquear seu esquema, para sua proteção – disse o duque. – Ele sugeriu que eu deveria deixar o assunto sob os cuidados dele, já que é seu noivo e tem o dever de proteger seus interesses. Creio que a palavra que ele usou para descrevê-la foi "confusa".

A expressão no rosto do duque era indecifrável e seus dedos continuavam a tamborilar na mesa. O pulso dela se acelerou, acompanhando o ritmo que ele mantinha.

– Eu avisei o Sr. Raridan que seus serviços foram contratados pela minha irmã, não por mim, e o mandei embora – prosseguiu ele. – Mas a senhorita deve entender que essa conversa me deixou com muitos questionamentos. Pois, veja, se há uma palavra que eu não usaria para descrevê-la é *confusa*.

– Vossa Graça – disse ela sem alterar a voz, tentando manter a cabeça fria. – O Sr. Raridan não é meu noivo. E não há nenhum esquema. O senhor está enganado em todos os aspectos.

– Ah. Eu estou enganado – disse ele, soltando a respiração.

Ele fechou os olhos e acenou com a cabeça, como se estivesse tomado de alívio.

– Claro que sim – emendou ele.

Ela o odiou naquele momento por zombar dela.

– Quis dizer que estaria errado em acreditar no Sr. Raridan.

– Eu não disse que *acreditei* nele, Srta. Cavendish. Mas, como passei quase uma hora tentando desvendar a verdade por trás do discurso absurdo de um homem trazido aqui a *seu* pedido, talvez possa me conceder a gentileza de um esclarecimento. Vamos começar com o que precisamente a senhorita está empreendendo em Bantham Park.

– Estou removendo bens da propriedade do meu falecido tio antes que o herdeiro dele tome posse. Isso é correto. No entanto, faço-o legalmente.

– Raridan afirma que a propriedade é vinculada ao título. Isto é verdade?

– Meu horto não está incluído nisso. Eu paguei ao meu tio os tributos equivalentes aos de um arrendatário pelo uso de sua terra. Usei fundos de uma pequena herança deixada por minha mãe. Arranjamos o assunto com um advogado para que não houvesse dúvidas. Os bens que estou retirando pertencem a mim.

– No entanto, é verdade que os está removendo da propriedade às escondidas.

Ele a observava com atenção. Ela odiou aquele ataque à sua integridade.

– O negócio é lucrativo. Depois de muitos anos, tem um fluxo constante de clientes. Ao passo que as terras do meu falecido tio não são produtivas e requerem uma fortuna para serem mantidas.

Os olhos do duque se suavizaram um pouco, mas ela percebeu que ele não estava de todo convencido.

– Além disso – continuou ela, com mais intensidade –, não tenho nenhum relacionamento com a família que tomará posse da propriedade. Se eles contestassem meu direito ao horto, os honorários advocatícios me arruinariam. Vossa Graça, sendo um homem de negócios, entende a fragilidade de um empreendimento nos estágios iniciais de sucesso.

– Sendo um *homem de negócios*, entendo a motivação. Sendo uma *pessoa racional*, não entendo por que se comprometeria com um homem que a vê como uma ladra e depois o enviaria aqui para acusá-la de um crime.

Ela lançou a cabeça para trás, frustrada.

– Por favor, não me insulte mais sugerindo que sou noiva dele. Ele de fato me pediu em casamento. Eu recusei. Ele não está ciente das particularidades das minhas circunstâncias e está claramente enganado em tudo o que disse.

Ela fez uma pausa e apertou as mãos para que ele não visse que tremiam.

– E gostaria de acrescentar, Vossa Graça, que as minhas circunstâncias pessoais não são mais da sua conta do que são da dele.

– Asseguro-lhe que não tenho nenhum interesse nas suas circunstâncias pessoais, Srta. Cavendish. Mas confesso que acho difícil entender por que a senhorita indicaria Raridan para uma apresentação se tem tão pouco apreço pelo caráter dele.

Ela fechou os olhos. A verdade era vulgar demais para ser revelada a alguém que nunca seria capaz de entender as muitas concessões que uma mulher precisa fazer para sobreviver no mundo dos homens. Que é preciso se resignar ao tênue limite entre amizade e inimizade, pesar a conveniência contra a retidão.

Retidão era uma virtude que os duques podiam se permitir. Floristas tinham de ser mais ponderadas.

– Apesar de todas as falhas, o Sr. Raridan me fez uma grande gentileza e eu lhe devia um favor. Tenho certeza de que ele não teve a intenção de questionar minha integridade.

Westmead a encarou por um momento, depois passou a mão pelos cabelos, num gesto de frustração.

– Se ele me disse essas coisas, a senhorita pode imaginar que não há como saber a quem mais ele poderia dizê-las.

Ela não tinha resposta para isso. Ele estava certo e essa possibilidade era arrepiante. Poppy havia considerado Tom um amigo, apesar de todos os seus defeitos. E agora, como recompensa por esse erro de julgamento, precisava apaziguar mais um homem que, por ser bem-nascido, tinha o poder de destruí-la.

Westmead suspirou.

– Permita-me que lhe dê alguns conselhos, Srta. Cavendish, de um comerciante para outro. O comércio não consiste apenas de contratos e termos. O sucesso requer um olho aguçado para o caráter das pessoas com quem se associa. Faria bem tomar mais cuidado.

O ressentimento eclodiu em seu estômago. O grandioso duque, com suas riquezas arduamente conquistadas, oferecendo lições do alto de sua condescendência. Desejou vê-lo no lugar dela – olhando para as desesperadoras colunas de seu livro-razão, com os horizontes se fechando – e descobrir que escolhas *ele* poderia se rebaixar a fazer, com que tipos de pessoas *ele* se associaria para sobreviver.

Ela se levantou da cadeira e cruzou os braços.

– Não vim aqui para pedir conselhos. Peço desculpas pela impertinência do Sr. Raridan, mas gostaria de lembrar que eu não teria feito essa apresentação se sua irmã não tivesse me convencido a interromper minhas atividades e vir *aqui*. Se acha minhas práticas tão irregulares, fico feliz em suspendê-las. Informarei a lady Constance que, à luz dos excelentes conselhos que recebi, decidi ter mais cuidado na escolha das pessoas com quem me associo. Tenha um bom dia, Vossa Graça.

Ele a encarou com espanto, sem dúvida emudecido pela audaciosa afronta.

Ela lhe deu as costas e saiu do escritório.

Archer ficou ouvindo os passos da Srta. Cavendish se afastarem pelo corredor. O som de vozes femininas – o tom doce da irmã implorando perdão, as respostas concisas da florista – tornou-se mais fraco.

Diabos.

Ele a ofendera.

Precisava se desculpar.

Não era homem de perder a cabeça. Nunca. Mas seu sangue tinha começado a subir no momento em que aquele jovem pomposo entrara flanando em seu escritório e insinuara que ele permitira à Srta. Cavendish espoliar metade da região.

Não que tivesse acreditado nele. Porque não tinha.

Nada daquilo condizia com a reputação dela. Uma breve consulta ao seu assistente no dia anterior deixara claro que ela era uma pessoa de considerável talento. Estava à frente do mercado no que se tratava das plantas vindas das colônias e que estavam se tornando tão populares entre os jardineiros das grandes propriedades da Grã-Bretanha. Em poucos anos, se ela continuasse em sua trajetória, teria um negócio invejável. Claro que localizá-lo ali, em Grove Vale, longe de qualquer hidrovia, não era o ideal. Mas com o tipo certo de terra...

Ela não era diferente dos homens em cujas empresas ele investia. Comerciantes perspicazes, trabalhadores, com potencial maior do que o capital que possuíam. Se ela lhe apresentasse uma proposta de investimento, ele a assinaria sem pensar duas vezes.

Ele não a chamara ao escritório para insultá-la. Ele a chamara para alertá-la. Mas algo na ideia de que ela estivesse comprometida com aquele espécime masculino boçal e arrogante o fizera perder a calma. Pelo menos ela não iria se casar com aquele idiota que tinha insinuações mordazes e compreensão míope sobre contratos de empréstimo. Mal podia imaginar toda a ambição e inteligência da Srta. Cavendish sendo desperdiçadas na indolência doméstica de um apartamento sujo em Cheapside. Só de pensar, ficava deprimido.

Constance interrompeu seus pensamentos escancarando a porta.

– O que você fez, seu infeliz? – sibilou por entre os dentes.

Ele ergueu os olhos, aflito.

– Eu... Sim, eu agi mal.

– Archer – disse ela com precisão mortal. – Quatrocentas das pessoas mais influentes do país estarão nesta casa em menos de *duas semanas* esperando encontrar uma floresta num salão de baile. Deus o ajude se não houver uma quando eles chegarem.

– Pedirei desculpas à Srta. Cavendish.

– Imediatamente – interrompeu sua irmã. – Você o fará *agora*. Antes que ela saia. *Vá.*

Ao menos dessa vez, ele agradeceu a presença dos criados que assombravam os corredores e lhe indicaram o pórtico, onde a Srta. Cavendish esperava por uma carruagem. Ela estava imóvel, rígida, a postura tão retesada que parecia prestes a se partir.

– Srta. Cavendish.

Ela se virou e o fez estacar com seu olhar.

– O que poderia querer de mim agora, Vossa Graça? Talvez ache que estou levando a prataria?

– Srta. Cavendish, eu a insultei. Não era minha intenção. Nem sei como lhe fazer um pedido de desculpas adequado. Espero que reconsidere.

Ela manteve os braços cruzados ao peito, impassível. Qualquer um que estivesse observando poderia questionar qual dos dois ali possuía um título de nobreza.

– Veja – continuou ele, limpando a garganta –, achei as afirmações do Sr. Raridan desconcertantes, dado o que o Sr. Grouse me disse sobre seus negócios e sua reputação.

– Ah. Claro. Andou se metendo nos meus assuntos – disse ela, sem se preocupar em esconder a raiva. – E o que descobriu? Que moro em Grove Vale? Sobrevivo com uma renda escassa? Cultivo plantas?

– Descobri que começou na jardinagem ainda menina, junto com sua mãe, e continuou a aprender sozinha os princípios da botânica depois da morte dela. Usou uma pequena herança para começar um horto e desenvolveu uma grande habilidade para adaptar espécies exóticas ao clima inglês. Previu o apetite dos jardineiros por plantas estrangeiras. Está bem-posicionada no mercado. Numa posição invejável. E tem feito tudo sozinha.

Ele fez uma pausa.

– Quer saber o que eu penso? – perguntou ele.

– Tenho certeza que vai me dizer, de qualquer modo.

– Essa combinação de ambição, visão e diligência é algo que procuro constantemente em meus investimentos. Gasto pequenas fortunas contratando homens para percorrer o país em busca disso. Assim, sei melhor do que ninguém que ela é...

Seus olhos se encontraram à luz turva.

– ... excepcionalmente rara – conseguiu dizer.

Ele limpou a garganta mais uma vez e prosseguiu com a voz rouca:

– Considerando-se que eu a repreendi por sua falta de transparência, a honra me obriga a revelar que fiquei bastante consternado quando soube que estava noiva de Raridan. Acho que pensei *Como ela ousa? Como se atreve a desperdiçar tais dons com uma criatura tão medíocre?* Ou, mais especificamente, com quem quer que seja?

❧

Ela não disse nada. Não poderia, porque perdera o fôlego. Nunca fora descrita em tais termos por ninguém. Como poderia, quando a pequena nobreza local, que a conhecera a vida toda, contava uma história diferente sobre ela? A de uma solteirona excêntrica que se embrutecera com um empreendimento comercial. Uma mulher arrogante, detestável, insalubremente obcecada por plantas.

– Obrigada – disse ela.

Torceu para que a voz não revelasse quanto fora afetada pelo que ele dissera. Não era conveniente mostrar-se tão comovida.

Ele deu de ombros como se as próprias palavras não fossem notáveis. Como se todo dia alguém a avaliasse daquela forma.

A carruagem que ela esperava surgiu pelos portões do estábulo e se aproximou da escada.

– Srta. Cavendish, à luz do meu lapso de julgamento, entendo perfeitamente se não quiser voltar a Westhaven. Porém, se Constance acredita que sou culpado de arruinar seus planos, terei que suportar a mortal desaprovação dela pelo resto da vida. Seria possível convencê-la a reconsiderar e concluir seu projeto para minha irmã? Asseguro-lhe que não tentarei interferir na colocação de um vaso sequer.

Os contornos do rosto dele não deveriam pesar na decisão, mas Poppy não podia deixar de admirá-los, pois a luz evanescente dançava sobre os planos que o tornavam às vezes bonito, às vezes feroz.

Ou talvez fosse apenas a maneira como ele a olhava. Como se o respeito dela significasse algo para ele. Como se *ela* significasse algo para ele.

– Está bem – disse ela. – Voltarei de manhã. Por causa de lady Constance.

Ele assentiu.

– Fico feliz em ouvir isso. Por causa de lady Constance.

E então ele sorriu.

Um sorriso infantil, rápido e caloroso, como o sol surgindo de trás de um aglomerado de nuvens. Foi tão inesperado e apaziguador que, sem pensar, ela levantou o rosto em direção ao dele para observá-lo melhor. Seus olhos se encontraram e um calafrio percorreu sua espinha. Porque, por um breve instante, ela pensou que ele pudesse se inclinar, vencer a distância entre eles e beijá-la.

Não. Não *pensou* que ele pudesse fazer isso. *Quis que ele o fizesse.*

Ela *desejou* que ele a beijasse.

Em vez disso, ele fez a boca retomar a linha sóbria habitual, curvada num arco profundo, e lhe ofereceu a mão para ajudá-la a entrar na carruagem.

Contudo ela não deixou de notar que ele segurou os dedos dela apenas um segundo a mais do que o necessário.

– Passe bem, Srta. Cavendish.

Nem que ele permaneceu nos degraus, vendo a carruagem dela partir até sair pelos portões de ferro.

Ela abraçou a si mesma.

Não voltar a Westhaven? Era impensável.

Passara anos e anos insistindo em tentar convencer pessoas bem-intencionadas de que ela era digna do futuro que almejava e, em resposta, sendo descartada e considerada intratável, na melhor das hipóteses. Mas ela sabia – *sabia* – do que era capaz. Ela sabia da mesma maneira como conhecia a própria alma, a própria respiração, o próprio pulso. O que não tinha percebido era quanto ansiava por alguém que também soubesse disso.

Ela ia provar que era o duque de Westmead, não os outros, quem estava certo a seu respeito.

Iria deixar a todos estupefatos com o que iria realizar.

Capítulo seis

Indomável, Poppy repetia para si mesma enquanto marchava até a porta de Westhaven vestida de botas e calça masculinas. *Você. É. Indomável.*

Ela ficara acordada por horas, repassando na cabeça o discurso de Westmead sobre ela. Ao amanhecer, tomara uma decisão: acreditar nele.

Não tentaria mais se passar por uma donzela educada com suas mesuras desajeitadas e seus vestidos remendados. Seria simplesmente Poplar Cavendish, a mulher que recebera o nome de uma árvore. Uma brilhante florista que usava calças masculinas, cavalgava como homem e não precisava da aprovação da sociedade. Ela usaria seus dons inatos para projetar o salão de baile mais notável da história da Grã-Bretanha e sairia daquela casa tendo uma legião de novos clientes e sua independência assegurada.

– Lady Constance solicita o prazer de sua companhia na sala matinal, Srta. Cavendish – disse o mordomo, o rosto congelado de espanto diante de sua aparência.

Ela sorriu, ignorando o desconforto dele.

– Certamente. Mostre o caminho.

A sala matinal estava em completa desordem. As cadeiras e sofás haviam sido empurrados para as paredes a fim de criar um grande espaço vazio no meio do aposento e cada superfície estava coberta por pilhas de rolos de tecidos coloridos e caixas de rendas e penas.

Constance estava de pé em um banco redondo no centro desse caos, usando um vestido de tafetá rosa cintilante, os braços estendidos para ambos os lados enquanto uma costureira se postava atrás dela para marcar os ajustes com alfinetes.

Uma mulher com um vestido escarlate impressionante as observava com postura régia.

– Mais apertado na cintura – disse ela de modo severo para a costureira.

– Valeria, se ela apertar mais, tudo o que vou fazer no baile é desmaiar. As famílias mais tradicionais da Inglaterra vão pensar que tenho alguma doença debilitante.

Ao notar a presença de Poppy, Constance sorriu.

– Ah, Srta. Cavendish, você chegou! Gostaria que conhecesse madame Valeria Parc, minha modista.

A pequena mulher ficou de pé, revelando-se tão marcante quanto seu vestido, toda ângulos e espirais de longos fios negros. Seus olhos verdes cintilaram sobre Poppy, desde o cabelo bagunçado até os trajes masculinos.

– *Enchantée* – disse ela, parecendo exatamente o contrário de encantada.

– Há um roupão para você atrás do biombo – informou Constance. – Troque de roupa. Está na hora da sua prova.

– Minha o quê?

Saltando de seu poleiro para o chão, Constance deu o braço a Poppy e a conduziu até um biombo chinês.

– Quero que você tenha um vestido novo para o baile. Algo tão deslumbrante quanto seus projetos. É o mínimo que posso fazer depois do *grande* mal-entendido de ontem à noite. Agora, dispa-se logo! Se Valeria tiver mais tempo para apertar meus espartilhos, vou sufocar.

Poppy abriu a boca para protestar – ela estava ali a trabalho, não para ganhar presentes para os quais não tinha utilidade. *Indomável*, ela se lembrou. O baile era uma oportunidade para conquistar novos clientes. E não podia fazer isso usando um vestido acinzentado e puído de musselina.

– É muita gentileza de sua parte – disse ela com firmeza, marchando para trás do biombo para tirar a roupa.

Depois que ela vestiu uma camisa de baixo, Valeria a levou para o banco e começou a tomar suas medidas com movimentos ágeis.

– Ela vai precisar de um espartilho adequado – disse a modista, fungando.

Poppy franziu a testa. Preferia os espartilhos de couro usados pelas mulheres no trabalho, pois o corte facilitava os movimentos. Não era possível cuidar de plantas sem dobrar a cintura.

Constance a cobriu com uma seleção de tecidos e adornos.

– Eu acho que, para ela, vamos usar seda jade. Faz maravilhas com seus olhos.

– Talvez. Com saias marfim e uma faixa dourada.

– O corte deve ser marcante. Nada de mocinha recatada – acrescentou Constance.

As mulheres estenderam o tecido sobre os braços, no peito e no quadril de Poppy, prendendo aqui e ali, em seguida recuaram para avaliar o resultado.

Constance falou primeiro, permitindo que seus lábios se curvassem em um sorriso quase imperceptível.

– Ora, ora. Talvez você seja a neta de um visconde afinal de contas, Srta. Cavendish.

Valeria a girou para que ela visse a própria imagem no espelho. Onde momentos antes havia uma garota com as dimensões de uma erva daninha, agora outro tipo de mulher a encarava. Uma sílfide esguia de cintura fina e seios empinados e brancos como a neve. Poppy levou as mãos ao peito para cobrir a área exposta.

– Eu não poderia usar isso. É *indecente*.

Constance, Valeria e a costureira riram.

– Minha querida, com esse vestido, todos os homens no baile desenvolverão um súbito e forte interesse por botânica – disse Constance.

Poppy sentiu suas faces ficarem vermelhas. *Indomável*, repetiu a si mesma. Ergueu os ombros e sorriu para o reflexo no espelho.

– Farei o que for preciso em nome da horticultura. Mas agora você precisa me tirar dessa roupa. Estou atrasada para encontrar o Sr. Maxwell.

– Claro – concordou Constance, desenrolando os muitos metros de tecido fino. – Mas junte-se a mim às cinco na biblioteca. Receio que tenhamos que rever as despesas com meu tedioso irmão.

✧

Quando Constance insistiu que Archer se juntasse a ela na biblioteca a fim de repassar as despesas do baile com a Srta. Cavendish, ele sentira que ela planejava alguma travessura; ninguém ficava mais entediado com despesas do que Constance. Assim sendo, ele chegou tarde e de forma sorrateira: ser o irmão mais velho por tantos anos lhe ensinara os benefícios da discrição.

Ao espreitar pela porta entreaberta, viu que o livro de despesas estava abandonado no canto, suas páginas intocadas. Ao lado dele estava a Srta. Cavendish. A julgar por sua postura abatida e pela expressão de horror no rosto, Constance mais uma vez a fizera refém. Ele entrou sem dizer nada, pelo canto da sala. Depois do que acontecera no dia anterior, devia isso a ela – evitar mais insultos.

Constance folheava as partituras no piano.

– Ah, aqui está, um minueto. Excelente. *Tudo* o que vale a pena em um baile acontece durante o primeiro minueto.

Ela tocou alguns trechos.

– É uma batida de seis compassos, sabe? Não é muito difícil. Consegue ouvir? *Um*, dois, três, *quatro*, cinco, seis.

A florista estava linda – ele não se cansava de notar quanto ela era bonita – e divertidamente mal-humorada.

– Isso é absurdo, Constance – murmurou ela.

Ele estava inclinado a concordar com ela. Afinal, ela estava vestida como um homem.

– O verdadeiro absurdo é você não saber como fazer isso. O que espera que aconteça se um charmoso cavalheiro quiser dançar com você?

– Eu imagino que recusarei de forma educada.

Archer riu consigo mesmo.

– Bobagem – disse Constance, continuando a melodia. – Você dirá "A honra seria toda minha" e ele vai roubar seu coração e vocês vão se apaixonar sob as estrelas. Esse, veja bem, é o único propósito da dança.

Constance deixou de lado o instrumento, pegou a mão de Poppy e a puxou para o meio da biblioteca.

– O cavalheiro fará uma reverência e você, um cumprimento. Você vai juntar os calcanhares assim, está vendo? E então ele pegará sua mão. E a dança começará.

Ela demonstrou isso deslizando pelo cômodo com um parceiro imaginário, primeiro para a frente, depois para trás, contando "*um*-dois-três" enquanto prosseguia.

Concentrada em seus movimentos, Constance se tornou mais criativa, permitindo que seu parceiro invisível a acompanhasse pelo salão com floreios cada vez maiores.

Apreciando a expressão consternada que se apoderara do rosto de Poppy,

Archer não conseguiu resistir a sair do esconderijo para sussurrar ao ouvido dela:

– Minha irmã foi seduzida por um espírito?

Ela lhe lançou um sorriso aflito.

– E bêbado, ao que parece.

– Ah, Archer! – exclamou Constance. – Bem na hora. Venha, você conduz e eu toco.

– Nem pensar – disse ele, recuando para sair do aposento. – Eu não danço.

– Agora dança – determinou Constance, agarrando-o pela mão e puxando-o de volta. – Atrevo-me a dizer que seria bom se atualizar, se quiser encantar as senhoritas Bastians do mundo.

Sem esperar por uma resposta, ela colocou a mão esquerda dele na mão direita de Poppy.

Dado que ele havia passado a maior parte das últimas horas repetindo para si mesmo as muitas e excelentes razões para ficar tão longe da Srta. Cavendish quanto possível, a única reação racional seria se soltar, pedir licença e fugir para a segurança de seus aposentos.

No entanto, agora que os dedos de Poppy tinham encontrado os seus, ele não conseguia soltá-los. Era a mesma sensação estranha que o dominara ao se despedir dela na noite anterior.

Constance ajustou os braços deles na posição que julgava ideal, correu de volta para o piano e começou a tocar. Ele pediu desculpas a Poppy e então, com a relutante anuência dela, começou a guiá-la nos primeiros passos, esperando que ele mesmo lembrasse o que fazer.

Os pulinhos delicados da dança não eram nada menos que absurdos para um homem de seu tamanho. À medida que Archer passava pelos passos e meneios, de braço estendido, sentia-se mais alto e menos elegante que nunca.

Percebeu que Poppy se controlava para não rir dele. Ela desviou o olhar, gentilmente tentando se conter. Ele soltou um riso abafado. Ela resfolegou. E então ambos perderam a compostura de vez.

A música parou. Constance olhou para eles por cima do ombro.

– Não há nada de engraçado no minueto, crianças. Comportem-se.

Poppy encarou os próprios pés, envergonhada, depois olhou para ele com um brilho malicioso nos olhos, mordendo o lábio inferior de maneira que o fez querer cometer de novo o tipo de erro que ele tinha jurado banir de sua vida havia muitos anos. Piscou para ela e pegou sua mão quando a música recomeçou.

A estranheza desapareceu e ele foi levado pela sensação da mão dela encontrando a sua, pela visão do seu sorriso sutil à medida que ela se tornava mais confiante nos passos. De repente, apesar do estilo estridente de musicalidade de Constance, era um prazer dançar com Poppy Cavendish.

Ambos pareceram surpresos quando a música chegou ao fim.

– Meus parabéns! – entoou Constance. – Agora vamos tentar uma giga?

– Preciso voltar para casa – disse Poppy. – Está ficando tarde.

Ele se espantou ao sentir uma pontada momentânea de decepção. Era a primeira vez na vida que se entristecia por perder a oportunidade de dançar uma giga.

– Muito bem. Vou chamar a carruagem – falou Constance.

– Não há necessidade. Eu vim a cavalo – contou Poppy.

– Bem, você não deve voltar sozinha – rebateu Constance, horrorizada. – Meu Deus, as ideias que você tem nessa cabeça linda... E dizem que *eu* sou excêntrica. Archer, você poderia escoltar a Srta. Cavendish para casa?

O rosto da irmã era a caricatura da inocência, olhinhos bem abertos e sem nenhuma maldade. O semblante de alguém que havia arquitetado um plano e sentia que ele se desenrolava a contento. Ele olhou para Poppy para conferir se ela notara a óbvia artimanha de sua irmã, mas em vez disso viu que o rosto dela era um cuidadoso exercício de ausência de expressão.

Que curioso.

Archer não era nenhum especialista em mulheres, mas nos negócios convinha ter boa percepção. E, se não estava enganado, a Srta. Cavendish queria que ele a escoltasse e não queria *admitir* esse desejo.

O que significava que ele certa e categoricamente iria escoltá-la até a porta de casa.

– É claro que levarei a Srta. Cavendish até sua casa – disse ele, acenando para a irmã para que se afastasse.

Constance lhe lançou um sorriso presunçoso e foi embora, cantarolando um minueto enquanto saía.

– Não há necessidade de me acompanhar – disse Poppy quando Constance se foi. – Ainda não está escuro e eu monto muito bem.

– Não tenho dúvidas. Mas, dada a hora, eu estaria negligenciando meus deveres de anfitrião se a deixasse voltar para casa sem companhia. Se preferir ir de carruagem, mandarei um cavalariço devolver seu cavalo a Bantham Park.

Os olhos dela cintilavam de malícia.

– Eu prefiro cavalgar. Sozinha. O ar da noite favorece a minha constituição.

Era possível que a Srta. Cavendish estivesse *flertando com ele*?

– A minha também – falou ele. – Na verdade, fui repentinamente tomado pelo desejo premente de me exercitar sozinho à noite. Acho que vou cavalgar até Bantham Park. Sem companhia.

Ele começou a se dirigir a passos largos na direção dos estábulos.

– Adeus, Srta. Cavendish – disse, fazendo uma pausa para olhar para trás por cima do ombro. – Ofereça meus cumprimentos a todos os caçadores furtivos ou salteadores que encontrar ao longo da estrada.

Não deixou que Poppy visse seu sorriso quando ela se apressou a caminhar ao seu lado.

Capítulo sete

E ra difícil que alguém conseguisse impressionar uma pessoa quando estava sempre prestes a desfalecer na presença dela.

Poppy passara o dia todo ordenando a si mesma que evitasse o duque de Westmead.

Havia poucos benefícios em estar na companhia dele. Primeiro, sua natureza pedante e briguenta. Somada a isso estava sua tendência a lhe dar sermões condescendentes sobre negócios. Ele era firme e exigente, traços que ela gostava de reservar para si mesma. E também era gentil e a compreendia, o que tornava todas as suas outras qualidades enervantes.

Dançar com ele tinha sido uma tortura planejada pelos deuses para testá-la. Porque houve um momento, logo depois que ambos desataram a rir, em que seus olhos se encontraram, suas mãos se mantiveram unidas e ela mais uma vez imaginou como seria se ele se inclinasse e a beijasse.

E, pior, ela desejara que ele o fizesse.

Como era frustrante que Poppy houvesse passado a maior parte da última década esquivando-se de quaisquer sinais de cordialidade dos cavalheiros e então fosse atraída pelo único homem de quem era essencial que ela mantivesse distância.

Ela estava ali para impressionar o duque de Westmead a fim de garantir uma vantagem nos negócios. Não se conquista o respeito de um homem perdendo o fôlego ao avistá-lo.

E agora seu castigo por ser tão fraca era o desafio de cavalgar ao lado daquela bela constituição física, esforçando-se para manter a compostura enquanto ele a crivava de perguntas sobre seu assunto favorito: plantas.

– Que árvore é aquela ali à frente? – perguntou ele.

– Um olmo.

– Um dos meus sócios retornou recentemente das colônias britânicas. Ele ficou muito impressionado com os tulipeiros. Está familiarizada com essas árvores?

– Sim, são da família das magnoliáceas – disse ela. – São as minhas preferidas. É uma grande frustração para mim que seja tão difícil adquiri-las em quantidade suficiente para cultivá-las aqui na Inglaterra.

– Já tentou?

– Nunca me *canso* de tentar – respondeu ela, suspirando ao se lembrar do pobre e sofrido Sr. Carpenter.

– Qual é a dificuldade?

– Depender da bondade dos amigos. Para não falar dos perigos dos mares.

– Não pode comprá-las no exterior?

– Não é tão simples assim. Para obter novas variedades, é preciso convencer alguma pobre alma a escalar árvores e entrar em florestas para conseguir os estróbilos e galhos certos.

– Se você fosse meu sócio, Cavendish, eu diria que é sempre melhor incentivar do que implorar.

Tudo o que ela ouviu foi o "Cavendish". Ele a chamara pelo sobrenome. Como se ela fosse um *homem*.

Aquilo doeu.

Não deveria, pois todos sabiam que ela era excessivamente dominadora e masculina, e Poppy sempre tivera orgulho disso. Ela mesma, fazia quinze minutos, não tinha gostado da expressão um tanto desconcertada daquele exato cavalheiro ao perceber que ela pretendia montar como um homem?

Mas a questão era que as palavras tinham partido *dele*. Ele, o homem com quem ela se sentia sintonizada, como se ele fosse um galho de salgueiro-chorão quando ela queria verificar a direção do vento. Ele que, pela primeira vez desde a sua juventude, a fizera sentir-se feminina.

Era uma dose brutal de realidade.

Poppy estava sendo muito, muito tola.

– Bem, *Westmead* – retrucou ela, na esperança de disfarçar sua consternação –, não ficamos à mercê apenas da mendicância. Fazer com que as plantas cruzem o oceano intactas é algo bastante complexo. As mudas mofam por causa da umidade. Os ratos roubam as sementes. Levei anos para encontrar um método que não terminasse em desastre e, mesmo assim, o apetite dos meus clientes por novas plantas exóticas excede em muito o que posso obter da Virgínia ou da Carolina.

– Parece um mercado que precisa de investimento.

– Exatamente!

Ela olhou para Archer contente por ele ter chegado à mesma conclusão que ela.

– Tenho pensado bastante sobre os méritos de um modelo de aquisição de cotas feito entre hortos que negociam com o estrangeiro – contou ela.

– Esse método pode ser arriscado, a menos que a pessoa esteja certa da demanda. Você está?

– Ah, há um forte interesse por plantas exóticas – disse ela por cima do ombro. – O problema é convencer hortos de qualidade de que vale a pena o investimento inicial sem uma garantia…

– Pare! – gritou ele.

Poppy olhou para a frente a tempo de ver o galho baixo muito mais próximo do que deveria. Puxou as rédeas furiosamente, mas o cavalo não pararia a tempo. Com uma clareza enervante, percebeu que iria cair.

E então – a humilhação se instalando conforme seu equilíbrio diminuía – ela caiu.

Westmead já saltara de seu cavalo e estava correndo antes mesmo que ela atingisse o chão. Ela aterrissou, graças a Deus, em um arbusto, que amorteceu um pouco a queda. Mas seu tornozelo se torceu e ela ficou encolhida, a cabeça envolta num emaranhado de folhas e os cabelos em desalinho.

Westmead se ajoelhou ao lado dela.

– Fale comigo – pediu ele.

– Eu estou bem.

Ela empurrou as mãos dele e tentou ficar de pé. A dor se instalou, tão rápida e quente que faíscas começaram a atravessar seu campo de visão. Ela voltou a desabar no mato.

– Meu tornozelo – disse ela, arfando.

– Deixe-me ver.

Ele se agachou e tocou com cuidado o pé machucado, provocando outra chuva de estrelas quando a dor irradiou até a canela.

Poppy arquejou e fechou os olhos com força, mas era tarde demais.

Lágrimas quentes e furiosas encharcavam seus cílios e, para seu total desalento, Westmead notou.

– Não, não – disse ele, alarmado.

Ele revirou o bolso à procura de um lenço e o estendeu a Poppy. Ela o recusou abanando a mão.

– Por favor, não chore.

Ela daria qualquer coisa para não chorar, pois isso, sem dúvida, a fazia parecer mais ridícula do que cair do cavalo. Mas a exaustão e o estresse das últimas semanas estavam se misturando à humilhação e ao lancinante latejar no tornozelo – e as lágrimas simplesmente não cessavam.

O olhar dele era tão mortificado que a fez chorar ainda mais.

Meio sem jeito, ele tocou no ombro dela.

– Eu não deveria tê-la distraído. Perdoe-me.

Ela balançou a cabeça sem dizer nada, o constrangimento ampliando a aflição, e continuou caída no arbusto.

Sentindo-se impotente, ele estendeu a mão e puxou-a, retirando pequenos gravetos e folhas do colete dela. Ajudou-a a se sentar e então, encarando-a o tempo todo, usou seu braço rígido para apoiar a cabeça dela no ombro e deixá-la chorar ali, como se ela fosse uma criança transtornada com quem ele não sabia lidar.

Poppy estava ciente de que deveria se afastar e se recompor. Mas a solidez do corpo de Westmead, seu perfume de sândalo e linho limpo, a delicadeza desajeitada com que ele lhe dava tapinhas nas costas eram tão reconfortantes que ela não poderia se mover. Chorou na camisa dele. Uma fina camisa de linho que, sem dúvida, custara mais do que todo o guarda-roupa dela.

Ele acariciava suas costas em silêncio. Ela deveria fazê-lo parar, mas aquela sensação evocava o início de sua infância, antes que os pais morressem, que sua ama sumisse e o conforto de um simples toque fosse substituído pela guarda do tio, que cuidava dela de forma distante e distraída. Antes que Poppy se tornasse tão completa e absolutamente sozinha.

– Sinto muito – disse ela, tentando se recompor.

– Não tanto quanto eu.

Ele correu o polegar pela face dela, limpando os últimos vestígios de lágrimas. Ela ergueu o rosto em direção ao calor da palma da mão de Archer, observando os olhos dele para avaliar o desdém que sem dúvida encontraria. Mas não havia nenhum traço de julgamento no olhar dele. Apenas poças escuras e plácidas de bondade. Ela fechou os olhos para não se afogar nelas.

E sentiu os lábios dele roçarem seu rosto.

Aconteceu tão rapidamente quanto a batida de um coração, tão fugaz quanto uma respiração. Ela congelou, abriu os olhos. E viu calor e consternação nos dele.

– Meu Deus! – murmurou ele.

O duque imediatamente a soltou e se afastou. Ela ficou atordoada, o corpo protestando pela perda abrupta do calor dele. Era o sentimento mais distante possível da sensação que ela tivera uma vez na floresta com Tom.

O duque de Westmead limpou a garganta.

– Parece que devo implorar seu perdão mais uma vez, Srta. Cavendish. Não sou uma boa companhia.

Ela balançou a cabeça em silêncio. Não queria um pedido de desculpas. Seu corpo inteiro vibrava com o que realmente queria: *Faça de novo*.

Mas ele se pusera de pé num salto e o momento se perdera.

Inferno.

O que é que ele tinha acabado de fazer?

E por quê?

Não sabia o que queria mais: tomar novamente a Srta. Cavendish nos braços e confortá-la ou se embrenhar floresta adentro, horrorizado com o fato de que aquela mulher em quem ele não deveria colocar as mãos o estava transformando em um molenga.

Resolveu verificar seu tornozelo machucado.

– Não está quebrado. Mas você não vai conseguir se apoiar nele.

Ela lhe lançou um olhar sombrio. Parara de chorar.

– Desculpe. Eu me distraí com a conversa sobre plantas.

Ele a levantou.

– A culpa foi minha. Venha, coloque seus braços ao redor do meu pescoço.

Ele tentou não se concentrar no fato de que ela era leve e macia, mas o corpo dele sentia falta de ter uma mulher nos braços. Ali, naquele bosque, ele a sentiu intensamente.

Archer a levou com cuidado até o cavalo dele e a acomodou no lombo do animal com uma palmadinha tão fraternal quanto possível.

– Aqui estamos nós. Tente não cair enquanto eu cuido do seu cavalo.

Ele piscou para Poppy.

Ela resfolegou.

Archer buscou a égua dela e a amarrou ao próprio cavalo, depois montou, ficando na frente de Poppy.

– Segure firme na minha cintura e se apoie em mim se ficar tonta.

Ele esperou enquanto ela se ajeitava, tentando não apreciar a sensação das coxas dela envolvendo seu quadril.

Quando ela estava pronta, ele guiou os cavalos para que voltassem.

Poppy bateu em seu ombro.

– Vossa Graça, está indo na direção errada.

– Estamos muito mais perto de Westhaven do que da sua casa. Estou levando-a de volta. Seu tornozelo precisa de repouso.

– Minha criadagem vai ficar alarmada se eu não voltar antes do anoitecer.

Ele duvidava. O lugar parecera deserto quando ele o visitara. Se havia criados, certamente não estavam esperando o retorno de sua senhora. Ocorreu-lhe, não pela primeira vez, que ela era sozinha.

– Enviaremos uma mensagem de Westhaven.

Ele cavalgou devagar, tendo percebido a respiração mais forte de Poppy a cada movimento súbito do cavalo. Também estava consciente da leve pressão dos dedos dela em sua cintura. Ela sem dúvida o segurava dessa maneira para evitar um aperto mais direto. Ficaria horrorizada se soubesse quanto aquele toque o provocava.

Ele tentou ficar mais horrorizado consigo mesmo por gostar.

Desmontou assim que chegaram aos estábulos e chamou o cavalariço mais próximo, que segurou os cavalos enquanto Archer erguia Poppy e a carregava para dentro da cozinha.

O atarefado cômodo parou ao ver seu senhor apoiando nos braços uma Poppy Cavendish encurvada.

A Sra. Todd, a governanta, correu na direção deles.

– Vossa Graça. Senhorita Cavendish! O que aconteceu?

– A Srta. Cavendish foi jogada do cavalo. Mande levar gelo e linho limpo ao meu escritório e prepare um quarto para ela. E providencie para que o que for necessário seja trazido de Bantham Park. Ela vai precisar do suficiente para alguns dias.

– Alguns *dias*? – objetou Poppy.

– Não faz sentido você passar horas indo de um lado para outro por essas estradas em meio à floresta estando com o tornozelo machucado. Eu insisto que fique. Lady Constance não vai querer ouvir o contrário.

Ao dizê-lo dessa forma, ele acrescentara um verniz de decência, embora a decência não estivesse no topo de suas preocupações. Ele a queria ali, onde pudesse ver que estava sendo bem-cuidada. Não gostava de pensar nela sozinha e machucada numa casa distante e tão recentemente visitada pela morte.

Ela olhou para ele, depois para o tornozelo que inchava. Ele já estava enorme em comparação ao restante da perna esguia, estufado sob a meia como uma cobra que tivesse engolido uma maçã.

– Ah, está bem – disse ela com um suspiro, passando o braço ao redor do pescoço dele para ser levada, de repente tão imperiosa quanto uma rainha. – Mas ande logo com isso.

❧

A lareira do escritório do duque ficara acesa. Poppy tentou não gritar de dor quando Westmead a instalou em um sofá de veludo na frente do fogo. Ele desapareceu por um momento e voltou com uma pilha de travesseiros, aparentemente do próprio quarto, que usou para criar uma pequena montanha para elevar a perna dela.

Satisfeito, virou-se para sua imponente mesa e serviu em um copo largo de vidro uma generosa quantidade de líquido âmbar de um decanter. Engoliu a bebida de uma só vez, reabasteceu o copo e o entregou a ela.

– Beba. Vai entorpecer a dor.

Ela tomou um gole pequeno, experimentando. Pera, fumaça e baunilha, seguidas por uma queimação em sua garganta. Engasgou enquanto o líquido descia.

Ele ocupou a extremidade oposta do sofá, de onde ficou encarando com ar infeliz a protuberância no tornozelo dela.

– Vou procurar Constance para ajudá-la com as botas e as meias.

Poppy estremeceu ao pensar nisso. A histeria de Constance ao ver o tornozelo inchado talvez fosse ser pior que a dor em si.

– É realmente necessário? – retrucou ela.

Bebeu outro gole do conhaque, que a distraiu da dor ao lhe causar ardência na garganta.

– É importante diminuir o inchaço se quiser caminhar no futuro próximo.

Ela sabia que ele só estava sendo educado ao chamar a irmã, mas Poppy não era de seguir as tediosas convenções sociais do comportamento feminino se elas lhe custassem o uso de sua perna.

– Será muito mais rápido se você o fizer – sugeriu ela, sorvendo outro gole fortificante da bebida.

Ele lhe lançou um olhar aflito e de repente ela se sentiu muito ousada.

– Vá em frente – ordenou. – *Com cuidado.*

Algo dentro dela sabia – considerando quanto havia gostado do abraço dele no chão da floresta e de tocar sua cintura enquanto voltavam para Westhaven – que era um erro exigir que o duque de Westmead a despisse.

Mesmo que fosse apenas o tornozelo.

Mesmo que fosse em nome da sua saúde.

Ainda assim, ela acenou de forma irreverente indicando o pé.

– Certo, então. Grite se eu a machucar.

– Não é o tornozelo que me preocupa, é meu orgulho – ela se ouviu dizer.

Aquele deveria ter sido um comentário silencioso, só na sua cabeça, mas escapara da boca pela ação do conhaque de Westmead.

– Por que toda vez que estou perto de você – continuou sua boca, mesmo sem consultá-la – tudo termina na minha humilhação total?

Ele parou.

– Humilhação? Estou apenas tirando seu *sapato*, Cavendish. Seu pé é tão feio assim?

Ela fechou os olhos e decidiu continuar a falar para se distrair da dor.

– Cavendish. Você chamaria uma dama pelo sobrenome, como um homem?

– Só se ela fosse dominadora e obstinada como um homem – respondeu ele, não sem uma nota distinta de apreço.

– Então eu o chamarei de Westmead.

– Meu nome é Archer – disse ele, afável.

– Sabe, *Archer*, nesses quatro dias desde que o conheci, já me machuquei e fui envergonhada mais vezes do que no ano anterior inteiro.

– É mesmo? – perguntou ele com ar inocente, desamarrando o cordão da bota.

– É mesmo. Primeiro você me acusou de cometer fraude. E de estar noiva. De um idiota.

Ele retirou a bota com toda a delicadeza.

– Um idiota *mentiroso* – esclareceu ele. – Mas eu estava errado. O constrangimento foi meu, não seu.

Ela fez um ar de zombaria. Os dedos dele deslizaram por baixo da bainha da calça dela para alcançar sua liga e soltaram o laço com um movimento rápido e eficiente.

Ele segurou o fino tecido da meia e, sem pressa, começou a enrolá-lo. Senti-lo puxar a meia tão devagar pela perna fez com que os olhos dela se arregalassem. Não por causa da dor – ele estava sendo delicado –, mas por ela estar muito consciente do toque dele em sua pele.

– Então Constance o forçou a me dar uma aula de dança.

– Você não se saiu nada mau para uma novata. De qualquer modo, provou ser melhor dançando do que *montando*.

– Pois é! E até consegui ser atirada do meu cavalo.

Ela riu, espantada. Era bom dizer o que lhe vinha à cabeça. Era altamente relaxante. Talvez ela devesse sempre beber conhaque e convidar homens com olhos bondosos para despi-la.

– Bem, sim, isso foi bastante ruim – admitiu ele. – Fique quieta.

Ele apoiou o tornozelo dela de volta na montanha de travesseiros e foi buscar cubinhos de gelo envoltos em tecido.

– E depois, é claro, você me *beijou* – ela se ouviu dizer.

Ela se sentiu enrubescer – o calor pinicando primeiro junto à linha dos cabelos, descendo para o rosto, depois se espalhando pelo pescoço. O bem-estar provocado pela honestidade tinha seus limites, ao que parecia.

Westmead congelou. Por um segundo, interrompeu seus cuidados para apenas encará-la. Os olhos dele estavam nublados.

– E isso foi... humilhante? – perguntou ele, devagar.

Havia algo na voz dele que ela não conseguiu decifrar – não era raiva, mas seu tom estava longe de ser aquele leve, de provocação, que ele usara antes.

Ela fechou os olhos com força. Chegara tão longe com a verdade que podia muito bem prosseguir.

– Não foi *exatamente* humilhante – admitiu. – Isto é, até você *parar*.

Era loucura falar com ele daquela maneira. Uma abominação. Ela não tinha passado duas décadas esforçando-se para superar qualquer homem até numa disputa de cuspe a distância só para flertar desavergonhadamente com o duque de Westmead enquanto se reclinava em seu sofá com as mãos dele em sua perna.

Ele ficou em silêncio enquanto arrumava a compressa de gelo ao redor do tornozelo dela, envolvendo-a em outra camada de tecido para mantê-la no lugar.

Então, levantou-se e pegou o copo da mão de Poppy. Devagar, bebeu todo o líquido que ali restava.

– Você achou que eu parei porque *queria*? – perguntou ele por fim.

Um homem com mais talento para a autoproteção teria se afastado de Poppy Cavendish de imediato. Teria notado o efeito que ela exercia sobre ele apenas por estar no sofá diante da lareira e teria descoberto uma necessidade súbita e urgente de ir para outro cômodo e avaliar as contas da propriedade ou conjugar verbos em latim.

Ele não teria afastado uma pilha de livros para poder olhar bem nos olhos dela e dizer:

– Cavendish, o que eu *queria* era um tipo de beijo muito diferente.

Ele não teria se inclinado no ouvido dela e sussurrado:

– E, para não deixá-la constrangida, vou poupá-la do que eu *queria* enquanto suas coxas estavam enroladas em mim no cavalo.

Um homem que não quisesse se arruinar teria se levantado assim que ela lhe sussurrou:

– E o que você *quer* agora?

E ele não teria respondido:

– Isto.

Nem colado a boca à dela com a força de todo o ardente desejo contra o qual vinha lutando desde o momento em que a salvara da maldita pluméria em sua maldita estufa.

Se havia alguma dúvida de que ela também o desejava, essa dúvida se perdeu em seus lábios, aqueles lábios suaves, rosados, macios, que primeiro tremeram e depois se abriram para ele. E em seus cabelos, aqueles fios longos e escuros que sempre o tentavam com sua voluptuosidade, tão macios e perfumados quanto ele imaginara. E em sua boca aquecida pelo conhaque, que se abriu e se curvou num sorriso enquanto ele prendia o seu lábio inferior e gentilmente o puxava, provocando-a com os dentes.

Quando ela o *mordeu* em resposta, ele se perdeu por completo na sensação. Seu maxilar roçou a nuca esguia, o ouvido captou os suspiros dela conforme as mãos dele traçavam, incrédulas, os contornos daqueles ombros femininos, sua bela e delicada clavícula, as cavidades do pescoço.

Ele a puxou para perto, querendo envolvê-la, sentir seu cheiro. Poppy estendeu as mãos para correr os dedos pelos seus cabelos, acariciar seu rosto. Somente quando ela soltou um pequeno grito e recuou, ele conseguiu encontrar a força necessária para descolar os lábios dos dela.

Muito tardiamente, lembrou-se do tornozelo ferido.

– Maldição. Eu a machuquei.

Os olhos dela estavam luminosos.

– Eu não queria que parasse. É só que bati meu tornozelo no sofá. Adicione isso à minha lista de humilhações.

Ela estava relaxada, reclinada e cintilando à luz do fogo, os lábios inchados dos beijos dele. Ele queria pegá-la no colo, carregá-la para o quarto e libertá-la daquela calça. Queria mais da pele dela na dele. Fazia tanto tempo que não se deixava tocar de tal maneira e agora percebia quanto estivera faminto por isso.

O que era perigoso para ela.

Mas inaceitável para ele.

Ele soltou um suspiro entrecortado e ficou de pé.

– Ah, não – sussurrou ela. – Lá vai você, de novo.

E, para grande alívio do duque, uma batida soou à porta.

– Archer! – gritou sua irmã. – O que aconteceu com a Srta. Cavendish?

Capítulo oito

Foi como num conto de fadas: com uma batida à porta, o feitiço se quebrou.

Westmead estava de pé, a expressão vulnerável apagada de seu rosto.

Poppy sentiu a mudança em si mesma também. Com o que, por um ato de feitiçaria, a mulher sensual e entusiasmada à luz do fogo se alinhou e endureceu até retomar os contornos reduzidos da florista, com os horários rígidos e o sempre presente livro-razão.

A porta se abriu e Constance entrou correndo.

– Ah, fiquei tão preocupada com você! – exclamou. – Quebrou mesmo?

Poppy balançou a cabeça depressa.

– É apenas uma torção. Eu teria ido para casa, mas Sua Graça insistiu que voltássemos aqui para aplicar gelo.

Constance lançou para Westmead um olhar que Poppy não decifrou.

– Claro que você deveria voltar – murmurou ela. – Nós vamos cuidar tão bem de você que nunca mais vai querer nos deixar. A Sra. Todd lhe preparou um quarto. Archer, poderia carregar Poppy? Ela não deve andar.

Ele se curvou.

– Para onde vou levá-la?

– Para o quarto marfim.

Um olhar estranho cruzou o rosto dele.

– O quarto *marfim*?

– Sim, claro – garantiu ela, com um tom que quase soou presunçoso aos ouvidos de Poppy. – Ela não deve subir escadas, e é o único quarto no térreo. Além do seu, é claro.

Poppy achou ter ouvido Westmead praguejar baixinho, mas, antes que pudesse analisar o significado daquela troca de palavras, ele a estava pegando no colo mais uma vez.

Quando atravessaram o corredor, ela logo percebeu o motivo do desconforto dele. O quarto marfim era o aposento da senhora da casa. Aquele destinado à esposa do duque.

As paredes e o chão eram de madeira escura lustrosa, mas o mobiliário era suntuoso e feminino. Um espesso tapete em tons de marfim e ouro cobria a maior parte do cômodo. Mármore de tom creme e adornos dourados coroavam a enorme lareira no extremo oposto do aposento. Diante dela ficava uma banheira de cobre polido, quase grande o suficiente para se nadar nela.

Westmead pediu licença e deixou Poppy sozinha com Constance, que flanava ao redor, ajudando-a a se despir e insistindo que ela aceitasse uma bandeja de caldo e torradas enviada da cozinha.

Os efeitos do conhaque estavam desaparecendo e seu tornozelo latejava. Poppy sibilou de dor.

– Pobrezinha! – murmurou Constance, emprestando seu ombro como apoio e ajudando Poppy a mancar em direção à cama enorme. – Tome algumas gotas disto para ajudá-la a dormir.

– O que é isso?

– Láudano.

Poppy tinha lido sobre a tintura, feita de um solvente de ópio, mas nunca a tomara. A botânica nela se perguntou se a droga era realmente tão eficaz para a dor como as pessoas afirmavam.

Ela aceitou o frasco e colocou uma única gota na língua.

– Assim está melhor – disse Constance. – Venha, vamos ajeitá-la na cama.

Ela levantou a coberta e fez um suporte confortável para Poppy, empilhando almofadas debaixo do tornozelo inchado.

– Este quarto é muito bonito – murmurou Poppy, enterrando-se no colchão de penas.

Os lençóis eram perfumados com sachês de rosas. Ela não se lembrava de já ter se sentido tão confortável.

– Não é? Eu mesmo o projetei. Quando Archer anunciou que planejava se casar, fiquei terrivelmente empolgada. Eu já tinha quase desistido dele.

– Ele está *noivo*? – balbuciou Poppy antes que pudesse se conter.

Constance ou não ouviu ou foi gentil o bastante para fingir não perceber o horror em sua voz pesada de láudano.

– Não, ainda não. É para isso que serve o baile. Elas não sabem, mas as moças solteiras que convidei foram escolhidas a dedo para o papel de duquesa de Westmead.

Ah.

Então por isso Constance insistira tanto em contratá-la. Por isso a decoração do baile tinha que ser tão espetacular. Ela estava construindo o cenário no qual o duque pretendia cortejar a futura noiva.

Talvez fosse o láudano, mas de repente ela se sentiu tão cansada que teve que fechar os olhos. Quando voltou a abri-los, Constance ainda estava lá, observando-a.

Ela passou os dedos pela testa de Poppy.

– Estou feliz por tê-la encontrado. Eu estava muito preocupada que ele estivesse prestes a cometer um erro terrível.

Poppy queria perguntar o que isso significava, mas o láudano a deixara sonolenta demais. Seu pensamento se afastou tão preguiçosamente quanto havia chegado.

Constance deu um tapinha carinhoso em sua cabeça.

– Vou deixá-la descansar, minha pobre inválida. Boa noite.

Enquanto adormecia, Poppy se viu irritada com a mulher cuja vida futura ela estava tomando emprestada por uma noite – a suposta duquesa que um dia iria dormir naquela cama e se banhar na banheira de cobre brilhante.

Sem dúvida, ela seria uma excelente dama, bem-nascida e com muitas habilidades. O tipo de moça que não se dedicava ao comércio e cujas unhas nunca estavam sujas de terra.

Poppy nunca tinha sido uma moça assim e nunca se arrependera. Ela *gostava* de sentir o solo em seus dedos.

Mas agora percebia que tal senhorita comportada poderia ter vantagens em relação a uma florista temperamental que caía do cavalo.

Essa jovem teria permissão para se deliciar nos braços do duque de Westmead sempre que quisesse.

Archer permaneceu sentado muito quieto enquanto escutava o leve rumor da irmã ajudando a Srta. Cavendish do outro lado do corredor.

Este sentimento.

Esta era a razão pela qual não dançava.

Pela qual ele restringia suas intimidades àquelas que podiam ser compradas.

Pela qual ele não dormia com uma mulher – sequer *beijava* uma mulher – desde a última vez que estivera naquela casa. Um homem de 21 anos, tão perdido em sua dor que não conseguia levantar da cama nem assumir suas responsabilidades. Um homem que havia, por algum tempo, desmoronado por completo.

Archer se levantou e se serviu outra dose de conhaque. Viver no passado era o caminho mais seguro e mais rápido para a ruína. Uma década de penosa caminhada lhe ensinara isso.

Não haveria mais gracejos com a Srta. Cavendish. Nada de cavalgadas ao crepúsculo nem aulas de dança nem conversas íntimas.

Para o bem dela, sim. Mas, principalmente, para o dele.

Archer se levantou. Precisava de uma distração.

Juntou-se a Constance para uma ceia informal na biblioteca, que ele prolongou ensinando-lhe um jogo com cinco cartas, permitindo que ela fumasse um charuto e, como um ato final de desespero, conferindo a distribuição de quartos que ela fizera para o baile.

Quando a irmã foi para a cama, ele se voltou para o trabalho. Leu duas propostas de investimento, respondendo com observações e perguntas detalhadas, embora ficasse claro que nenhum dos empreendimentos oferecia retorno adequado sobre o capital.

De alguma forma, ainda restaram horas para preencher antes que o dia amanhecesse. Ele andava de um lado para outro em seu escritório, consciente de que estava se comportando como uma espécie de pantera enjaulada. Lembrou que Constance havia encontrado várias caixas antigas durante a reforma e as guardara para inspeção, para o caso de conterem algum documento importante.

Ele as buscou em um armário. Nada como relatos mofados dos preços históricos da lã para clarear uma mente agitada.

Pegou uma faca e abriu o primeiro caixote. A bagunça ali contida o fez encolher-se. Livros de contabilidade empilhados sobre montes de correspondência variada, recheados com pedaços de papel desbotados e notas de venda manchadas pela umidade. Archer arregaçou as mangas e mergulhou no trabalho com um tipo de impiedosa satisfação. Classificar e organizar papéis em pilhas: um dos maiores prazeres de sua vida.

Havia pouco que valesse a pena examinar, exceto por uma bolsa volumosa e puída. Ele puxou o conteúdo de dentro dela: duas molduras quadradas que pareciam...

Retratos.

Dois. Uma mulher de cabelo escuro e olhos dourados. Um menino sorridente de cabelo muito louro, quase branco.

Santo Deus.

O velho e sombrio sentimento se avolumou ao seu redor, tão sufocante quanto uma corrente subaquática.

Ele empurrou as pinturas de volta para dentro da bolsa, que retornou para a caixa. Cambaleou para trás até que seus ombros encontraram a porta sólida.

Ele encostou a cabeça na madeira e tentou respirar.

– Inferno! – sussurrou.

O sentimento subiu por sua garganta. Espalhou-se ao redor das orelhas, rugindo em seu sangue, deixando a pele tão quente que ele teve vontade de arrancar a camisa.

Fora um erro voltar ali. Ele ansiava pelo labirinto cinzento de Londres. Por sua casa vazia e estéril. Por Elena. Pelo estalo abrasador do couro em suas costas. Pela dormência que se seguiria.

Ele se endireitou. Havia outras maneiras de um homem esquecer. Ou seja, conhaque. E ele pretendia beber até que não conseguisse lembrar o próprio nome.

– Não! – gritou alguém, fracamente.

– Sim – murmurou ele em resposta, estendendo a mão para o decanter.

Mas o som não vinha de sua cabeça. Ele o ouviu de novo.

Abriu a porta e prestou atenção.

Outro grito, do lado oposto do corredor.

O som o devolveu um pouco ao mundo real.

Atordoado, ele atravessou o corredor e bateu de leve à porta. O murmúrio angustiado não cessou – era áspero e tingido de medo. Ele abriu uma fresta da porta, chamando o nome dela baixinho. Obteve um gemido como resposta.

Pegou um lampião e espreitou dentro do quarto.

– Srta. Cavendish?

Com a luz mortiça da lareira, ele podia ver que ela estava enrolada nos lençóis da cama, dormindo, mas virando-se de um lado para o outro.

– Srta. Cavendish?

A testa dela brilhava com uma fina película de suor.

Ele se aproximou o suficiente para tocar seu cabelo úmido.

– Srta. Cavendish?

Ela apenas choramingou.

– Poppy – chamou ele mais alto. – Acorde.

– Não – balbuciou ela, a voz quase ininteligível com o que soava como angústia ou medo. Ou ambos.

Archer a balançou delicadamente, mas ela apenas se debateu mais com o pesadelo, lutando com o ar. Ele colocou as duas mãos com mais firmeza nos ombros dela, repetindo seu nome, até que os olhos dela se abriram. Ela se encolheu ao vê-lo.

– Não! – gritou ela de novo, erguendo as mãos diante do rosto para se proteger.

– Cavendish. Você está segura. Está em Westhaven. Estava tendo um pesadelo.

Ela se espantou e cobriu a boca com ambas as mãos, apenas parcialmente acordada.

– Está tudo bem. Vou deixá-la agora. Volte a dormir.

Ele recuou, mas outro som escapou dela, gutural e assustador.

Algo intenso e urgente nele – a parte que queria ser entorpecida por conhaque, gim ou Elena – se desfez com esse som.

Archer se moveu para o lado da cama e se ajoelhou, puxando-a para seus braços. Ao sentir sua pequena compleição, outra barreira desmoronou em seu peito e ele não pôde evitar subir na cama ao lado dela, puxá-la para junto de si e murmurar palavras sem sentido enquanto lentamente traçava círculos em suas costas. Era um gesto do passado, das noites em que ele confortava um garotinho que não conseguia dormir. Essa lembrança intensificou o rugido em seus ouvidos, mas ele o ignorou.

Segurou Poppy assim até que ela parasse de tremer. Depois de algum tempo, notou que a respiração dela voltara ao normal. Estava quase certo de que ela adormecera em seus braços, mas ele esperaria até ter certeza de que seus movimentos não a despertariam. Ele fechou os olhos por apenas um momento, concentrando-se no pulso regular e no calor dela.

A terrível angústia que havia comprimido sua garganta perdera força enquanto ele segurava Poppy nos braços – fora reduzida a uma pontada de dor. Quase suportável.

Quando abriu os olhos de novo, o amanhecer já se infiltrara pela janela. Ele havia adormecido ao lado dela.

E algo ainda mais notável acontecera.

Ele se acalmara.

Desceu com cuidado da cama e voltou para o outro lado do corredor.

Em seu escritório, a caixa continuava onde ele a deixara. Parecia menos ameaçadora sob a luz pálida do sol da manhã. Não uma relíquia do pai, apenas um engradado.

Ele a levaria para o corredor para ser descartada.

Mas talvez primeiro... Talvez ele devesse...

Respirou fundo, mergulhou a mão de volta na caixa e encontrou a bolsa desfiada. Ele a levou para o assento ao lado da janela e se forçou a retirar o conteúdo mais uma vez. Forçou-se a olhar para eles. A *realmente* olhar para eles.

Passou uma hora sentado, sozinho, contemplando os rostos da esposa e do filho.

Então, pela primeira vez em treze anos, ele chorou.

Capítulo nove

M aldito láudano.
　Poppy acordou com olhos turvos e dor de cabeça, em uma manhã chuvosa que praticamente já se tornara tarde.

Ela se debatera a noite toda com sonhos agitados movidos a ópio e agravados pelas antigas visões que haviam atormentado sua infância. A cabeceira de sua mãe, à medida que o corpo dela se tornava frio. Sua ama lutando com um homem nas sombras do palheiro enquanto Poppy se escondia, assustada demais para emitir qualquer som.

Pesadelos com a morte da mãe a perseguiram por toda a vida, mas fazia anos que ela não sonhava com o ataque a Bernadette. Ao pensar nisso, estremeceu. Algumas coisas, era melhor não relembrar.

No entanto, entrelaçada nessas aparições terríveis havia também a recordação de Archer sussurrando palavras tranquilizadoras. Teria ele realmente ido até ela durante a noite, forçando os sonhos a voltarem para as profundezas? Ou também ele teria sido invenção de sua mente inquieta?

Escolheu um vestido cinzento e insípido que combinava com seu humor e foi mancando para a biblioteca, torcendo para que lá encontrasse um canto tranquilo onde terminar seu desenho para o canteiro perto das portas do terraço.

Em vez disso, foi recepcionada por um grupo alegre que conversava entre bolos e champanhe. Duas senhoras e dois senhores, elegantemente vestidos como se fossem viajar, inclinavam a cabeça em torno de Constance, rindo com o ar de velhos amigos.

– Você acordou! – exclamou Constance. – Como está seu tornozelo? Passei a manhã inteira preocupada com você, mas Archer me proibiu de interromper seu sono.

– Estou bem recuperada, obrigada. Não queria me intrometer.

– Bobagem, você tem que conhecer meus amigos.

Chamando Poppy para o meio deles, Constance a apresentou a todos, conduzindo-a primeiro a uma linda morena com um vestido azul brilhante.

– Esta é a Srta. Bastian, dos Bastians da Filadélfia. Seus pais a mandaram para a Inglaterra para adquirir nossos modos refinados, então imagine o que eles diriam se soubessem que ela foi acolhida por pessoas como *eu*.

– *Que escândalo!* – disse com um tremor exagerado o mais baixo dos cavalheiros, um sujeito com corpo em forma de pera que usava uma sobrecasaca cor de prímula bordada com extravagantes pássaros turquesa.

– E quero apresentar o Sr. Desmond Flannery – continuou Constance, batendo nele carinhosamente com seu leque. – Editor do *London Peculiar*, o jornal mais escandaloso de Londres e o único que vale a pena ler.

– Encantado – disse o homem. – Constance nos contou que você está criando uma floresta para o salão de baile usando nada mais do que enfeites simples e alguns fios de musgo. Meus leitores ficarão perplexos.

– E esta – prosseguiu Constance, conduzindo-a para uma mulher de cabelos claros e brilhantes idênticos aos seus – é a minha querida prima lady Hilary Rosecroft.

O tom de voz de Constance perdeu a amabilidade quando ela se virou para o hóspede final, um jovem de cabelo dourado que era quase tão bonito quanto a própria anfitriã.

– O conde de Apthorp – falou apenas. – Primo do marido de lady Rosecroft.

O conde inclinou a cabeça de forma graciosa e fitou Poppy com olhos cor de mel sorridentes.

– Lady Constance falou dos seus talentos com nada menos que reverência, Srta. Cavendish. É um privilégio conhecê-la.

Constance revirou os olhos.

– Ah, Apthorp. Pare de tentar ser galante.

– Que diabo eu fiz para merecer esta assembleia? – perguntou Archer, entrando no aposento pelas portas do terraço.

Mesmo num dia cinzento e parecendo tão abatido, ele era bonito. Seu casaco estava úmido por andar lá fora na garoa e o cabelo lustroso ainda brilhava com gotas de chuva.

Em meio à súbita comoção de gentilezas, Poppy sentiu o olhar dele aterrissar apenas nela. Foi só um momento, um mero piscar de olhos, mas a encheu de uma surpreendente certeza: ele *tinha* estado na cama dela na noite anterior. Ele a abraçara até que ela voltasse a adormecer.

Sua coluna ficou rígida.

Aquilo era impensável.

Entrar nos aposentos de uma dama sem ter sido convidado era o tipo de liberdade pela qual o falecido duque fora infame. Poppy tinha todo o direito de ficar ofendida.

Aterrorizada.

Não deveria confiar que suas intenções haviam sido bondosas ou misericordiosas.

Ainda assim…

Ela se sentia estranhamente sensibilizada.

Ele cumprimentou cada um dos convidados, demorando-se por um instante, ela notou, na apresentação da Srta. Bastian. Quando a conversa voltou ao tema do baile, ele perguntou em voz baixa:

– Como estamos hoje, Srta. Cavendish?

Nós, foi o que ele usou. *Como estamos?*

A pergunta era tão inofensiva que qualquer um que a ouvisse deduziria que ele estava indagando sobre o tornozelo dela ou sobre sua disposição ou seu progresso no salão de baile. No entanto, cada momento íntimo que havia se passado entre eles na noite anterior estava subentendido em seu tom de voz.

– Muito melhor, Vossa Graça – respondeu ela, com calma.

Foi apenas uma resposta insípida e quase sussurrada. Mas ela esperava que ele entendesse que significava *eu me lembro*.

Archer não fez comentários e, quando ela o fitou, os olhos dele já haviam se desviado dela e ele perdera toda a cor. Poppy seguiu seu olhar e avistou, no corredor, um garotinho com uma surpreendente cabeleira loura, quase branca, avançando com passos vacilantes em direção aos adultos ali reunidos, seguido por uma ama.

O menino cambaleou para dentro do aposento com uma gargalhada alegre. Poppy não pôde deixar de rir também. Devia ser a criatura mais adorável que ela já vira.

Constance se levantou com um salto, encantada.

– Georgie! – exclamou. – Olhem o espertinho que já está andando! Venha cá, seu traquinas!

Ela se agachou para abraçar a criança, que sorriu com timidez e saiu correndo para enterrar o rosto no vestido de lady Rosecroft.

– Não precisa se esconder de lady Constance, querido – disse a mãe. – Ela não é *totalmente* malvada.

O menino espreitou, pesando a probabilidade da ameaça. Seus olhos recaíram sobre Poppy. Ela lhe deu um pequeno aceno. Ele sorriu para ela e escondeu o rosto nas saias da mãe mais uma vez.

Constance lançou um olhar de adoração ao irmão, como se dissesse: *Ele não é maravilhoso?* Porém Westmead tinha se levantado e virado para sair do aposento.

Constance cruzou os braços.

– Está se retirando tão cedo, Vossa Graça?

– Desculpem-me – disse ele de forma amável. – Estou atrasado para uma reunião com meu advogado.

A irmã fixou nele um olhar estranhamente gélido.

– Com certeza seu advogado pode abrir mão de uma hora sua enquanto você se familiariza novamente com seu afilhado. Já faz um ano desde a última vez que o viu.

Ela animou a voz e se virou para Georgie.

– Talvez pudéssemos ter uma aventura no sótão hoje. Não há nada como uma boa traquinagem no sótão em um dia chuvoso.

O menino olhou esperançoso para o padrinho.

– Receio que hoje não seja possível – murmurou Westmead, já a meio caminho da porta.

Lady Hilary e Constance trocaram um olhar expressivo.

– Bem, *eu* gostaria de brincar com Georgie – declarou Constance, pondo-se de pé e segurando a mão do menino. – Indique o caminho, soldado.

O grupo se dispersou, com lady Hilary seguindo Constance e os homens se retirando para trocarem de roupa antes do jantar. Somente a Srta. Bastian continuou no aposento.

– Não foi uma conversa estranha? – murmurou ela.

– Sim, foi, de certa forma – concordou Poppy, aliviada em ver que o desconforto não tinha sido imaginação sua.

A Srta. Bastian se inclinou para Poppy e abaixou o tom de voz.

– Disseram-me que Westmead age de forma estranha perto do garoto e que a família inteira fica perturbada com isso. O Sr. Flannery acredita que é porque ele seja apaixonado por lady Rosecroft e não suporte a ideia de tê-la perdido para outro homem.

Ela deu uma risadinha, cobrindo a boca com a mão.

Poppy sentiu uma pontada instantânea de desgosto, e não apenas porque a ideia de Westmead estar apaixonado a irritasse.

– Mexericos raramente são confiáveis – ressaltou ela.

A Srta. Bastian lhe deu um sorriso tímido.

– Sempre se pode contar com o Sr. Flannery para inventar a explicação mais escandalosa para qualquer mistério. Afinal, é a profissão dele. Mas às vezes ele acerta.

⁓

Archer estava encharcado, congelando e exausto.

Assim que a chuva parara, ele saíra com o administrador das terras para ver as melhorias na propriedade. Como Wiltshire não era um condado notório pela constância do clima, eles haviam sido pegos em uma tempestade. Ela passara, mas Archer tinha permanecido na bruma das colinas até ter certeza de que não chegaria a tempo para a ceia e a dolorosa tarefa de falar sobre banalidades com a irmã e a prima enquanto seus olhares silenciosamente o reprovavam pela cena que tinha se passado na biblioteca.

Ele sabia que Hilary notava a aversão dele pelo filho dela. Seu próprio afilhado. Mas, por Deus, ele ainda não tinha visto o menino quando concordara em batizá-lo.

Suas mãos tremeram durante toda a cerimônia. Archer levara dias para se recuperar.

Era o cabelo. Aquele inacreditável cabelo dos De Galascons – uma relíquia dos antepassados vikings de sua mãe que ainda agraciava cada geração, da mesma forma que outras famílias eram propensas à miopia ou a ter gêmeos. Era uma cor de cabelo tão surpreendente quanto creme batido, na infância, e se tornava um louro prateado com o passar do tempo. Se houvesse oportunidade.

O camareiro – um homem contratado por insistência de sua irmã e que, na maioria das vezes, servia apenas para irritá-lo – estava no quarto de Archer, remexendo uma pilha de lenços de pescoço.

– Gostaria que lhe mandassem uma bandeja da cozinha, Vossa Graça? – perguntou o homem.

– Não, obrigado, Winston.

Estava sem apetite.

– Devo ajudá-lo a tirar seu casaco molhado...

– Não. Não preciso de mais nada. Boa noite.

O criado se curvou num cumprimento e se retirou.

Archer esperou até ouvir a porta se fechar, então tirou as roupas geladas. Ele não tinha camareiro em Londres. Não permitia que criados vissem sua pele. As marcas ao longo das costas e ombros não eram facilmente explicáveis, e ele não queria se tornar motivo de mexericos.

Mexericos tinham sido uma constante na vida de seu pai.

Examinou a si mesmo no espelho. Seu corpo vigoroso ainda carregava as marcas dos anos em que ele passara a maior parte das noites na Charlotte Street. Esfregou uma cicatriz já clara e saliente ao longo de seu ombro. Ele fora muito descuidado no início, ao proibir Elena de parar até que ele sangrasse. Tinha havido pouco prazer, só dor, pela qual ele ansiava como ópio, pois ela empurrava o nevoeiro doentio de volta para dentro de suas entranhas.

Exorcizava a lembrança de como ele havia falhado com os seus.

Permitia que ele continuasse com o infindável e infeliz suplício de ainda estar vivo.

A alegria, o arrebatamento, viera mais tarde. Quanto mais ele se transformava em um homem que não voltaria a falhar, mais vital se tornava a liberação. Ele passara a buscar mais o abandono que a dor em si. Desejava sentir o poder dela sobre ele, o chão sob seus dedos. O que tinha começado como penitência se tornara um sacramento. Archer era grato por isso. Isso o salvara. Tinha lhe ensinado quem ele era.

Mas ainda se arrependia das cicatrizes.

Fora do refúgio da Charlotte Street, onde preferências como a dele eram compreendidas, as cicatrizes o marcavam como o filho sórdido de um pai sórdido. Faziam dele o último Westmead depravado naquela longa e brutal linhagem, com o gosto pela violência transmitido em sua semente.

Aos olhos de qualquer um que o julgasse, o fato de que ele não machucava *ninguém* não serviria como desculpa para suas preferências. Isso apenas o tornaria duplamente condenável: seria visto como um homem depravado e fraco.

Tentou imaginar a Srta. Bastian vendo suas cicatrizes na noite de núpcias. Sem dúvida sairia correndo e gritando. Bem, era bem fácil realizar o ato vestido. E não haveria necessidade de repeti-lo uma vez que ele estivesse certo da concepção.

Presumindo-se, é claro, que ele ainda fosse capaz do entusiasmo necessário para executar o ato. Bloqueara essa parte de si mesmo havia tantos anos que, até se ver beijando Poppy Cavendish, esquecera inclusive como era desejar isso.

Ele, que um dia se dedicara a estudar livros sobre como fazer amor e sentira prazer em mapear o que aprendera na mulher que o encontrava na floresta. Não demorara muito para que seu instinto e o prazer tomassem o espaço das teorias. Ele amava a sensação primitiva de ser ele a guiá-la, a deixá-la trêmula, a cuidar dela. Tinha sido algo intenso para ele.

Naquela manhã, ver Georgie fora tudo de que Archer precisava para se lembrar de que nunca mais queria sentir algo tão intenso.

Ele *não queria*.

Era a casa. Ela fazia com que ele se comportasse como o tolo que tinha sido quando ainda vivia ali.

Como se ele não soubesse que, no outro extremo do prazer, ficava a dor.

Como se não soubesse o que era perder o que havia de mais precioso.

Devolveu a chave ao seu lugar em torno do próprio pescoço. Vestiu-se e atravessou furtivamente o corredor para seguir até seu escritório.

Tinha recebido uma grande quantidade de documentos do escritório administrativo em Londres; havia relatórios a ler e decisões a tomar. Com alguma sorte, isso iria ocupá-lo até que ele adormecesse.

Uma luz se esgueirava por sob a porta.

⌒

Poppy estava se escondendo.

Era absurdo, mas necessário.

A alternativa era virar prisioneira de uma jovem obcecada por diversão. Perdera quase o dia inteiro esquivando-se das demandas de Constance por celebrações sem fim, mancando de sala em sala com seu caderno de esboços, evitando convites cada vez mais insistentes para se juntar ao grupo em jogos de carta, cantorias e encenações dramáticas.

Em desespero, ela alegara que o tornozelo doía, então pedira licença para não comparecer ao jantar e percorrera o corredor na ponta dos pés até o escritório vazio do duque. Esperava que ele não se importasse que ela usasse sua mesa sobressalente para terminar seu trabalho na única parte da casa em que os convidados e os criados pareciam ter medo de se aventurar.

Era um cômodo tranquilo – organizado, com painéis escuros e cheiro de lenha queimada com um leve toque de tabaco seco. As paredes eram forradas de livros. Ela espalhou seus desenhos e gizes sobre a mesa e começou a trabalhar em seus diagramas, ficando mais calma a cada hora que passava livre de interrupções. Ergueu os olhos apenas quando percebeu que ficara escuro demais para trabalhar e foi forçada a sair ao corredor para buscar uma vela para acender os lampiões.

Depois de iluminar a sala de forma adequada, ela se demorou junto às prateleiras de livros, esticando as costas. Passou os dedos sobre os títulos, a maioria em latim. As encadernações em couro eram limpas e bem-cuidadas, mas tinham o cheiro embolorado característico de volumes há muito não lidos. Clássicos, sem dúvida, dos tempos de Westmead na universidade. Ela avistou alguns livros de poesia e tomos sobre geometria e física. Parou numa edição antiga de *Systema Naturae* – o livro do Sr. Lineu que lera pelo menos meia dúzia de vezes. Será que o duque nutria um interesse secreto por botânica? Ao menos em classificar ele parecia interessado, já que organizava os papéis na própria mesa em pilhas cuidadosamente separadas. Ela se esticou para pegar o livro da prateleira, mas o que caiu foi um volume fino, encadernado em tecido, que estava encostado nele. A gravação na capa estava em francês. Curiosa, ela o abriu e viu uma inscrição na primeira página em branco.

Archer...
  Espero que goste disto tanto quanto eu. Não consigo olhar para as ilustrações X e XXII sem imaginar seu regresso. Espero que pense em mim quando virar estas páginas, assim como eu fico acordada pensando em você.
  Sempre sua,
  B.

Ela corou diante da intimidade daquelas palavras.

Tinham sido escritas por uma amante, sem dúvida.

Poppy não deveria continuar a ler. Já tinha sido rude invadir o escritório particular de Westmead sem sua permissão; mais rude ainda era tocar em seus livros e ler o que obviamente se destinara apenas aos olhos dele.

Ela espiou por cima do ombro para garantir que estava sozinha antes de reler as palavras.

Passou o dedo ao longo do texto. Não havia data. A tinta estava desaparecendo.

Que Deus a perdoasse, mas ela *precisava* saber o que eram as ilustrações X e XXII.

Devagar, virou as páginas quebradiças e amareladas. Era um livro de imagens.

A primeira página enviou uma descarga de adrenalina por todo o seu corpo. Uma mulher seminua estava deitada sobre um cobertor em um campo enquanto um homem de pé, totalmente vestido, a observava. Os seios da mulher estavam descobertos e seus dedos seguravam um mamilo, enquanto a outra mão desaparecia sob a bainha das saias, erguidas até as coxas. Ela encarava com expressão de prazer o homem que a observava.

Ah.

A ação da mulher não lhe era de todo desconhecida, nem os prazeres de explorar a própria anatomia. Mas Poppy nunca ouvira falar que tais atividades fossem realizadas abertamente, muito menos retratadas em um livro. E ela com certeza nunca iria supor que o ato pudesse ser realizado para o prazer de um cavalheiro. Pois, se seu entendimento de anatomia estava correto, a protuberância na calça do homem indicava que ele estava tão excitado com aquela exploração quanto a mulher.

Poppy ruborizou ainda mais ao pensar nisso.

Ao pensar nisso e ao se dar conta de que Westmead sabia de coisas como aquela.

Será que o duque austero, o homem que a beijara com uma mistura tão culpada de anseio e relutância, já tinha sido um jovem que gostava desse tipo de presente licencioso e privado vindo de uma amante? Ela achou difícil imaginá-lo dessa maneira.

Era adorável, na verdade. Mas muito improvável.

Virou as páginas depressa para encontrar a outra ilustração. As imagens ficavam mais estranhas à medida que ela avançava, com posições e encaixes sobre os quais ela jamais lera em romances nem contemplara ao imaginar os mistérios do prazer. A ilustração X mostrava uma mulher com os pulsos atados às costas, enquanto um homem corria os lábios por seus seios expostos e encaixava o joelho entre suas pernas afastadas. O desenho XXII trazia uma mulher ajoelhada diante do amante, os lábios à volta do seu membro muito grande e rijo, enquanto as mãos dele puxavam o cabelo dela.

Ah. Nossa!

Ela folheou o livro às pressas, não querendo ser descoberta espionando aquela relíquia tão pessoal – que Poppy definitivamente não deveria ler e certamente não deveria ler *imaginando-o* lendo –, mas incapaz de se privar das revelações que ela pudesse oferecer. Pensou de novo na primeira ilustração, a mulher sonhadora com a mão entre as pernas, e sentiu uma pontada de desejo tão aguda que a assustou.

O que está havendo com você? Pensamentos como aqueles podiam acontecer de forma discreta, tarde da noite no quarto de uma mulher, sem que ninguém soubesse. Mas não no escritório do anfitrião, a quem tal mulher estava espionando de forma flagrante e imperdoável. Poppy deveria mesmo guardar o livro.

Mas continuou folheando o volume até o fim, e a última página a fez parar. Duas figuras, lado a lado, mostravam o homem das ilustrações anteriores sem sua postura altiva.

Na primeira, ele estava de quatro, de costas para a senhora, completamente nu. Atrás dele, a mulher mantinha a mão no alto, como se pretendesse bater nele. As nádegas do homem estavam gravadas com as marcas da mão dela e a excitação dele deixava claro que os golpes eram bem-vindos.

A segunda mostrava-o com os pulsos amarrados à cabeceira de uma cama e os olhos vendados. A mulher, usando espartilhos e meia-calça, estava montada nele, suas poderosas coxas gordas segurando-o firmemente, a cabeça jogada para trás de prazer.

Poppy fechou o livro mais violentamente do que suas costuras desgastadas recomendariam, então o devolveu com cuidado ao esconderijo. Caminhou meio sem jeito de volta à mesa, à cadeira de madeira de encosto duro, a seus inocentes esboços de flores, e ficou encarando o nada.

O que eram aquelas últimas imagens?

As pessoas *faziam* aquilo de verdade?

Eram cenas muito diferentes de qualquer pista recolhida em sua escassa e desagradável experiência com relacionamentos. Os anos que ela passara esquivando-se de olhares indesejados, dos avanços de Tom e temendo homens afeitos à violência tinham feito com que ela imaginasse que o sexo masculino detinha todo o poder quando se tratava de questões amorosas. Ela nunca iria supor que os papéis pudessem ser invertidos. Que poderia ser a mulher a fazer as exigências. Que um homem poderia *querer* isso.

Que ele poderia se deleitar com isso.

Que intrigante. Essa ideia fazia seu âmago latejar de inquietação. Sentiu-se tentada a desenhar aquelas duas últimas imagens e escondê-las em seu livro-razão para que pudesse revê-las em particular e sem pressa. Junto, talvez, com as ilustrações X e XXII.

Em vez disso, forçou seus olhos a voltarem ao diagrama, às guirlandas que deviam ser trançadas com ramos e amarradas apenas com fio torcido. Ao trabalho que era mais real e urgente do que o crescente turbilhão que sentia.

Estava ficando tarde. Haveria tempo, depois, para considerar por que aquelas ilustrações fizeram suas mãos tremerem e a respiração se prender na garganta. Por ora, ela precisava voltar ao trabalho.

Pegou seu giz.

A porta se abriu, agitando os papéis na mesa.

Poppy se virou e deparou com Westmead encarando-a.

~⟶

Poppy estava sentada a uma mesa redonda no canto, rodeada de desenhos. Ainda usava suas roupas de jardinagem e seus olhos estavam pesados. Ela parecia acalorada, corada e desgrenhada.

Linda.

Não. Ele tinha que parar com isso. Deveria corrigir suas reações a ela.

Trabalhadora. Ela parece cansada de sua labuta.

Ele limpou a garganta.

– Poppy. Ainda está acordada.

Ela o fitou com uma expressão de culpa.

– Sim. E parece que invadi seu escritório. Sinto muito. Os outros estavam jogando cartas na biblioteca, então pensei em terminar meu trabalho em silêncio. Já estou acabando, vou deixá-lo.

– Não precisa. Fique. Por favor. Mostre-me o que está desenhando.

Ela hesitou. Ele sentiu os olhos dela se demorarem em seu rosto, como se tentasse discernir algo a seu respeito. Sem dúvida, sua expressão contida tinha algo a ver com o fato de ele ter invadido seu quarto na noite anterior. Ele precisava falar sobre aquilo. Nenhuma mulher que tivesse sido criada em Grove Vale ignoraria as histórias sobre seu pai. Não queria que Poppy pensasse que esperava liberdades semelhantes dela. Ele já havia tomado liberdades de mais.

Archer se aproximou para falar discretamente e viu os diagramas que ela vinha desenhando. Cada página começava com um esboço – uma guirlanda de lírios brancos pendurada no teto, uma grinalda de folhagens a ser tecida através de treliças – seguido de passos indicando como as flores deveriam ser presas aos fios e arames.

Eram engenhosos.

– São para as empregadas da cozinha?

– Sim. Há tantos arranjos a fazer que não conseguirei demonstrar eu mesma cada um deles.

Sua voz estava cansada, mas satisfeita – o tom de alguém que tinha prazer em seu trabalho.

– Você está ansiosa por isso – observou ele.

– Estou, sim. Nos últimos dias tenho me sentido indevidamente ociosa, desenhando e planejando nesta casa imensa. Sinto falta da sensação das folhagens entre meus dedos.

Ele sorriu ao se lembrar do dia em que a encontrara em sua estufa, os braços em torno de uma planta. Gostara de ver que ela não se intimidava com a vitalidade do próprio corpo – usava-a para cortar galhos, varrer terrenos com o ancinho e desfrutar o sol em suas costas enquanto trabalhava na terra. Aquilo era tão diferente do seu próprio ofício, com a luz opaca do escritório, o sempre presente movimento de papéis e o arranhar de penas de escrever. Essa imagem o fez desejar outro tipo de trabalho. Algo físico e vigoroso no qual ele pudesse despejar as lembranças e melancolias que quase o haviam deixado sem dormir desde que chegara de Londres.

– Acho que invejo o seu trabalho – disse ele. – Talvez as semanas passassem mais depressa se eu me dedicasse às artes florais.

Ela voltou toda a sua atenção para ele.

– Você fica inquieto longe de Londres?

– Incomensuravelmente.

Ela inclinou a cabeça para o lado.

– Anseia por seu... trabalho... lá?

– Sim. Você dificilmente encontraria um dos meus pares que não zombasse de mim por manter meu próprio escritório contábil. Ainda assim, não consigo pensar em um único lugar em que eu preferisse passar meu tempo.

Ela meneou a cabeça de forma pensativa.

– Sempre achei que, quanto mais ocupada estou, mais minha mente fica em paz.

Ele jogou a cabeça para trás, grato por ela ter entendido.

– De fato. Esta é a primeira vez que estou fora em meses e a primeira vez que volto a esta propriedade em treze anos. Você, de todas as pessoas, deve entender como estou inquieto.

– Treze anos – comentou ela, admirada. – Como conseguiu gerir uma propriedade sem colocar os pés nela por treze anos?

Ele estalou a língua.

– Preciso repetir para você a lição de minha irmã sobre assistentes?

Ela lhe deu um sorriso malicioso.

– Bem, Vossa Graça, a equipe de Maxwell continuará a cortar flores silvestres dos parques pelos próximos dias. Se está sem trabalho, talvez possamos convencer Maxwell a contratar mais um homem…

Ele riu baixinho.

– Suponho que você iria gostar disso, Cavendish. O duque cumprindo as ordens de Maxwell.

– Suponho que sim – falou ela, e sorriu. – Talvez seja a *sua* vez de ficar envergonhado.

Limpou as mãos em um pano e começou a empilhar seus papéis.

Envergonhado. Aquele termo de novo. Ela o usou em tom descontraído, mas Archer odiava a ideia de ter lhe causado alguma angústia. E ainda não havia se desculpado.

– Poppy, ontem à noite… eu espero que não a tenha alarmado. Peço desculpas por me intrometer. Eu normalmente não perturbaria a privacidade de uma dama. Espero não tê-la ofendido. Fiquei preocupado. Você parecia bastante angustiada.

Uma centelha iluminou o rosto dela.

– Foi apenas um pesadelo – disse ela por fim. – Não vou incomodá-lo de novo.

– Não me incomodou – respondeu ele depressa.

Poppy avaliou o rosto dele.

– Quando acordei esta manhã, me perguntei se tinha sonhado com você.

– Não – assegurou ele, fitando-a nos olhos lânguidos.

Ela levou a mão ao rosto dele.

– Não – concordou. – Aqui está você. Real, de fato.

Maldito fosse, mas ele pegou a mão dela, levou-a aos lábios e beijou-lhe a palma.

Os lábios dela se entreabriram. Talvez por choque. Talvez por algo mais parecido com a sensação que surgiu por trás do esterno dele, sobrepujando sua capacidade de julgamento, sua decência, sua vontade de ser o tipo de pessoa em que dedicara uma década a se transformar.

– Perdoe-me. Parece que estou fora de mim esta noite – ele se obrigou a falar, soltando-a. Encarou seus olhos verdes e disse-lhe a verdade: – Você deveria me deixar.

Era realmente aquilo o que ele tinha que dizer.

No entanto...

No entanto...

Tinha esperanças de que ela não lhe desse ouvidos.

Capítulo dez

Os olhos dele nos dela eram um aviso.

Um aviso de que Archer estava em busca de algo inominável. Que procurava por algo – algum tipo de consolo. E que, se Poppy permanecesse naquele cômodo, ele o encontraria nela.

Isso, Poppy sabia, era perigoso.

Vira o livro dele. Não havia nenhuma ilusão de que seu anseio fosse inocente.

E, Deus a ajudasse, era o que ela desejava.

Não queria deixá-lo.

Ela encontrou os olhos dele e aos poucos balançou a cabeça. Um gesto ínfimo. Uma minúscula rotação do pescoço: esquerda, depois direita.

E então, antes que Poppy pudesse perder a coragem ou pensar demais sobre as mil razões pelas quais não deveria fazer o que queria, ergueu a boca e roçou o lábio inferior no dele.

Foi suficiente.

Em um instante Archer a colocava sobre a mesa, empurrando os desenhos para o chão. Sua boca percorria o maxilar, os lábios, os cílios dela. O beijo dele não era uma farsa ou um flerte, mas a confissão de um corpo que ardia, faminto por outro. Por um instante, Poppy ficou lânguida em seus braços, atordoada pela súbita revelação do quanto ele a desejava. Lentamente, levou a mão à nuca dele, puxando-o mais para si. O toque dela o fez estremecer, parar suas investidas.

Ela fizera aquilo, pensou, maravilhada. *Ela*. Seu poder de provocar tal reação a encorajou. Mordiscou o lábio dele e, quando ele respondeu com a língua, ela lhe entregou a sua. O rosnado que surgiu na garganta dele quase a fez desmaiar.

– Eu queria tocar você – sussurrou ela. – Faz tempo. Será que eu posso...

Ela deslizou a mão pela frente do peito dele, deixando os dedos roçarem o tecido macio da camisa.

Um canto da boca de Archer se ergueu e ele se inclinou para trás, para dar a ela mais do seu corpo.

– Com certeza.

Poppy deslizou a mão para mais longe, sobre o quadril e as coxas dele, e em resposta ele agarrou suas nádegas e a puxou em direção ao próprio corpo, onde uma rigidez latejante combinava com a chama que queimava abaixo do ventre dela.

Poppy nunca havia tocado um homem daquela maneira e a botânica nela despertou de repente, arrebatada com a perspectiva de combinar os contornos do sexo dele com os desenhos que vira em livros. Os dedos dela se moviam para senti-lo, alimentando sua ereção através da calça até que ele arquejou.

Ela retirou a mão.

– Isso dói? – perguntou.

– Não, Cavendish – disse ele, um brilho de prazer nos olhos.

Ah.

Por um momento ambos pararam, rindo. Ele agarrou as coxas dela, enroscou-as em torno da própria cintura e a carregou para o sofá. Poppy sentiu o pulsar do corpo dele enquanto aquelas mãos masculinas deslizavam para dentro de seu corpete.

Ele parou, uma pergunta nos olhos.

– Me faça parar se eu...

Ela não queria fazê-lo parar. Não queria cautela. Queria ser consumida.

Colocou as próprias mãos sobre as dele, pousadas em seus seios ávidos, incitando-o a continuar, esperando que ele pudesse sentir o que acontecia dentro dela, que soubesse quanto ela queria aquilo, quão pouco ela se importava com as normas do decoro. Que ela confiava que ele saberia exatamente o que fazer, porque ela não sabia, mas ansiava por descobrir.

– Quero sentir você – sussurrou ela. – Em todo o meu corpo.

Archer despiu a hesitação como se fosse um manto. Enterrou o rosto nos cabelos dela e inspirou, ao mesmo tempo que lhe acariciava os seios, libertando-os do espartilho até que os mamilos surgissem acima da sóbria fita cinza do decote. Eram duros e rosados à luz do fogo. Vê-los tão febris nas grandes mãos dele, ansiando por suas carícias, fez com que um arrepio percorresse sua espinha.

Poppy abandonou todos os pensamentos relacionados à ciência. Instintivamente, se pressionou contra ele até a junção de suas coxas se alinhar com a ereção dele. A pressão do membro contra seu sexo foi uma revelação, e a fez arfar e se aproximar, querendo sentir aquele choque de novo, desejando experimentar as partes dele que eram rígidas e vigorosas contra as partes dela que eram suaves e maleáveis.

– Por favor – sussurrou ela, sem pensar, sem saber ao certo o que pedia.

A mão dele encontrou seu caminho sob o vestido e as anáguas dela, até descansar sobre sua camisa de baixo, os dedos dele tocando-a através do linho. A sensação da mão dele na feminilidade dela era quase esmagadora. Ela se remexeu, abandonando-se à maravilhosa pressão da palma da mão dele.

– Quero ver você – murmurou ele em seu ouvido.

– Sim – sussurrou Poppy.

Ela queria ser vista.

Archer agarrou suas saias e as ergueu até a cintura, até ela ficar nua, o coração escuro entre suas coxas exposto. Ele afastou as pernas dela e suspirou.

– Que se dane! – exclamou ele, respirando suavemente.

Era uma declaração que não deveria tê-la derretido. Mas o fez.

O olhar dele recaiu de novo sobre o rosto dela.

– Tão bonita – murmurou ele.

E, de fato, ela se sentia linda. Desejável e exuberante, uma orquídea florescendo para o sol. Como a mulher na ilustração, excitada e majestosa ao calor do olhar do amante.

Archer lentamente acariciou sua coxa, roçando os dedos para cima, até mergulharem dentro dela. Poppy arfou. A mão dele se demorou logo abaixo da protuberância inchada em seu centro, provocando-a até fazê-la estremecer. Ela queria mais – queria estar repleta dele. Se esfregou nas coxas dele, buscando a pressão do membro rígido.

– Isso, mexa para mim – gemeu ele, encorajando-a com os próprios movimentos a seguir seus instintos.

Poppy afastou mais as pernas para abarcá-lo enquanto as mãos dele provocavam uma onda após outra de vibrações, transformando-a em algo liso, liquefeito e vibrante. Ela arqueou as costas conforme as sensações começavam a se avolumar, prestes a explodirem.

Porém, no momento crítico, ele retirou os dedos e levou as mãos dela acima da cabeça.

– Ainda não, Cavendish. Primeiro eu quero provar você.

Antes que ela pudesse pensar que estava chocada, ele colocou a boca no limite das coxas dela.

– Posso?

A respiração dele na carne dela dissolveu tudo, menos o desejo por mais.

– Por favor.

Ele abriu suas partes, correndo a mão ao longo do sexo dela com reverência, os olhos nublados de desejo. Em êxtase, seguiu a trilha de umidade com a língua. E então sua boca a cobriu por completo, instando-a a ser irresponsável, a tragá-lo, a usá-lo para tomar o que seu corpo queria.

Poppy não via mais nada. Aquele homem realmente devia ter passado muito tempo estudando o livro.

Ela se contorceu contra os lábios dele. Ele se afastou por um instante e a fitou nos olhos.

– Goze para mim, Poppy – sussurrou. – Eu quero senti-la.

A boca dele se fechou ao redor do clitóris e a língua se espalhou suavemente, suavemente e, com um aperto enlouquecedor, sugou exatamente onde ela pulsava com maior desespero. Poppy explodiu, uma pontada cruciante espalhando-se em ondas que cresciam até deixarem-na submersa e arquejante. Ela enterrou o rosto no sofá e se permitiu gemer de prazer, indiferente aos ouvidos que passassem, batendo contra o rosto dele a cada tremor, agarrando os cabelos dele. Ele encorajou os gritos dela com sua boca, acariciando-a devagar, ajudando-a a voltar a si à medida que as ondas diminuíam e ela, por fim, desmoronava.

Lentamente, Poppy abriu os olhos. Ele estava lindo e sensual, os cabelos lustrosos escuros refletindo a luz do fogo, devorando-a com o olhar. Ela ficou inebriada por ele, por sua beleza masculina, pelo feitiço dele sobre seu corpo. Puxou-o para beijá-lo e pôde sentir o sal do seu desejo nos lábios dele.

O luxo de abraçá-lo, com seu calor, a textura de sua roupa e aquele jeito que ele tinha de estremecer quando ela tocava sua pele, a fez se sentir maravilhosa.

Curiosidades que ela ponderara no escuro durante anos inundaram sua cabeça e ela mal sabia em quais partes dele queria se demorar primeiro. Correu as mãos por seu peito largo e de volta pelo tecido fino e muito branco da camisa. Ele era muito maior do que Poppy e, mesmo assim, tendo-o em seus braços, ela sentiu certa timidez – ele se continha como se pensasse que seu peso poderia esmagá-la. Devagar, ela correu as mãos por onde o longo comprimento do membro dele se anunciava. Por baixo da camisa, a ponta aveludada do órgão se espremia para fora, acima da cintura da calça, contra a trilha de pelos em sua barriga. Percebeu a fenda na extremidade e ficou excitada de novo, as mãos tentando libertá-lo. O membro pulsou ao toque dela. Poppy o acariciou, apreciou o suspiro de Archer em resposta e, então, correu os dedos pela barriga lisa até os pelos de seu peito. Ela sentiu as mãos roçarem em algo frio.

– O que é isso? – perguntou, ao encontrar a chave de ferro forjado bastante elaborada presa em um cordão de couro sob a camisa de baixo dele.

Ela levantou mais a camisa para investigar.

Ele segurou a mão dela com tanta rapidez que a assustou.

– Não.

Poppy soltou a chave e levou as mãos de volta ao quadril dele, mas ele se afastou de repente.

– Pare – pediu ele.

Sua voz perdera o tom rouco da excitação. Tornara-se fria como gelo.

Archer saiu do alcance dela. Um tendão no pescoço dele se contraiu.

Ela recuou, alarmada. Nunca fora tão íntima de um homem. Experimentara apenas um momento desajeitado, parcialmente permitido e do qual muitas vezes se arrependera, no bosque com Tom. Com Archer tudo havia acontecido de forma tão repentina, uma explosão cega de desejo caindo sobre ela como uma embriaguez ou um ataque de loucura. Teria ela sido demasiadamente ousada? Fizera algo que o ofendesse?

– Algum problema? – perguntou ela.

Archer se virou de costas para ela e arrumou suas roupas em silêncio.

Ela se sentou.

– Archer?

Ele balançou a cabeça, sem olhar para ela.

Uma onda fria de constrangimento se enrolava em torno de Poppy, mas ela tentou de novo.

– Desculpe – disse ela às costas dele. – Não quis ofendê-lo. Só queria agradá-lo, como você me agradou.

O duque se voltou para ela já completamente vestido, a chave escondida sob a camisa.

– Você deveria voltar para seu quarto – disse ele.

Ela o encarou.

– Por quê?

– Porque – começou ele devagar – eu não sou o tipo de homem com quem você possa ter um futuro.

O sangue dela esfriou.

De repente, pôde ver a si mesma como ele a via. Os seios saindo pelo corpete de seu vestido surrado. As saias emboladas em torno da cintura. As pernas abertas e escorregadias do que ela o deixara fazer.

Não uma deusa.

Apenas uma solteirona que se esquecera de quem era.

Uma vergonha escaldante subiu por seus ossos e ela se apressou a se cobrir para proteger o corpo dos olhos dele.

Mas não havia necessidade.

Ele já lhe dera as costas e deixara o cômodo.

Capítulo onze

Poppy aguardava sentada à cabeceira da longa mesa enquanto a equipe de Maxwell trazia mais uma dúzia de sacas de folhagens obtidas nos campos. Era uma manhã dourada em Wiltshire, a névoa se dissipando em raios âmbar enquanto carretas carregadas de lilases, açucenas, esporinhas e buquês-de-noiva eram levadas para o pátio da cozinha.

Dentro da sala de trabalho, as mulheres tagarelavam enquanto costuravam. O cômodo cheirava a ar livre. Ninguém que entrasse ali deixaria de se encantar com as extraordinárias criações que começavam a tomar forma no local. Havia longos fios verdes de hera e frondosas ramagens de salgueiro tecidas em torno de galhos e arames para formar exuberantes arcos que se ergueriam de vasos como copas de árvores. Sacos espinhosos e perfumados de urze, lavanda e tojo eram domados por dedos ágeis para se tornarem esferas vibrantes a serem suspensas no ar ao redor de globos de vidro que conteriam velas acesas. Tufos de garança ulmária branca e felpuda eram costurados com linha para formar longas e delicadas grinaldas a serem penduradas por toda a extensão do átrio como uma chuva etérea de flores congeladas no ar.

Poppy passara dias derramando sua raiva na criação dessas formas oníricas, infundindo-a nos espinhos que tirara dos talos, nas flores e nas folhas que dobrara à sua vontade até se tornarem algo maior e mais grandioso do que a natureza. Não seguira com a visão romântica e delicada de seus primeiros esboços, optando por algo mais intenso e misterioso.

Não permitira que sua mente se desviasse para o homem sempre acordado e inquieto que deixava o fogo da lareira aceso durante a noite no quarto ao lado. Sabia que ele não dormia. Quando Poppy se retirava ao final de cada dia exaustivo, muito depois da meia-noite, a luz do lampião ainda tremulava no quarto dele e ela ouvia seus passos de um lado para outro. Quando ela acordava, muitas vezes o encontrava já de pé, trabalhando com a equipe de Maxwell e transportando galhos, em roupas simples, apropriadas à tarefa. Com frequência o ouvia sair da casa no meio da noite e seguir para o terraço ou a pé para o bosque. Aonde ele ia, Poppy não sabia.

Nas poucas vezes que ela o vira de passagem, ele fora muito solícito e educado. *Como está seu tornozelo, Srta. Cavendish? Constance me disse que seus arranjos são belíssimos, Srta. Cavendish.* Como se fossem conhecidos distantes esbarrando-se ao acaso na multidão. Não havia nenhum vestígio daquele momento febril que tinham passado sozinhos em seu escritório. De como ele a levara à loucura e a deixara lá, tremendo e sozinha.

Ao jantar, ela o via inclinar-se para a conversa vazia da Srta. Bastian. Ouvir educadamente os seus relatos de lojas de moda parisienses e personalidades que ela vira na multidão no teatro. Nem mesmo Constance conseguia esconder seu tédio, mas Westmead anuía de forma atenciosa e gentil, até que Poppy mal conseguia engolir sua sopa.

Eu não sou o tipo de homem com quem você possa ter um futuro. O sangue se enchia de veneno ao recordar aquelas palavras. Quando ela se permitia lembrá-las, sentia-se como as Fúrias da mitologia grega, aquelas mulheres divinas animadas simplesmente por sua ânsia de vingança.

Era uma raiva exagerada, dizia a si mesma. As palavras dele, afinal, não foram *incorretas*. No entanto, fora errado empregá-las naquele momento, quando seu corpo ainda estava vulnerável, quando seu coração ainda estava aberto no peito. A humilhação que ele lhe infligira e a centelha de vergonha que atravessara os olhos dele naquele instante não deixaram dúvidas de que ele agira intencionalmente. Archer embrutecera o que havia despertado entre eles e o tornara sórdido. Derrubara as defesas dela, depois a punira por permitir que ele o fizesse.

Uma agitação entre as jovens quebrou sua concentração. Ela ergueu os olhos da coroa de flores que tecia para deparar-se com Tom Raridan de pé na entrada.

– Poppy – chamou ele. – Podemos trocar uma palavra?

Tom sempre tivera o hábito de aparecer sem aviso. Desde a infância, ela erguia os olhos e de repente o encontrava por perto, como se ele tivesse viajado pelo éter e pousado no pátio do estábulo de Bantham Park ou no meio de uma clareira onde ela colhia jacintos. Isso nunca a incomodara na infância, mas nos últimos tempos vinha se tornando enervante.

Ignorando o olhar fixo das empregadas, ela fez sinal para que ele a seguisse até o pátio da cozinha.

– Como entrou aqui? – sussurrou ela.

Ele abriu um sorriso malicioso.

– Passando calmamente pela porta de serviço.

– É muita ousadia sua vir aqui depois do que disse a Westmead sobre mim. Não posso imaginar qual era sua intenção, mas não vou esquecer isso tão cedo. É melhor que vá embora.

Ele se fez de desentendido de modo teatral.

– Não precisa ser temperamental. Alguém precisa protegê-la agora que não há nenhum homem sensato para mantê-la longe de problemas.

– Gostaria que me poupasse de qualquer outra tentativa de proteção. O que veio fazer aqui?

– Trago-lhe notícias. Eu estava no Angler and Fin tomando uma cerveja hoje à tarde.

Poppy não se deu ao trabalho de disfarçar o desagrado. Tom sabia que ela não aprovava seu hábito de passar os dias no bar. A bebida fora a ruína do pai dele.

– Não se preocupe, foi apenas uma cerveja para passar o tempo – justificou ele. – Pois então: eu estava lá quando Robins entrou. Disse que viu um casal chamado Hathaway na pousada de Ploverton.

Bobagem. Eliot Hathaway era o herdeiro de seu tio e Ploverton ficava a apenas uma hora de viagem.

– Mas eles não disseram que chegariam tão cedo. E por que parariam lá? Robins deve estar enganado.

Tom se aproximou e tentou pegar sua mão.

Poppy puxou a mão e recuou. Não seria bom que os criados a vissem tocando um homem estranho no pátio da cozinha de Westhaven.

A expressão dele endureceu – por um segundo ela pensou que ele iria agarrá-la novamente.

– Tom, cuidado com os criados – sibilou ela baixinho.

O rosto dele voltou à sua compostura afável habitual.

– Seria uma vergonha se o Sr. Hathaway ouvisse rumores sobre o seu esquema. Não ficaria surpreso se chamasse o magistrado. Você deveria se casar comigo para seu próprio bem. Não deixarei que ninguém a insulte.

– Parece-me, Tom, que a única pessoa que me insulta é você.

– Eu venho aqui avisá-la, por caridade, e você me acusa? Mas, pensando bem, essa é a nossa Poppy – disse ele, a voz alta demais em função do que ela suspeitava ser a facilidade com que alguém ligeiramente bêbado se diverte. – Nunca demonstrou nem um pouco de gratidão.

Qualquer traço de consideração que ele tivesse lhe mostrado quando o tio dela era vivo desaparecera. Ele algum dia fora seu amigo ou sempre fora apenas um homem com segundas intenções?

Duas empregadas que se dirigiam para o depósito de gelo olharam para eles.

– Vá – disse ela. – Alguém vai vê-lo aqui.

Com uma expressão maliciosa, ele pegou a mão dela de novo e a levou aos lábios. Ela deu um salto tão repentino que tropeçou em um saco de farinha, espalhando uma nuvem fina ao seu redor. As empregadas pararam o que estavam fazendo e os observaram com mais atenção.

– Vá embora – sussurrou ela entre dentes cerrados.

Archer arrastou um feixe de galhos para dentro de um saco, um passatempo para o qual ele tinha desenvolvido uma grande habilidade nos últimos dias. Eram surpreendentes as atividades às quais um homem podia se apegar quando já não conseguia dormir, comer ou pensar.

Ele perdera essas capacidades assim que saíra de seu escritório dando as costas a Poppy Cavendish e deixando no ar palavras maldosas que poderiam muito bem ter saído da boca de seu pai. *Eu não sou o tipo de homem com quem você possa ter um futuro.*

As palavras eram verdadeiras, claro: ele não era. Mas não pelas razões que ela iria supor. Ela veria um duque tomando o que queria, depois se retirando. Lembrando-a de seu lugar.

Era um comportamento indigno, ele sabia. Não sentia nada além de desprezo por homens ricos que tratavam mal as mulheres e não tinha a menor consideração por aristocratas esnobes. Por esse motivo, ele se distanciara de metade das salas de visita de Londres e ganhara o apelido de "Humilde Sr. Stonewell" entre os grã-finos e fidalgos que passavam seus dias no White's Club e nunca sujavam as botas com a poeira comercial grosseira da cidade de Londres. O homem que ele fora com Poppy no escritório não era o homem que ele queria ser, e estava envergonhado. Devia um pedido de desculpas a ela.

Contudo, sempre que a via, o olhar vazio em seu rosto o impedia. O que poderia dizer quando ele próprio mal conseguia explicar o que acontecera? Tinha sido como se acordasse de um transe assim que os dedos de Poppy tocaram a chave de Elena. O calor da pele dela ficara a centímetros de distância das marcas em seus ombros – cicatrizes feias que a teriam transtornado, talvez o suficiente para levá-la a fazer perguntas que ele, sob efeito do seu toque e tendo a mente tomada por ela, não saberia como responder. Assim, ele fugira e se certificara de que ela não o seguisse.

Jogou os fardos prontos sobre os ombros e seguiu pelo caminho íngreme. Duas criadas carregavam baldes prateados em direção ao depósito de gelo. Em um canto, um rápido movimento chamou sua atenção. Uma nuvem de farinha se levantou ao redor de uma mulher com um vestido de musselina. Era Poppy. E Tom Raridan, aquele grosseirão imbecil, assomando sobre ela.

Maldito valentão.

Ele deixou cair os fardos.

– Raridan – gritou, descendo a colina. – O que está fazendo no pátio da minha cozinha?

Raridan parou e deu um passo para trás, um sorriso azedo no rosto.

– Boa tarde, Vossa Graça. Eu estava apenas visitando a Srta. Cavendish para trazer algumas notícias da vila.

Archer se inclinou na direção do outro, fazendo notória sua estatura.

– Se eu o vir de novo se esgueirando por esta casa como um ladrão, farei com que seja tratado como tal. E acredite em mim quando digo que, se encostar outro dedo na Srta. Cavendish, não vou me incomodar com os magistrados.

Raridan se curvou fazendo uma reverência zombeteira.

– É claro, Vossa Graça. Bom dia.

Com uma piscadela de despedida a Poppy, ele saiu calmamente pelo portão.

Os dedos de Archer se contraíram, doidos para agarrá-lo pelo pescoço e lhe dar o que ele merecia por aquela insolência. Mas Poppy se colocou entre ele e as costas de Raridan.

– Por que exatamente acabou de fazer isso? – perguntou ela, com uma calma mortal.

– Minhas desculpas por ter sido perturbada, Srta. Cavendish. Está ferida?

Ele soube que as palavras estavam erradas no exato momento em que as pronunciou. Tinham sido muito formais, como se Poppy fosse uma insípida menina numa sala de visitas com quem ele uma vez conversara sobre seu cachorro ou suas aquarelas. Como se ela fosse a Srta. Bastian.

– Certamente não estou ferida. Uma pergunta melhor seria: por que interferiu na minha conversa?

– Conversa? – repetiu ele. – Eu o vi quase derrubá-la no chão.

– Não foi muito diferente de sua intromissão em minha estufa. Parece que a falta de delicadeza não é algo exclusivo aos nobres.

Seus olhos reluziam, desafiadores. Ele respirou fundo, disposto a não reagir da mesma forma.

– Há uma semana ele estava aqui falando como se fosse seu noivo e insultando sua integridade – disse Archer, buscando um tom de voz mais calmo. – Supus que quisesse vê-lo ser repreendido.

Os lábios dela se contraíram em um sorrisinho pesaroso. Ela se inclinou um pouco para trás, meneando a cabeça ligeiramente para si mesma.

– Ah. De fato. Tem grande habilidade para isso, não tem, Vossa Graça? Colocar as pessoas em seu devido lugar.

Isso doeu. Atingiu bem no lugar que ela pretendia.

– Já que estamos elucidando as coisas, Vossa Graça, deixe-me ser clara. O senhor parece ter a impressão de que eu sou uma mulher que precisa frequentemente ser salva. Está enganado. Venho cuidando de meus próprios assuntos com muita competência há quase uma década. E peço que fique fora deles.

– Poppy – disse ele, devagar. – Tenho toda a confiança em suas habilidades. Mas você não pode esperar que eu fique de braços cruzados ao ver aquele patife tentando maltratar minha...

– A sua o *quê?* – sibilou ela. – A *florista* contratada pela sua irmã?

Ela se virou com asco e andou em direção à casa. Ao chegar à porta, parou e se virou para trás.

– Por favor, tente lembrar que minha vida não é uma diversão para distraí-lo de seu tédio do campo.

Então ela desapareceu dentro da casa.

Capítulo doze

Levou a noite inteira, mas todas as guirlandas foram penduradas. Até a última escultura foi montada. Cada flor ficou no devido lugar. A casa cheirava a sol, sombras, luar, terra, flores, cera de abelha e grama.

Poppy conseguira. Dera vida a uma floresta dentro de um salão de baile.

Criados andavam com cuidado pelos aposentos com vassouras e escadas, varrendo folhas e pétalas caídas e posicionando velas dentro de recipientes de cristal.

Poppy conduziu Constance pela mão a partir do átrio, passando pelo corredor de colunas e seguindo para o salão de baile. Pela primeira vez, a jovem ficou em silêncio.

Havia árvores à sua volta. As estruturas altas e verdejantes faziam um dossel do teto e caíam de forma expressiva, lançando sombras no chão. Grinaldas de flores delicadas vinham de cima, algumas amarelo-claras como raios de sol, outras brancas, deslumbrantes, como chuva.

– Você deve ser algum tipo de feiticeira – disse Constance, tomando fôlego.

Ela não era feiticeira, apenas uma mulher que havia renunciado ao sono durante a maior parte dos últimos três dias.

Constance passou um braço em volta da cintura dela.

– Está deslumbrante, Poppy. Vai ser a florista mais popular da Inglaterra. Eu mesma cuidarei disso.

Constance tinha razão. Aquela noite faria sua reputação. E, na manhã seguinte, ela poderia voltar para casa e começar o resto de sua vida.

Não houvera mais nenhum sinal dos Hathaways. Grouse se encontrara com ela pela manhã para informá-la de que suas plantas já estavam a salvo em Greenwoods e que os terrenos de Bantham Park já haviam sido restaurados. O plano de emergência funcionara. O alívio a deixara exausta. Finalmente, ela podia ir para casa.

– Estou tão feliz por ser o que você esperava – disse ela a Constance. – Se não se importa, vou me retirar por algumas horas antes de viajar.

– Claro, fique à vontade – respondeu Constance. – Mas, primeiro, há algo que eu gostaria de lhe dar. Está esperando no seu quarto de dormir.

Constance a seguiu até o quarto marfim. A enorme cama de mogno continha uma pilha de grandes caixas escarlate adornadas com uma linda fita dourada.

– O que é tudo isso?

– Valeria terminou suas encomendas.

Poppy mordeu o lábio. Alegando a fragilidade do tornozelo, ela solicitara a Constance que cancelasse a encomenda das roupas e a desculpasse por não ir ao baile. Constance havia concordado.

Pensando melhor, ela havia concordado muito facilmente; quase não fizera alarido.

– Sei que você disse que preferia não comparecer, mas deveria. Seria um grande favor para mim.

– Constance, não quero discutir, mas estou absolutamente exausta.

– Você pelo menos abriria as caixas?

– Está bem.

Ela removeu a fita da caixa maior e afastou inúmeras camadas de papel delicado até encontrar um vestido lustroso de seda verde-clara incrustado com pequenas gotas de opala. Correu as mãos ao longo da roupa, mal conseguindo acreditar em sua beleza. A caixa seguinte continha um espartilho para ser usado embaixo da peça que cobria a frente do vestido, armações para dar volume às saias em torno do quadril e uma camisa de baixo feita de musselina pura, fina, bordada com flores em fio verde-claro. Ela agarrou a roupa junto ao peito e balançou a cabeça diante da generosidade de Constance.

– É lindo! Nunca vi nada assim.

– Por favor, use-o esta noite. Por favor, venha. Como minha convidada de honra. Você trabalhou tanto, e sei que os benefícios da sua presença compensarão seu desconforto.

Ela encontrou os olhos de Poppy.

– Com o tornozelo – acrescentou ela, após uma breve pausa.

Poppy se perguntou quanto Constance teria adivinhado sobre o que se passara entre ela e Westmead. Certamente, não poderia saber a extensão do caso. Ainda assim, havia um brilho nos olhos dela que deixava implícito que pouco escapara de sua percepção.

Constance a ajudou a abrir as caixas restantes, exibindo sapatos dourados, meias finas e luvas de cetim.

– Mandarei minha criada, Sylvie, vir vesti-la e ajudá-la com o cabelo. Diga que você virá. Por favor.

Poppy suspirou.

– Posso pensar melhor?

– Claro. Ah, eu quase esqueci. Tem aquele também.

Ela apontou para uma caixa de papel branca simples e pequena, negligenciada na pilha de invólucros escarlate.

– Já estava aqui antes. Você deve ter outro admirador.

Ela beijou Poppy no rosto e se virou para sair.

– Me mande uma mensagem se decidir ficar. Eu espero que fique.

Poppy esperou que ela saísse antes de abrir a última caixa.

Dentro havia um estojo com fecho e um bilhete dobrado, lacrado com cera rubi – o selo de Westmead.

Cavendish,

Que a humilhação final entre nós seja por eu não ter encontrado as palavras adequadas para pedir seu perdão. Saiba que, enquanto você ascende a triunfos cada vez maiores no que será, sem dúvida, uma vida longa e histórica, em algum lugar um amigo pesaroso sorri, desejando-lhe toda a felicidade.

Com profundo pesar,

Archer

Dentro da caixa de veludo estava uma coroa de pequenas e perfeitas plumérias brancas. Ela reconheceu as flores. Eram da sua estufa. Da mesma planta que ele havia derrubado no dia em que a invadira.

Mais tarde, depois de ter mandado avisar a Constance que aceitaria o convite para ficar e depois de Sylvie tê-la vestido, a criada levantou a delicada grinalda, franzindo o nariz.

– É só isso que a senhorita planeja usar no seu cabelo? – perguntou ela, parecendo cética. – Com essas roupas, ficaria melhor com uma tiara. Devo ir ver se lady Constance lhe emprestaria uma? Ela tem um conjunto de esmeraldas que lhe serviriam.

Poppy balançou a cabeça.

Não havia palavras para o que ela sentia.

Apenas a visão de sua imagem no espelho: uma mulher com um modesto adorno na cabeça e olhos que brilhavam como gelo se derretendo.

Archer tentou não se retrair conforme a jovem Srta. Bastian tagarelava tediosamente em seu ouvido. Como ele encontraria a força necessária para pedi-la em casamento, não sabia. Pelo menos seus segredos estariam seguros tendo-a como sua duquesa. Nos muitos dias em que se conheceram, ela ainda não lhe fizera nenhuma pergunta.

– Lady Constance deixou este lugar tão bonito! – entusiasmou-se, indicando a exuberância que os rodeava. – Deve estar muito orgulhoso dela.

Ela arrancou um ramo de flores de uma treliça e o enrolou no pescoço – um gesto destinado ao flerte, mas que só fez evocar a imagem de uma vaca muito amada por sua leiteira.

Archer olhou para a irmã, que brilhava em um vestido rosa convenientemente espalhafatoso que quase a engolia e à sua multidão de admiradores.

– Estou sempre orgulhoso de Constance. Embora eu suspeite que o crédito pela beleza se deva em grande parte à Srta. Cavendish. Ela possui um talento incomum.

A Srta. Bastian sorriu de forma pouco gentil.

– Ela certamente parece pensar assim. Como ficou elegante naquele vestido! Uma florista usando uma peça feita por Valeria Parc. Imagine só...

Ele seguiu o olhar da jovem para a multidão.

Ela estava lá.

Archer tinha sido informado de que Poppy recusara o convite, mas lá estava ela, ao lado de lady Rosecroft, que a apresentava a um grupo de cavalheiros elegantemente vestidos.

Sua estrutura esbelta fora moldada e enrijecida ao estilo curvilíneo da moda, com saias volumosas e o busto erguido por espartilhos. Seus cabelos, ao menos dessa vez, não estavam em desalinho, mas presos de forma elaborada nas laterais, chamando a atenção para a elegância de seu longo pescoço. Ela parecia em tudo a sofisticada dama londrina que poderia ter sido caso tivesse uma família diferente.

Exceto por um detalhe.

A respiração de Archer ficou presa.

Ela usava as flores dele nos cabelos.

A simples grinalda de plumérias era o único item que deixava entrever a mulher que havia por baixo dos trajes finos – a menina abandonada que usava vestidos de jardinagem sujos e ficava acordada a noite toda desenhando plantas. A mulher que vislumbrara em um terreno de flores silvestres os ingredientes daquela fantasia verdejante. Ninguém a confundiria com uma solteirona excêntrica na multidão. Ninguém se atreveria a tomá-la por um objeto de piedade. No entanto, ele a preferia usando calças e carregando plantas ao sol. Não a Srta. Cavendish, mas Poppy. A Poppy brilhante e extraordinária.

Constance bateu em seu ombro.

– É hora de começar as danças. Imagino que você vá nos guiar no primeiro minueto, não?

Ela lhe lançou um olhar expressivo. Dado que ele era conhecido por evitar danças, sua participação colocaria os convidados em polvorosa. Sua escolha de parceira seria, sem dúvida, escrutinada como folhas de chá por uma vidente em busca de algum sinal. Havia uma opção óbvia a convidar e ela estava ao lado dele, adejando seus cílios na expectativa de ser transformada no objeto da inveja de todo o salão.

– Com licença – disse ele, no entanto, à Srta. Bastian.

Archer se virou e caminhou em direção a Poppy. Os cavalheiros que a rodeavam o cumprimentaram com o respeito recalcitrante que marcava suas relações com os nobres de Londres. Ele preferiu apreciar suas expressões incrédulas quando ele os interrompeu para se dirigir à botânica.

– Boa noite, Srta. Cavendish.

Ela ajustou o rosto num sorriso educado, ainda que frio.

– Vossa Graça.

– É um triunfo, o que fez aqui – disse ele. – Não consigo imaginar como conseguiu.

– É muita gentileza. Estou feliz por ter sido capaz de ajudar sua irmã a deixar sua marca.

Ele sentiu que os outros homens o observavam com interesse.

– Quero crer – disse ele pausadamente, procurando um tópico neutro – que tenha ficado satisfeita com o trabalho em Greenwoods House, não? Constance me contou que seu assistente terminou de transportar as últimas plantas.

– É verdade.

– O que vai fazer a seguir? – perguntou ele.

– Vou usar a influência da sua irmã para expandir minha clientela e tentar iniciar um esquema de aquisição de cotas no meu horto – respondeu ela e, baixando o tom da voz, prosseguiu: – E me esforçar para fazer isso sem cair do cavalo.

Ele riu, desejando que pudesse abraçá-la por aquele reconhecimento de sua breve amizade. Sentira falta do seu jeito sarcástico com as palavras.

– Preciso me despedir, Vossa Graça – disse ela, movendo-se como se fosse virar e se afastar. – E posso ver que a Srta. Bastian está ansiosa por sua companhia.

Ele olhou de volta para a jovem, que os observava com uma expressão de profundo desagrado.

– Srta. Cavendish, ainda se lembraria de como dançar?

Ela ergueu os olhos, surpresa, a expressão cautelosa.

– Não tenho certeza, Vossa Graça. Caso não se lembre, tive um professor terrível.

– Merecia um melhor – ressaltou ele em voz baixa. – Ainda assim, me daria a honra?

Ela aceitou a mão dele.

Archer sentiu centenas de olhos curiosos seguindo-os enquanto a conduzia pelas portas do terraço e pelo caminho à luz de velas até uma pista de dança iluminada por tochas na beira do lago.

Quando os primeiros acordes da música começaram, ele fez um cumprimento e pegou a mão dela. Poppy se manteve tensa, inquieta.

Ele se concentrou no prazer do contato de sua pele na dela, em observá-la girar pela pista. Quando o movimento terminou e outros dançarinos se juntaram a eles, ela se afastou.

– Devo me despedir – disse ela com uma mesura. – Preciso partir de manhã cedo. Desejo-lhe felicidades, Vossa Graça.

– Eu lhe imploro: poderia se sentar comigo por um instante?

Ele indicou um banco com vista para o lago a alguns passos de distância.

Ela olhou ceticamente para o assento.

– Por favor – insistiu Archer. – Há algo que devo lhe dizer e que tenho negligenciado há dias.

Ela cedeu e o seguiu até o banco. Ajeitou as saias ao seu redor, com cuidado para não permitir que roçassem nele, e o encarou com expectativa.

– Poppy, quero me desculpar com você. Da maneira certa. Pelo que aconteceu no meu escritório.

Ela fitou o lago, evitando seus olhos.

– Não vamos falar desse assunto desagradável. Nós dois cometemos um erro. Vamos nos separar de forma amigável – pediu ela.

Ele balançou a cabeça, odiando essa despedida educada e circunspecta.

– Cavendish, o erro foi meu. Eu não deveria ter colocado você nessa posição. Foi desonroso da minha parte. Eu me considero um homem melhor do que isso.

– Colocar-me nessa posição – repetiu ela, estreitando os olhos. – Foi o que pensou que estava fazendo? E eu que imaginava que eu mesma havia me colocado lá. Se quiser se desculpar, faça isso direito. Se bem me lembro, seu insulto a mim não foi por me conceder suas atenções, mas por retirá-las. E fazê-lo informando-me de que eu era o tipo errado de mulher a quem concedê-las.

Ele se encolheu.

– O que eu disse foi um disparate. Minhas palavras foram rudes e ingratas, e passei a última semana sem saber como lhe dizer quanto me arrependo delas.

Ela ficou em silêncio por um momento.

– No entanto, não estava errado quando me lembrou a ordem do mundo. O senhor é um duque e eu sou a proprietária de um modesto horto. Não voltarei a me esquecer disso.

Ela fez menção de se levantar. E assim, para detê-la, ele deixou que as primeiras palavras que lhe vieram à mente fossem proferidas.

– Eu não quis insinuar que você seja o tipo errado de mulher, Poppy.

Quis dizer que eu sou o tipo errado de homem. E não da maneira que você poderia pensar. Não costumo me comportar dessa forma. Eu não... *concedo* minhas atenções dessa forma. A ninguém. Não o faço há anos, e por uma boa razão. Mas eu simplesmente a desejava demais para conseguir me deter. E, quando recobrei os sentidos, eu fugi. *Essa* é a verdade. Foi covardia. Eu me arrependo. E sinto muito.

Ele teve certeza de que aquelas seriam as últimas palavras que ele teria a chance de dizer a Poppy.

Que ela lhe daria as costas e se afastaria.

Em vez disso, ela o encarou com uma expressão que era em parte divertida e em parte intrigada.

– É sério?

❧

A expressão nos olhos do duque de Westmead foi tão surpreendente, resignada e indefesa que, por um momento, Poppy poderia tê-lo confundido com outra pessoa. Não aquele homem que se mantinha sob controle o tempo todo. Outro. Alguém que possuía sentimentos ocultos e preferia não revelá-los.

Ela o julgara mal.

Nas últimas semanas, presumira que a indiferença dele fosse reflexo do humor de um aristocrata entediado ao se ver longe de seus clubes e amantes. Que sua falta de gentileza para com ela fosse a arrogância inata das linhagens normandas. Que ela fora uma das muitas mulheres que se viam despidas em seu escritório e ele a considerara insuficiente.

Não se podia residir em Grove Vale sem ouvir os rumores sobre o pai dele. As mulheres que ele mantinha ali, apesar do sofrimento da esposa. As condições perturbadoras em que viviam até que, inevitavelmente, ele se cansava delas.

Dizia-se que o filho tinha procurado as mulheres ofendidas e feito as reparações que pudera. Mas os filhos não eram sempre a imagem dos pais? O homem que a convidara a chamá-lo de Archer não era, ainda assim, um Westmead?

Contudo, naquela noite ela vira o modo como os homens e mulheres de sua posição olharam para ele. A maneira como os poderosos ficaram quietos quando ele se aproximou, como as senhoras deixaram de rir e flertar, tornando-se sóbrias e inseguras em sua presença. Ele era claramente uma lenda naquele mundo. Ainda assim, com a mesma clareza, não fazia parte dele.

Ele era algo mais intrigante: um impostor.

Agora que Poppy tivera um vislumbre do homem que ele escondia, queria ver mais.

– Teria sido melhor se tivesse me dito isso antes – falou ela.

– Não é algo que eu goste de discutir.

– No entanto, eu teria gostado de ter a sua amizade.

Ele suspirou e desviou o olhar. Quando voltou a encará-la, seus olhos estavam, mais uma vez, estranhamente luminosos.

– Poppy, você a tem.

– Westmead – chamou alguém atrás deles.

Ambos se viraram para se depararem com lady Rosecroft.

– Desculpe interromper, mas preciso da sua ajuda – disse ela. – Georgie desapareceu.

Capítulo treze

Archer olhou transtornado para a prima.

E se levantou do banco na mesma hora, levando Hilary de volta para o terraço, onde uma pequena multidão de familiares e criados havia se reunido discretamente.

Poppy levou um instante para se recompor. Se lady Hilary não tivesse aparecido naquele exato momento, ela teria se inclinado, tocado o rosto dele e o beijado.

Por que ele sempre a compelia a fazer exatamente o que ela sabia que não deveria?

Quantas vezes Poppy precisava aprender essa lição?

Ela se levantou e alisou o vestido, deixando que o ar frio da noite guiasse o sangue de volta de seu coração para a cabeça. Uma *criança* estava desaparecida. Ela conhecia aquelas terras muito bem. Deveria oferecer sua ajuda para encontrar o menino.

No terraço, lady Hilary falava com a pequena multidão num murmúrio ansioso.

– Às vezes ele acorda à noite e sai do berço. Em casa, a ama dorme com a porta do quarto dele trancada, mas aqui não há tranca.

Sua voz falhou.

– Tenho medo de que ele possa ter ido lá para fora.

Archer colocou a mão no ombro da prima.

– Vamos encontrá-lo. Eu prometo.

Ele se virou para a ama, uma mulher mais velha e de feições carinhosas que pairava nervosamente ao lado da patroa.

– Para onde ele costuma ir quando sai andando sozinho?

A idosa se recompôs com uma respiração trêmula.

– Em Londres, muitas vezes vai para as estrebarias. Gosta de cavalos. Mas ele não sabe andar por estas terras – contou ela, depois olhou aflita para o lago. – E não sabe nadar.

– Miles – gritou Archer, chamando o mordomo. – Reúna os criados e mande-os contornar o lago com tochas imediatamente. E envie outro grupo para vasculhar os jardins. Ele não pode ter ido longe.

Poppy pegou uma tocha com um criado.

– Vou verificar as dependências do jardim. Maxwell mantém animais lá. Talvez ele os tenha visto da janela.

– Srta. Cavendish, eu agradeço, mas não deveria sair sozinha – objetou lady Rosecroft.

– Não se preocupe. Já percorri cada centímetro destes terrenos. Ouso dizer que posso ajudar a encontrar o menino com mais rapidez.

– Vou acompanhar a Srta. Cavendish – declarou Archer. – Enquanto isso, Hilary, fique aqui, caso ele volte.

Ele pegou outra tocha com o criado e, juntos, eles caminharam às pressas para longe das luzes e da música, seguindo para os anexos a oeste da casa. Havia uma única mula solta diante do estábulo, pastando. A porta de sua baia estava escancarada.

– Santo Deus! – exclamou Archer, começando a correr.

Poppy correu atrás dele, temerosa do que encontrariam lá dentro. Se o garotinho tivesse realmente entrado e conseguido abrir as baias, ele estaria correndo o risco de levar um coice ou ser mordido.

– Georgie – chamou Archer, mergulhando sob o telhado baixo.

Dentro do prédio escuro, Poppy podia ouvir a respiração dos animais adormecidos. Isso a deixou inquieta. O ritmo calmo da respiração deles no curral iluminado pela lua reavivou lembranças de sua própria infância, quando ela se esgueirava até o sótão dos estábulos do tio por estar aterrorizada e sentir falta da mãe.

– Ele não está aqui – disse Archer, iluminando as cocheiras.

Ela se ergueu na ponta dos pés, examinando os espaços menores e mais escuros.

Ainda podia sentir o medo da criança que ela mesma fora, aquele desejo primordial de se enterrar nos recantos menores e mais escuros. Esconder-se nas sombras – ouvindo a respiração dos animais da mesma forma que ouvira o som dos pais dormindo quando eram vivos – tinha sido sua única maneira de escapar dos pesadelos. Ela havia testado dolorosamente a paciência de vários parentes antes que o tio a acolhesse, pois ninguém sabia o que fazer com uma garotinha solitária, que tanto poderia ser encontrada ao amanhecer tremendo em uma manjedoura quanto dormindo em seu quarto. Ninguém sabia o que fazer com uma criança que gritava durante a noite, acometida por terrores que ninguém podia explicar. A morte dos pais, afinal de contas, tinha sido muito comum – pulmões fracos, uma febre após um aborto espontâneo. As visões que a atormentavam – o caixão do pai, o bebê minúsculo e enrugado, o dilúvio de sangue materno, os lençóis sujos – eram consideradas por suas tias como macabras e enervantes, desproporcionais à sua perda.

Só Bernadette a compreendera. Bernadette, a ama que o tio contratara em Bantham Park, tinha perdido os próprios pais. Ela entendeu de forma inequívoca o que Poppy realmente queria quando se escondia.

Ser encontrada.

Pois ser encontrada era a única maneira de saber que você era desejada.

No canto mais distante, Poppy avistou um recuo debaixo do telhado. Era baixo o suficiente para que uma criança pudesse subir pela baia ao lado e se aconchegar lá dentro.

– Georgie? – chamou ela. – Georgie, querido, você está aí? Não precisa ter medo. Estamos aqui para levar você para casa. A sua mãe está com muitas saudades de você.

Uma voz fraca, carregada de lágrimas, sussurrou de uma baia no canto:

– Estou com medo.

Poppy levantou sua tocha.

O garoto estava enfiado em um monte de palha, com a touca e a camisa de dormir franzidas cobertas de feno. Archer entregou sua tocha para ela e se lançou na direção do menino.

– Venha aqui, meu rapaz – murmurou. – Está tudo bem. Você está seguro.

Georgie se aconchegou nele com um soluço assustado, seus cachos louros esmagados contra o pescoço de Archer.

Ela observou Archer balançar a criança para frente e para trás, sussurrando-lhe palavras tranquilizadoras. Seu rosto era pura emoção, desfigurado por uma devastação silenciosa. Ela o observou. *Conhecia* aquele rosto. Ela *sabia*.

Aquele nariz cinzelado, o cabelo escuro desgrenhado. A tocha na escuridão dos estábulos, o cheiro de grama do esterco, uma voz sussurrada no meio do murmúrio dos animais adormecidos.

Ela perdeu o fôlego.

Sabia exatamente quem ele era.

E por que ela o tinha reconhecido naquela primeira noite, quando ele a acompanhara a Greenwoods House.

E por que, nas garras do láudano, o homem em sua cama parecia tão real quanto a figura em seus pesadelos.

E por que nos últimos tempos seus pensamentos tinham se voltado com tanta frequência para aquela noite em que ninguém a encontrara escondida nos estábulos, porque Bernadette desaparecera.

Ela havia pressentido que Westmead tinha um segredo. Mas nunca, nunca, nunca imaginara que fosse algo assim.

Ele era, em tudo, igual ao pai.

Poppy fora uma tola.

Ficara tarde. Os últimos convidados faziam a sonolenta caminhada até seus aposentos ou carruagens. Lá fora, os criados de libré percorriam com cuidado o gramado escuro recolhendo taças de champanhe abandonadas.

Archer planejara usar aquela festa para encontrar uma esposa, mas, em vez disso, passara a noite no chão do quarto do afilhado vendo-o construir e destruir torres de blocos até que as últimas notas da orquestra tivessem desaparecido.

Não que ele se importasse. Ele se sentia curiosamente nas alturas. Tinha se esquecido da maneira como as crianças daquela idade abriam um sorriso ou riam da menor provocação. De como seus olhinhos se arregalavam para olhar para você com a mais pura confiança, sem nenhum traço da escuridão que o mundo poderia trazer. Do cheiro de limpeza e leite que emanavam quando adormeciam.

Ele pegou uma garrafa de vinho do recipiente de prata com gelo e duas taças de cristal da bandeja de um criado que passava. Agora que o baile havia terminado, ele podia ter a própria comemoração. E sabia exatamente com quem queria brindar.

Caminhou até sua ala da casa e olhou para o corredor. A luz da lareira cintilava sob a porta. Ele deu uma leve batida.

– Cavendish – chamou baixinho, sorrindo. – Podemos trocar uma palavra, se estiver acordada?

Não houve resposta. Talvez ela tivesse ido para o escritório dele.

Mas aquele aposento também estava vazio. O fogo quase se apagara na lareira e as coisas dela não estavam mais sobre a mesa. Tudo o que restava da pilha de desenhos e giz era um simples pedaço de papel e a coroa de plumérias que ele lhe fizera – agora desmontada, como se tivesse sido arrancada da cabeça sem que os grampos fossem soltos antes.

Ele pegou o bilhete.

Certa vez lhe perguntei por que eu parecia conhecê-lo. Agora entendo o motivo de ter mentido.
Fique longe de mim.

Olhou para aquilo sem entender. Quando ela lhe perguntara se ele havia conhecido seu falecido tio, ele respondera com a verdade. É claro, tinha estado em Bantham Park uma ou duas vezes, ainda que de maneira furtiva, durante os anos em que ela ainda era uma criança. Mas nunca como hóspede da casa. E em nenhuma circunstância em que teria sido apresentado a uma garotinha.

Archer andou decidido de volta à porta dela e bateu com firmeza, sem se importar muito com quem ouvia. Como Poppy ainda assim não respondeu, ele levou a mão à maçaneta. Não estava trancada. Esgueirou a cabeça para dentro, desviando os olhos para o caso de ela estar desprevenida.

– Poppy, o que significa isto? – indagou ele, segurando o pedaço de papel ofensivo.

Silêncio. Ele esquadrinhou o quarto.

Ela não estava lá.

O fogo estava aceso. O vestido dela estava estendido na cama. Seus sapatos, já limpos e sem lama, secavam no parapeito da janela.

Mas ela desaparecera. Deixara um bilhete no toucador para a irmã dele. Furiosamente, ele correu os olhos pela mensagem:

Fui convocada às pressas... Por favor, mande entregar minhas coisas de manhã... Cumprimentos muito carinhosos.

Mentira. Não havia ninguém para convocar Poppy Cavendish. Ela estava completamente sozinha no mundo.

O que significava que havia fugido.

Dele.

No meio da maldita noite.

Capítulo catorze

A ndar sozinha pela floresta no escuro era loucura.
Ela exagerara.

Calculara mal.

E agora estava numa armadilha. Longe demais para voltar para Westhaven e ainda a quilômetros da segurança de Greenwoods House.

Seguiu furtivamente pelo bosque com suas botas e calça comprida, amaldiçoando-se a cada apavorante estalido de um galho pela decisão de fugir. *Respire. Agora seria um momento muito ruim para perder a calma.* Ela só precisava localizar o riacho que beirava as terras de Westhaven. De lá poderia apagar seu lampião e seguir a água ao luar. Estaria mais segura sem o brilho da vela alertando os transeuntes da sua presença.

Continuou avançando através da névoa fina. As nuvens encobriram a lua e as árvores subiam ao seu redor em todas as direções, altas e ameaçadoras. Ela parou mais uma vez, desorientada. Não seria nada bom ficar andando em círculos.

Seu coração parou quando ela ouviu o distante *toc, toc, toc* de um cavalo a se aproximar. Teve apenas um instante para tomar uma decisão: podia deixar seu lampião aceso e ter certeza de ser vista por quem se aproximava ou apagá-lo e tentar se esconder, o que a deixaria na completa escuridão quando o cavaleiro passasse.

Escolheu ficar oculta no escuro. A chama pálida do lampião se apagou no momento exato em que o cavaleiro surgiu em seu campo de visão. Ela se lançou sob a proteção de um matagal, mas escolheu mal seu esconderijo: espinhos penetraram o tecido fino de sua calça. A dor atravessou seus joelhos, tão forte que ela teve que morder a mão para não gritar.

O cavaleiro reduziu a marcha a poucos metros de seu abrigo. Devia ter visto o lampião.

– Poppy – chamou Westmead de alguns metros de distância. – Saia daí.

Ela sentiu uma inundação momentânea de alívio por ser apenas ele e não algum vagabundo ou caçador ilegal rondando a floresta. E então se lembrou por que o temia e se sentiu tola.

Permaneceu em silêncio.

Ele saltou de seu cavalo e iluminou as árvores com seu lampião.

– Eu sei que você está aqui. Por favor, saia. Isto é ridículo.

Ela continuou em silêncio. Esperaria até que ele fosse embora.

– Posso ouvir sua respiração – disse ele, com um suspiro, depois de uma pausa.

Ela prendeu o fôlego.

– Vou esperar aqui a noite toda, se for preciso.

Ele estava a apenas alguns centímetros de distância.

Baixou o lampião para iluminar a vegetação rasteira. E então a luz suave iluminou seu rosto e os olhos dele fitaram os dela.

– O que houve? – murmurou ele. – Você está tremendo.

– Fique longe – grunhiu ela.

A voz dela ficara rouca de exaustão e medo.

Parecendo mais confuso do que perigoso, Archer se levantou e recuou alguns passos.

– Por que você me seguiu? – sibilou ela.

Ele franziu a testa.

– Que escolha eu tinha? Achou que eu realmente a deixaria vagar pela floresta sozinha? Tem alguma ideia do que poderia lhe acontecer?

A pergunta era tão absurda, tão ofensiva, que o bom senso de Poppy desapareceu.

– Sim, talvez algo parecido com o que você fez a *ela*.

– Fiz o quê a quem? – perguntou o duque, frustrado, passando a mão pelo cabelo. – Isso não faz sentido.

– Bernadette! – gritou ela. – Meu Deus, você nem se lembra dela? Bernadette Montrieux. Minha ama.

Ele se lembrava, claro. O fato de que ele se lembrava estava escrito em cada linha de seu corpo, que, ao luar, tinha ficado rígido.

– Ah, então ao menos se *lembra* do nome da mulher que atacou. Suponho que isso seja um pequeno conforto.

Por um segundo angustiante, ouviram apenas a respiração entrecortada um do outro no bosque.

Quando ele falou, a voz saiu mortalmente calma:

– Como se atreve a me dizer isso?

– Como *eu* me atrevo? Porque eu vi o que fez com ela. Vi tudo. E pensar no que permiti entre nós...

Ela tremia.

– Sinto nojo.

– Basta! – disse ele.

– Basta? Eu o vi, Westmead. Eu o *vi*.

– O que quer que você pense ter visto, está enganada.

Ele falou com tanta intensidade que as palavras ecoaram na noite.

Porém ela não se deixaria acovardar. Ela *realmente* tinha visto. Aquilo a assombrara por anos.

– Negue se não tem a honra de confessar, mas garanto que eu estava lá. Estava me escondendo no estábulo do meu tio. Bernadette entrou com um homem, com *você*. O homem a empurrou contra a parede. Ela estava choramingando e gemendo, mas ninguém apareceu para ajudá-la. E, na manhã seguinte, ela havia desaparecido. Nunca mais voltou.

Archer a encarou com tal desprezo que ela o sentiu como um golpe físico, apesar de sua fúria. Que descaramento o dele, fingir ser injustiçado depois do que tinha feito.

– Admita, Westmead – rosnou ela. – Admita que era você naquela noite.

Ele atirou a cabeça para trás.

– Eu nunca fiz o que me acusa de ter feito. *Nunca* faria.

A voz dele era diferente de qualquer som que ela já tivesse ouvido. Ele parou e soltou uma respiração dilacerada.

– Nós... quero dizer, sim, Poppy: sou culpado de um dia ter feito amor com Bernadette Montrieux no estábulo do seu tio. Receio que rapazes de 18 anos fazem essas coisas. Quando a dama envolvida está *de acordo*.

Ah. Nisso ela nunca tinha pensado.

Seria possível que seus olhos de criança tivessem interpretado mal o que viram? A nota de desespero na voz dele soava verdadeira. Mas como poderia acreditar nele se durante anos ela repetira uma versão diferente para si mesma?

Poppy tentou formular uma pergunta que a levasse a uma resposta definitiva – um sinal ao qual pudesse se agarrar para entender tudo com clareza –, mas, antes que conseguisse falar, ele quebrou o silêncio com uma série de palavras cortantes.

– Eu nunca machucaria Bernadette. Ela era minha *esposa*.

Archer sentiu a garganta se dilacerar ao pronunciar aquelas palavras. Estavam fossilizadas. Não seria possível escavá-las sem estilhaçar camadas de rocha calcificada.

Nem Constance conhecia essa lacuna em sua vida. O antigo duque nunca contara à filha sobre o casamento de Archer enquanto ele morava no exterior e a mandara viver com uma tia quando ficara viúvo. Fora nessa época que Archer retornara com a esposa e o filho. Constance sabia apenas que havia algo nebuloso a respeito da dissolução da família sobre a qual ele se recusava a falar.

– Eu não entendo – disse Poppy.

Ela o encarava como uma criança perplexa.

– Você não tem esposa.

– Ela morreu. Há muitos anos.

Uma parte perversa dele, a que encontrava alívio doentio ao dizer aquilo em voz alta, não conseguiu evitar a nota final de horror:

– Junto com nosso filho.

Poppy levou a mão à boca. Ele simplesmente a observava, entorpecido.

Archer queria ser capaz de alguma emoção mais forte do que a sensação de derrota que o sufocava – uma raiva latente diante da acusação dela. Mas ele só se sentia vazio. Sabia o que estava por vir. Sentiu que se avolumava e se fechava ao seu redor. Enchendo o lugar onde antes estavam as rochas e fósseis. Emoção. Pura, doentia e incontrolável como água corrente.

– Está dizendo a verdade? – perguntou Poppy, a voz soando fraca.

– Acha mesmo que eu iria inventar uma coisa assim?

Ele apoiou a mão livre em um tronco de árvore, a torrente dentro dele se fechando em torno de seus órgãos.

Lutava para respirar, mas o ar estava travado pelo peso que esmagava seu peito.

Maldita fosse ela por presenciar aquilo. Mesmo na escuridão, ela podia ver.

– Está *mesmo* dizendo a verdade – murmurou Poppy. – Ah, Archer...

Ela parou, impotente, e se postou ao lado dele, enquanto ele se esforçava para respirar contra o nevoeiro em seus pulmões.

– Desculpe – sussurrou ela.

Ele tentou responder, mas o que saiu foi algo como um soluço. Inferno. *Inferno!* Ele ia sucumbir.

Ainda que hesitante, ela colocou as mãos nos ombros dele e o puxou em sua direção até conseguir envolvê-lo num abraço.

Uma eternidade se passou enquanto Poppy respirava em ritmo lento e vigoroso, como se ensinasse a ele o funcionamento adequado dos pulmões. *Eu sinto muito. Respire comigo. Estou aqui. Devagar. Apenas respire.*

Por fim, arrasado, ele encontrou forças para se recompor e se afastar.

Estava encharcado de suor e a brisa o deixara tão frio que ela quase podia ouvir seus ossos batendo acima do sussurro das árvores.

– Sinto muito – murmurou Archer, mortificado com o que ela havia acabado de presenciar.

Poppy lentamente pousou os dedos na mão dele.

– Por favor. Sou eu quem sente muito.

Ele voltou para o cavalo.

– Venha. Devemos voltar. Você pode ir embora pela manhã.

– Archer – chamou ela, calma, parada onde estava.

Ele se voltou, impaciente para deixar tudo aquilo para trás.

– É um grande conforto saber que ela simplesmente teve um encontro amoroso. Temi por ela todos esses anos. Estou muito aliviada por saber que ela era amada. E por alguém como você.

As palavras foram ditas com boa intenção, mas Archer preferiria o silêncio a ser parabenizado pela dor que ele causara havia tanto tempo.

– Não se sinta tentada a me considerar um herói romântico. Essa história não tem final feliz.

Algo nos modos de Archer fez com que Poppy pensasse que ele queria lhe contar mais, porém não conseguia.

– Mas você se casou – ressaltou ela com cuidado. – E teve um filho. Qual era o nome dele?

Os olhos de Archer olhavam fixamente para além dela.

– Benjamin.

Ela sempre achara os olhos dele notáveis – aquela ternura essencial que ele nunca conseguia mascarar, mesmo em seus momentos mais nobres e imperiosos, era o que o tornava querido, o que o tornava bonito. Agora estavam nublados por uma angústia que ela mal conseguia suportar ver.

– Desculpe – sussurrou ela. – Não vou fazê-lo falar sobre isso.

Mas Archer respirou fundo e começou a contar a história de um rapaz que conheceu uma moça e se apaixonou.

Sobre como, em uma tarde de verão quando ele tinha 18 anos, ele passeava sem rumo pela floresta e a avistou balançando os pés descalços no riacho.

Ela era seis anos mais velha, uma ama empregada pelo tio de Poppy para cuidar de sua jovem sobrinha que ficara órfã recentemente. Ela crescera em Paris, filha de um comerciante que tinha morrido quando ela era pequena. Fora mandada para um convento para estudar, depois cruzara o mar sozinha para encontrar trabalho em Wiltshire.

Ele sabia que nunca poderia ficar com ela. O pai tinha deixado claro seu dever de conseguir uma esposa que melhorasse as finanças da família – apesar de Archer não ser o primogênito. Ela era sozinha, estrangeira, católica, trabalhadora – inadequada para uma família que cuidava de suas linhagens havia gerações.

Poppy ficou em silêncio enquanto ele seguia sua narrativa.

Sobre terem se encontrado na floresta por dois verões até que ele a convencera a fugirem juntos. Levara-a para a França e, só meses depois, contara ao pai sobre seu casamento. Sobre o duque ter enviado advogados a Paris ameaçando a anulação do matrimônio e a perda da herança. Sobre o casal pouco se importar com aquelas ameaças.

Sobre Bernadette pintar enquanto ele trabalhava como aprendiz de um comerciante especializado em vinho. Sobre a chegada de seu bebê, um garoto risonho e alegre com cabelos louros encaracolados que adorava ir nos ombros do pai até o mercado balbuciando canções de ninar em francês.

Sobre quanto tinham sido felizes. Até que um dia chegara uma carta informando da morte de sua mãe e de seu irmão mais velho em um acidente de carruagem. *Você será o duque de Westmead*, escrevera o seu pai. *Sejam quais forem as nossas diferenças, a sua responsabilidade para com esta família é maior do que elas. Você deve voltar.*

– Ele me mandou deixá-los na França – contou Archer, amargo. – Ele queria a anulação do casamento, ou pelo menos discrição. Mas eu o desafiei. Determinei que, se ele me quisesse, deveria aceitar minha família. Eu os trouxe para cá. *Eu os trouxe para cá.*

De repente, com uma clareza repugnante, ela entendeu como a história terminava. A ala oeste de Westhaven havia sido devastada por um incêndio fazia muitos anos. O velho duque morrera logo após o incêndio e a família não mais retornara. A causa oficial do fogo fora uma chaminé suja. Mas os rumores locais eram de que o próprio duque tinha ateado o fogo, em um ataque de embriaguez após a morte da esposa e do filho mais velho.

– Ah, Archer – disse ela, soltando a respiração.

Tentou pegar a mão dele, mas Archer a afastou.

– Ele esperou que eu saísse com os administradores das terras. Quando vi a fumaça, estávamos a trinta minutos de distância. Cheguei no momento em que as escadas tinham caído. Era tarde demais.

Ela não conseguia pensar no que dizer, mas sabia que deveria dizer algo.

– Você não tinha como saber. Ele devia estar louco.

– Não. Não estava. Apesar de toda a especulação sobre a loucura do meu pai, não foi ele quem sucumbiu a ela. Fui eu. Durante semanas, não consegui me levantar da cama. Quando me recobrei, meu pai estava morto de um mal do coração e eu sequer suportava falar do que ele tinha feito. Então ele conseguiu o que queria. E a culpa é minha.

– Você não pode se culpar – disse ela com suavidade. – Você estava de luto.

– Eu estava fraco. Fora de controle. Incapaz de realizar as tarefas mínimas para sobreviver e, francamente, seria melhor se eu estivesse entre os mortos. Passei meses assim. E quando melhorei, não suportava me lembrar.

Comecei a me dedicar aos investimentos com uma espécie de obsessão e deixei que minha mulher e meu filho... simplesmente desaparecessem. E não posso me perdoar por isso. Nem quero.

Seu rosto assumiu outra expressão enquanto ele dizia essas palavras. A dor nos olhos se transformou em frieza e de repente ele era de novo o duque distante que andava a passos largos, nunca dormia e sempre mantinha seus papéis em pilhas bem-organizadas.

E então Poppy completou a história sozinha. Sobre um homem que se fechara e se tornara rígido e controlado como ato de penitência.

Ela se perguntou se ele percebia – assim como ela – que não estava funcionando. Que, pouco a pouco, a máscara que ele usava começava a cair.

Imaginou o que aconteceria quando o inevitável acontecesse: quando ela caísse por completo.

<hr />

Era o fim daquela experiência. Ele pensara que uma década longe daquele lugar fosse suficiente para cicatrizar as feridas.

Não era.

Sua mente era uma névoa, seu peito um vazio que ameaçava infeccionar.

Não contara toda a verdade. Não fora apenas o trabalho que o salvara. Tinha sido também a dor e, com ela, a força. A possibilidade de recorrer a um lugar dentro de si mesmo que não mantinha nenhuma relação com a casa de Westmead. Um lugar pelo qual ele ansiava agora.

O que precisava estava em Londres. O que precisava não eram palavras gentis, mas um chão de pedra fria sob as palmas de suas mãos, varas açoitando sua pele, dedos em seus cabelos. Comandos bruscos puxando-o de volta para dentro de si. Preparando-o para ser o homem que ele escolhera ser, em vez daquele que ele tinha nascido.

Poppy ficou quieta, observando o esforço dele para se recompor com uma expressão que ela poderia ter usado ao descobrir um cervo ferido.

Intolerável.

Ele virou para o outro lado e olhou para cima, através das árvores. O céu começava a mudar da escuridão para o roxo profundo que precede a primeira luz.

– Devemos voltar para casa antes que o sol nasça. É melhor que ninguém saiba que você partiu.

Ele a colocou no cavalo e montou atrás dela, passando um braço por sua cintura.

Cavalgou depressa para chegar antes da luz da manhã. Quanto mais cedo eles se separassem, mais cedo ele se recuperaria.

Porém, para manter o equilíbrio, Poppy pressionava o corpo contra o dele e, a cada movimento dela, Archer sentia uma pontada de desejo.

Ele se *odiou* por isso.

O certo seria afrouxar a cintura dela. Afastar o desejo pelo seu toque.

Ao invés disso, ele a segurou com mais força.

Ela se aconchegou, cedendo ao desejo louco dele por afeição, não o censurando por sua carne querer o que queria. Por ele ainda estar desgraçadamente vivo.

Quando a floresta se abriu e a casa apareceu, Archer mergulhou o nariz nos cabelos dela e beijou o topo de sua cabeça.

– Obrigado – sussurrou ele, afrouxando o controle sobre ela.

Estava grato por ela não poder ver o desejo que sem dúvida se estampava em seu rosto. Não seria certo permitir que ela se recordasse dele assim.

Mas Poppy já não prestava atenção nele. Seu olhar estava fixo em algo ao longe.

– Céus! – murmurou ela, protegendo os olhos de um raio de sol que delineava o telhado da casa em um laranja ofuscante.

– O que foi?

– Nada. Pensei ter visto alguém na janela. Mas foi apenas um truque da luz.

– Os amigos de Constance não são conhecidos por acordarem cedo. Imagino que não peçam por suas bandejas de café da manhã antes do crepúsculo.

– Notei que não tem nenhum apreço especial por eles. Vai voltar para Londres?

– Sim, nesta manhã.

– Não virá mais aqui.

– Não.

Nunca mais.

Sua sanidade era como uma criatura caprichosa: exigia um clima cinzento, papéis ordenados e salas que não continham lembranças. Prados salpicados de ovelhas, olmos com manchas de musgo e auroras orvalhadas irrompendo com uma mulher de cabelos revoltos aconchegada em seu braço alimentavam uma dor à qual ele não estava disposto a ceder e que precisava ser subjugada, alimentada apenas de solidão.

Havia apenas uma coisa de que ele sentiria falta ali.

Ele a ajudou a descer diante do terraço.

– Suponho que isto seja uma despedida, então – disse Poppy.

Meu Deus, ela ficava linda olhando para ele por baixo daqueles longos cílios pretos com o sol da manhã se refletindo em seus olhos.

Archer tentou invocar palavras que pudessem expressar adequadamente a profundidade de seu sentimento sem cair na pieguice. O silêncio entre eles era do tipo que clamava por alguma declaração de apego ou gesto de afeto. Mas ele não era o tipo de homem que os tivesse para dar.

– Sou muito grato por sua amizade, Cavendish – disse ele devagar. – Pensarei em você… muito carinhosamente.

Seu idiota insuportável. As palavras aterrissaram com um baque, tão insuficientes a ponto de serem ridículas.

Poppy, a adorável Poppy, poupou-lhe a indignidade de reconhecer sua inaptidão e apenas aceitou sua mão uma última vez.

Ela a apertou.

– Passe bem, Vossa Graça.

Então Archer se forçou a largar a mão dela, dedo por dedo, relutante.

E guardou na memória a visão dela desaparecendo dentro da casa.

Capítulo quinze

Hoxton Square, Londres
2 de agosto de 1753

A rcher desprezava os cavalheiros que passavam o dia na cama e levavam um longo tempo fazendo a toalete. Em seu escritório de Londres, qualquer homem que não estivesse à sua mesa pontualmente às sete da manhã não tinha futuro na firma.

Entretanto, já passava das oito quando ele se arrastou do quarto de dormir para o de vestir, estreitando os olhos para a luz cinzenta que entrava da Hoxton Square. Comeu mingau sem sentir o gosto e queimou a boca com o café forte. Sentia como se seu casaco fosse feito de chumbo. O dia se desenrolava na sua frente como uma sentença de morte. Ele iria ao Webb's e compraria um anel. E então visitaria a Srta. Gillian Bastian com a proposta de fazer dela uma duquesa.

Era o que ele queria. Por isso era estranho que essa ideia o deixasse tão infeliz.

– Sua carruagem está esperando lá fora, Vossa Graça – disse Gibbs.

Ele acenou para o mordomo e se arrastou da mesa. Deu de ombros dentro do sobretudo e foi até a porta.

– Vossa Graça, eu devo avisá-lo… – começou o mordomo.

Porém ele não estava prestando atenção e abriu a trava sozinho.

– Vossa Graça! – chamou um coro de vozes imediatamente.

Cerca de quinze homens se amontoavam na frente da casa, agitando os braços e gritando seu nome. O caminho diante de seu portão estava cheio deles.

– Westmead, o que acha do caso da Botânica da Alta Sociedade? – gritou um espécime particularmente estridente acima do resto.

Ele recuou e bateu a porta.

– Como eu estava dizendo – prosseguiu Gibbs sem se abalar –, uma multidão se formou do lado de fora da casa.

– Diga, por favor: o que é o caso da Botânica da Alta Sociedade?

Gibbs indicou uma pilha de jornais dobrados no aparador.

– Creio que se refiram a alguma idiotice do *Peculiar* de hoje.

Ele vasculhou os jornais sobre a mesa até que encontrou a gazeta frívola de Desmond Flannery.

Um desenho de Constance sob uma nuvem de flores dominava a página. "O Triunfo da Casa de Westmead – A família mais misteriosa de Londres lança a última moda do país."

Constance ficaria satisfeita. Era exatamente o que ela esperava. Mas isso, por si só, dificilmente constituía um escândalo. Ele ergueu os olhos para Gibbs, que lia a página por cima do ombro dele.

– Mais abaixo, Vossa Graça – explicou, apontando um boxe de texto em destaque no pé da página.

O FLORESCER DE UM ESCÂNDALO?

As cenas silvestres do brilhante salão de baile foram projetadas pela Srta. Poplar Cavendish, de Bantham Park, neta do sexto visconde de Mallardsly. As magníficas plantas da Srta. Cavendish sem dúvida estarão na moda na próxima temporada. Mas dizem que foi a silhueta elegante da própria Botânica da Alta Sociedade que chamou a atenção do duque de Westmead. Ele começou a primeira dança da noite com a ninfa de seus jardins nos braços e, caso alguns olhos errantes não tenham se enganado, pode ter terminado a noite com ela também. Sua Graça foi vista ao amanhecer junto com a bela Srta. Cavendish, sem acompanhante por perto! Poderia ser um botão de amor a florescer? Ou seria o perfume de um escândalo em flor?

– Maldito Flannery Desmond!

Gibbs assentiu.

– De fato, Vossa Graça.

Archer sentiu um grande prazer em amarrotar o jornal. Sentiu mais prazer ainda em escrever um bilhete para a irmã ordenando que Flannery saísse de sua propriedade imediatamente ou apontasse um padrinho para um duelo a ser feito assim que Archer retornasse. Torceu para que o homem escolhesse a última opção. Queria ter a oportunidade de atirar nele.

Mas, Santo Deus, o que ele iria fazer acerca de Poppy?

Ele a atraíra para Westhaven com a promessa de que seu horto floresceria e, em vez disso, suas perspectivas estavam praticamente destruídas.

Ser uma mulher de negócios já era difícil o suficiente tendo uma reputação imaculada. Ela seria arruinada com o escândalo.

A não ser, é claro, que ele se casasse com ela.

Assim que pensou nisso, percebeu que essa tinha sido a solução o tempo todo.

Havia uma espécie de lógica elegante em tudo isso. Quem melhor do que Poppy para entender a natureza de uma transação? Quem melhor do que Poppy para entender que havia aspectos da vida dele que simplesmente não poderiam ser compartilhados?

Não era esse o cenário que ele procurava? Uma mulher que precisava do seu nome? Uma mulher que compreendia as vantagens de uma troca justa e que poderia chegar aos termos que também lhe convinham? Uma mulher que, sem dúvida, encontraria utilidade muito melhor para sua fortuna do que acumular joias e vestidos? Que contribuiria para a inteligência e o espírito dos filhos, em vez de se entregar a preguiça e mexericos?

Ele ignorou a parte de si mesmo que objetava dizendo que ele sentia muitas, muitas coisas sobre a Srta. Cavendish – e nenhuma delas era indiferença. Que a última coisa que ela representava para ele era *segurança*.

Em vez disso, saiu a passos largos, ignorando a multidão que gritava.

– Throgmorton Street – disse ele ao cocheiro que o aguardava.

O proprietário da Webb se iluminou ao ver Westmead, a expectativa aflorando em seus olhos à visão daquele raro cliente que comprava com generosidade e pagava no ato.

– Vossa Graça – cumprimentou o comerciante, fazendo uma reverência.
– Que surpresa inesperada. Espero que lady Constance tenha apreciado o

presente. Era um conjunto muito fino de esmeraldas, extraordinariamente puro. Em que posso ajudá-lo hoje?

– Preciso de um anel.

Os olhos de Webb cintilaram.

– Claro, Vossa Graça. Algo para uma senhora? Adquiri recentemente um aglomerado de diamantes numa magnífica montagem, nove pedras grandes em prata fina. Deslumbrante à luz de velas. Lorde Westing pensou nela para a amante, mas, dada a sobrecarga em sua linha de crédito, eu poderia arranjar para que a joia fosse liberada para Vossa Graça.

Qualquer coisa cobiçada pela amante de Westing na certa causaria horror a Poppy.

– O que você tem que seja... simples? – perguntou ele, tentando, sem sucesso, encontrar uma palavra apropriada para o gosto humilde e sem afetação de Poppy.

Webb pegou várias bandejas de adornos, cada qual mais vistosa do que a outra. Serviriam para a Srta. Bastian e os amigos de sua irmã, mas não para Poppy.

Pressentindo que o cliente estava prestes a partir de mãos vazias, Webb vasculhou uma gaveta e apresentou uma caixa.

– Tenho algumas peças mais antigas sendo restauradas. Talvez algo assim?

Ele segurava um anel de seis pérolas em forma de lágrima dispostas como pétalas em torno de um pequeno diamante amarelo. Parecia uma flor de pluméria da estufa da Poppy.

– Bastante elegante, embora modesto, Vossa Graça. Mas é claro que posso adicionar pedras se desejar.

– Não é preciso. Vou levá-lo agora.

Com o anel cuidadosamente guardado em uma caixa de couro e a caixa enfiada em seu bolso, ele voltou para a carruagem.

– Para Mayfair, Vossa Graça? – perguntou o cocheiro.

– Mudança de planos. Para Grove Vale. E, por favor, rápido.

Capítulo dezesseis

Poppy se abaixou para inspecionar as frágeis pétalas de uma erva-abe-lha. As humildes flores locais, que coroavam os prados calcários de Wiltshire no verão, como abelhões com asas roxas, tinham sido muito admiradas no baile. Ela havia pensado em cultivá-las em quantidade suficiente para que seus novos clientes pudessem encomendá-las para seus jardins no verão seguinte, com um considerável lucro para o horto.

Agora se perguntava se ainda teria algum cliente.

Mal se passara um dia desde que a terrível história fora publicada no *Peculiar* e suas novas relações, os Hathaways, já haviam retirado o convite para que ela jantasse com eles em Bantham Park. Sir Horace Melnick, querido amigo de seu falecido tio, lhe escrevera para cancelar seu plantio de outono, assim como a Sra. Elizabeth Ellis avisara que não precisava mais de novas sebes para o vicariato.

A única boa notícia que Poppy recebera fora de seu fiel correspondente, o Sr. Carpenter, da Virgínia. Pela primeira vez, ela ficou grata pelo lento e irregular intercâmbio de informações entre a Inglaterra e as colônias. Levaria tempo para que rumores sobre a reputação arruinada de jovens inglesas chegassem aos bosques da Virgínia.

O amigo começara a carta, como sempre, lamentando a dificuldade de obter mudas europeias adequadas para seu horto e pedindo qualquer ajuda que ela pudesse oferecer.

Talvez nem tudo estivesse perdido. As plantas ainda poderiam ser a sua salvação.

Em seu galpão improvisado, pegou suas caixas de cartas e organizou o conteúdo em pilhas, fazendo uma lista de seus contatos em hortos desde a Carolina até o continente europeu. Tinha amigos bem-colocados no mundo da botânica e 800 libras em dinheiro à mão. Era o suficiente para comprar alguns acres de terra mais perto de Londres, onde ela poderia montar um horto maior perto do rio, com acesso aos portos. Sua reputação não importaria tanto se ela controlasse o intercâmbio de plantas através do Atlântico.

Porém... Havia sempre um porém.

O problema seria arranjar fundos para pagar o transporte e atrair outros hortos a participar do negócio. Ela precisaria tomar emprestada uma boa parte do capital e assumir uma grande dívida a fim de envolver parceiros no exterior. E, para conseguir um empréstimo sem um patrocinador masculino, ela precisaria, no mínimo, do seu bom nome.

O que era difícil quando se estava completamente arruinada.

Empurrou seus papéis para o lado. Era uma armadilha, esse negócio de ser mulher. A simples verdade era que, depois de tanto esforço para garantir sua independência, ela ainda estava presa. Para realizar o que queria, não precisava ter se preocupado em ser determinada e diligente por anos a fio. Só precisava ter nascido homem.

Ela se ajoelhou no chão para separar uma pilha de engradados que ainda não tinham sido abertos. Pelo menos agora teria tempo suficiente para cultivar suas mudas negligenciadas. A vida inteira, pelo modo como a semana se desenrolava.

Estava no meio da operação, desembrulhando um pacote de bulbos, quando uma batida soou à janela.

Ela olhou para cima esperando ver algum intrometido do vilarejo.

Porém era Westmead.

Ele voltara.

Entrou de forma hesitante, como se não tivesse certeza de sua acolhida. Era justo, porque, na verdade, não fazia sentido o alívio que ela sentiu ao olhar para ele. Serem vistos juntos só iria aumentar os rumores. Ela precisava que ele fosse embora se não quisesse ser duplamente arruinada. O que era lamentável, já que sentiu um desejo repentino e urgente de se lançar em seus braços e passar os quinze minutos seguintes contando os infortúnios no conforto do peito dele.

– Vossa Graça – disse ela, em vez disso.

– Archer – corrigiu-a.

– Archer.

Foi um erro usar seu primeiro nome. Trouxe de volta a sensação de instabilidade que a acometera em sua despedida, como se seus membros fossem feitos de um turbilhão de água.

– Pensei que tivesse voltado para Londres.

– Eu tinha. Mas retornei assim que li o *Peculiar*. Pareceu que eu era necessário aqui. Para assassinar Desmond Flannery.

Ela lhe concedeu um sorriso melancólico.

– Lentamente e sem misericórdia, eu espero.

– Posso ajudá-la com isso?

Ele se agachou para se juntar a ela no chão em meio a uma confusão de engradados e baús.

Poppy se permitiu um momento para olhar para ele, maravilhada. Por mais que as relações com o duque de Westmead tivessem provocado sua derrocada, ela não podia deixar de apreciar o fato de que ele era o tipo de homem que, apesar de seu título de nobreza, conseguia se ajoelhar no humilde galpão de uma moça provinciana de forma tão natural quanto respirava.

– Não. Está ficando tarde. E, considerando a rápida deserção de meus clientes, não devo precisar de uma quantidade tão exagerada de mudas.

Ele franziu a testa. Poppy se arrependeu na hora do que acabara de dizer. Não havia razão para fazê-lo sentir-se culpado pela posição em que ela estava. Afinal, fora ela quem deixara a casa dele no meio da noite, por vontade própria. Ele não havia comprometido sua reputação. Ela fizera isso.

– Se ao menos houvesse alguma coisa que pudesse remediar isso...

Ele enfiou a mão no bolso do casaco e retirou uma caixinha de joias redonda, de couro. Olhando-a nos olhos, deslizou a caixa pelo assoalho.

Ah, não. As águas agitadas desapareceram como se ele tivesse aberto um ralo aos seus pés.

– Quer abrir? – perguntou ele.

Estreitando os olhos de pavor com o que iria encontrar na caixa, ela abriu o fecho. Dentro, um anel tremeluziu à luz evanescente.

Era pequeno e no formato de uma flor. Uma pluméria. Teria sido o anel perfeito, na medida, se eles fossem um casal. A doçura do gesto fez suas pernas fraquejarem. Ela ergueu os olhos para ele, tentando encontrar as palavras para dizer que o que ele se sentia compelido a fazer não era nem necessário nem bem-vindo. Contudo, antes que pudesse proferi-las, ele tomou sua mão. Somente ao olhar para a mão aninhada na dele ela percebeu que tremia.

Balançou a cabeça, querendo que ele não dissesse o que quer que pretendesse dizer dando-lhe o anel.

– Archer, por favor, não há necessidade...

Ele limpou a garganta.

– Quando vi a matéria ontem, fui tomado de pesar...

– Pare. Você não é responsável. Eu não tive a intenção de insinuar...

O rosto dele perdeu a expressão hesitante e adotou uma linha severa.

– Cavendish, me deixe terminar. Não estou querendo dizer que fui tomado de pesar porque seria forçado a pedir sua mão em casamento. O que lamentei foi não ter pensado nisso antes de partir. Veja bem, acho que podemos ser úteis um ao outro.

– Sendo úteis um ao outro foi que chegamos à presente situação, se bem me lembro – disse ela, tendo o cuidado de lhe dirigir um sorriso pesaroso para mostrar que não havia nenhum ressentimento. – É gentil em sua oferta, mas não precisa fazer isso.

Ele a encarou com ar infeliz, como se estivesse decidindo se deveria prosseguir com aquilo.

– Cavendish – continuou ele. – Ninguém vence nos negócios rejeitando uma proposta antes de tê-la ouvido.

Ela não precisava ouvir. Ele podia argumentar o que quisesse sobre suas razões para voltar, mas Poppy sabia por que ele estava ali e não podia suportar ser alvo da caridade dele. Detestava ficar em dívida. Estar em dívida com um homem como ele seria um tipo especial de tortura.

– Pode chamar isso como quiser, Vossa Graça, mas não tenho nenhuma vontade de me casar. E, já que estamos aqui dando aulas, preciso repetir a minha sobre salvar mulheres que não desejam ser salvas?

Mais uma vez a expressão no rosto dele mudou. Poppy pôde ver que, qualquer que fosse a resposta que ele esperara, não era a que recebera.

– Se me desse uma chance justa – disse ele, de maneira cômica –, veria que não pretendo salvá-la. Eu apenas percebi uma forma de usar as circunstâncias a nosso favor.

O tom dele não demonstrava nenhum cavalheirismo. Era o tom enérgico e calculista que ela havia se acostumado a ouvir sempre que o tópico da conversa chegava ao seu mais querido assunto: o comércio. Isso significava que ele estava sendo sincero em argumentar que não estava ali só por uma questão de honra. E também significava que ele simplesmente não entendia o que estava em jogo. E por que entenderia?

– Desculpe, mas casar não seria vantajoso para mim.

– Perdoe-me por ser franco, Cavendish, mas não vejo uma única vantagem em permanecer solteira.

– Bem, é claro que *você* não veria.

– Eu não sou *inteiramente* estúpido. Talvez você possa explicar.

Ela esfregou a têmpora. Como explicar a um *duque* que o casamento tornava as mulheres vulneráveis? Que ela havia construído seu negócio de modo a evitar tal destino? Que desejava proteger e sustentar a si mesma? Que era isso que mantinha uma pessoa segura?

Olhou para o conteúdo do cômodo a seu redor. Os vasos de plantas e bulbos, as fileiras de orquídeas, o livro-razão manchado de lama não significariam muito para ele, mas, para ela, não eram meros objetos. Eram símbolos de algo incalculavelmente precioso.

– Se eu me casasse, meu horto, tudo aquilo pelo que trabalhei, seria entregue ao meu marido. Eu perderia o direito de fazer negócios em meu nome. Perderia minha independência. Minha capacidade de decidir por mim mesma...

Ela deixou sua voz definhar, incapaz de expressar a magnitude da perda, a vulnerabilidade inerente das esposas.

– Imagino que vá me dizer que isso vale pouco em libras esterlinas – prosseguiu ela. – Mas desistir seria perder o melhor de mim.

Ela imaginou que ele a consideraria ridícula.

Em vez disso, ele bateu no joelho e refletiu sobre as palavras dela.

– Eu suponho – disse depois de uma longa pausa – que, se nossos papéis fossem invertidos, eu poderia compartilhar sua hesitação.

– Ah! – exclamou ela, com alívio.

Não conseguiu evitar um momento de apreciação pela maneira como ele a entendia.

– De qualquer maneira, obrigada pela sua oferta. Eu o acompanho até a saída.

– Receio não ter acabado de negociar, Cavendish. Embora eu possa compartilhar sua linha de raciocínio, segui-la seria um erro. Perdoe-me, mas suponho que tenha percebido que está em uma situação terrível. Tem sua independência, isso é verdade, mas não tem certos recursos críticos para mantê-la.

A gratidão de Poppy foi substituída pela vontade de bater na cabeça dele com uma pá.

– Sim, obrigada por articular a natureza da minha situação de forma tão sucinta, Vossa Graça. Vejo que não entendeu meu ponto de vista.

– Pode me insultar se quiser, mas uma mulher de negócios inteligente deve se perguntar não o que ela perde ao se casar comigo, mas o que ela ganha.

– Um marido. O que passei toda a minha vida tentando *não* adquirir.

– Um parceiro. Sinceramente, não posso negar que, como minha esposa, perderia o direito de celebrar contratos em seu nome. Mas e se eu lhe oferecesse o poder de entrar no meu? Minhas terras, meu capital, meu crédito, meus navios, o que você precisar, tudo à sua disposição. Você poderia construir o melhor horto de toda a Inglaterra.

Se havia uma lição que ela aprendera nos últimos quinze dias era que, quando as coisas pareciam boas demais para serem verdade, eram mesmo.

– Que termos generosos. E que coisa preciosa iria pedir em troca?

Ele a fitou nos olhos e o sorriso desapareceu de seus lábios.

– Um herdeiro.

Ah.

A conversa entre eles já não parecia um quebra-cabeças que ela deveria resolver antes de mandá-lo embora e se retirar para sua cama. Era grave como a própria vida.

– Um filho – disse ela, em voz mais baixa do que deveria. – Você quer outro filho.

– Não – retrucou ele, com toda a firmeza, seus modos tornando-se mais gélidos a cada segundo. – Não *quero*, precisamente. Tenho a responsabilidade de providenciar um herdeiro. E, dado o status da sucessão, preciso de um logo. Um homem com histórico de brutalidade se tornou recentemente o próximo na linha de sucessão do meu título. Tenho o dever de proteger estas terras e as pessoas que delas dependem. O que eu quero não tem nada a ver com isso.

Ela sentiu seu rosto corar com a ofensa.

– Ah, precisa de uma égua reprodutora. E eu sou a candidata mais desesperada.

Ele a encarou com ar infeliz.

– Na verdade, não é tão grosseiro assim, Poppy. Eu de fato preciso de uma mulher que seja capaz e esteja disposta a ter um filho. Porém, mais especificamente, desejo uma esposa com quem possa ser honesto sobre o fato de que tenho limitações. Falta-me capacidade para os apegos e expectativas que surgem do casamento. Pretendo que minha vida privada permaneça privada e livre de obrigações e quero uma esposa que deseje a mesma liberdade e respeite essa minha necessidade. O fato de você *não* querer se casar comigo é o que a torna a candidata ideal. Isso e o fato de que eu a tenho em grande consideração e posso lhe oferecer algo de valor em troca. Seria um acordo de negócios cordial que proporcionaria independência a ambos.

Um acordo de negócios cordial. Ela considerou aquela imagem fria e achou estranho que, quanto mais ele falava de assuntos importantes – casamento, vida, morte –, mais distante e formal se tornava.

– E o que dizer da questão da concepção?

Archer deu de ombros.

– Nós o faríamos da maneira habitual. Acredito, dado o nosso histórico, que não seria tão desagradável. E eu não pediria mais seus favores uma vez que a concepção fosse assegurada, nem objetaria se você os concedesse em outro lugar.

Ele disse tudo isso de modo tão frio que ela se perguntou se não haveria algo errado com ele. Se não tivesse visto na floresta a profundidade de sentimentos de que Archer era capaz, Poppy teria acreditado que ele se sentia despreocupado e contente com tal situação. Só que ela não se sentia assim. De jeito nenhum.

Ele que ficasse com sua ficção. *Ela* não se sentia contente.

– Não – respondeu.

– Não? – repetiu ele, visivelmente abalado pela recusa. – São os termos que a incomodam? Ou talvez você não deseje ter filhos?

– Não é isso.

Havia uma parte dela que sempre lamentara que o preço da independência fosse perder a oportunidade de ter uma família. A parte dela que ficava desconfortavelmente melancólica perto de bebês e famílias grandes. Que via crianças pequenas andando vacilantes com as mães e pensava... *isso*: ter alguém que lhe pertencia e a quem ela pertencia também.

Porém ela podia suportar não ter uma família. O que *não* podia suportar era submeter um filho ao tipo de educação medíocre e distante que ela suportara. Um "herdeiro" não era menos gente do que qualquer outro bebê, e ela não sujeitaria uma criança a uma vida em que seria tratada como uma obrigação terrível.

E se ela tivesse filhas?

– Talvez eu não lhe pareça maternal, mas perdi meus pais quando criança...

Ele inclinou a cabeça antes que ela pudesse continuar.

– O que, na minha sugestão de que você carregue meu filho, a faz pensar que não me parece maternal, Cavendish?

– O fato de que essa visão é compartilhada por todos em Wiltshire? Até você me chama de Cavendish, como se eu fosse um homem.

– Cavendish – disse ele suavemente, sua frieza derretendo-se. – Acredite que nunca duvidei que você fosse uma mulher em todos os sentidos.

Ela cruzou os braços.

– Está fugindo da questão. Eu sei o que é ser indesejado. Não poderia, em sã consciência, concordar com um esquema que privaria meus filhos de uma família amorosa.

Os olhos dele fitavam os dela, inabaláveis.

– Nosso filho teria uma família como qualquer outra. É claro que cuidarei de meus assuntos na medida do necessário e você pode ser uma mãe tão terna e dedicada quanto desejar. Minha única exigência é que possamos dar espaço um ao outro para vidas privadas.

O significado era claro. Ela poderia amar o filho, mas ele não o faria. Assim como não a amaria. Poppy o observou por muito tempo, tentando entendê-lo. Tentando perceber o que pensava dela para acreditar que aceitaria a proposta.

– E que garantia pode dar de que honrará sua palavra? De acordo com a lei, a esposa não pode recorrer contra o marido.

Ele a encarou.

– De fato. Você está certa. Suponho que simplesmente terá que confiar em mim.

Confiar nele.

Mas essa era a questão. Ela não tinha fé nos outros. Confiava em apenas uma pessoa: ela mesma.

O rosto de Archer se anuviou. Quanto mais ela hesitava, mais ele parecia vacilar. Por fim, ele soltou uma espécie de gargalhada ofegante. O tipo que se deixa escapar quando se faz algo embaraçoso e é o último a perceber isso. Fechou a caixa do anel em silêncio.

– Eu entendo. E sinceramente lamento que seu excelente trabalho em Westhaven tenha lhe causado este inconveniente. Não vou insultá-la oferecendo-me para "salvá-la", mas saiba que, caso precise de ajuda ou capital, basta me escrever aos cuidados de Grouse.

Archer lhe ofereceu um sorriso tenso e um aceno de cabeça e se apoiou nos joelhos para ficar de pé. Tal visão foi tão sombria, definitiva e triste que o coração de Poppy tomou a decisão por ela, e ela sabia que era a decisão errada, mesmo quando disse:

– Espere, Archer.

Ele parou, meio agachado.

Parecia que um número infinito de futuros dançava no ar entre eles e, independentemente da escolha que ela fizesse, todos eles eram coloridos com tons de perda. Apenas um brilhava com a possibilidade de nova floração, brotos da primavera. De alegria florescendo em meio à tristeza como uma erva daninha.

Que Deus a perdoasse, mas ela a agarrou.

– E se eu quisesse construir um horto perto do Tâmisa?

Ela evitou os olhos dele, estupefata como nunca com a própria conduta. Apesar de todos os seus instintos protestarem, ela estava considerando a ideia dele. Apesar de seus escrúpulos e seus medos, ela também tinha um sonho. Talvez o que ele oferecia fosse tão bom quanto qualquer outra forma de conseguir realizá-lo. Talvez ela pudesse conquistar ainda mais do que alguma vez se atrevera a esperar.

Archer sorriu.

– Eu providenciaria para que tivesse todos os recursos à sua disposição para construir um horto onde quer que desejasse.

– Eu não iria querer que você ou qualquer outra pessoa interferisse em meus projetos. Insistiria em ter controle total sobre meus assuntos.

– Isto pode surpreendê-la, mas não tenho o menor interesse em plantas.

Ela encontrou forças para fitá-lo nos olhos. Eles estavam sorrindo.

– Ninguém nunca pensou em montar um negócio internacional de aquisição de cotas para variedades exóticas de plantas. Há uma grande vantagem em ser o primeiro no mercado. Quero começar as obras a tempo para o plantio de inverno.

Ele ergueu as sobrancelhas para ela.

– Então encontraremos uma maneira. Vou pôr meus melhores homens nisso, sob sua direção.

Poppy fechou os olhos e se abandonou ao destino.

– Vou precisar de um navio equipado com compartimentos projetados por mim, capaz de transportar plantas de forma eficiente através do Atlântico.

– Imagino que vá conseguir.

– E um jardim de inverno onde eu possa cultivar árvores exóticas, com um orçamento ilimitado para vidro.

– Então nosso acordo de casamento será notável por enumerar a parte da noiva em vidraças. Ou adubo. Ou qualquer outra coisa que seu coração deseje.

Ocorreu-lhe que ele concederia tudo o que ela quisesse. E que ela não podia pensar em mais nenhuma exigência.

Abriu os olhos. Ele lhe estendeu a mão.

Nela estava a caixa do anel.

Poppy fez a única escolha que deixara a si mesma. Tirou o anel do seu ninho de cetim e o colocou no dedo.

⁓

Archer entrou na sala de estar ao som de sua irmã cantando para os hóspedes. Alto e com vigor – e sem o menor vestígio de afinação.

Seus dedos aterrissaram nas teclas com uma pancada dissonante ao vê-lo.

Ela se levantou depressa, quase empurrando a elegante mão do conde de Apthorp com o ombro.

– Archer! – gritou, com um aplauso de suas mãos traiçoeiras. – E eu pensando que você jamais voltaria aqui.

Ele franziu o cenho para ela.

Ela sorriu em resposta.

– E então? Diga-me que tem novidades para nós!

– Precisamos trocar uma palavra, Constance. No meu escritório. Agora.

Ela sorriu com delicadeza para seus convidados.

– Com licença.

Archer se dirigiu direto à escrivaninha e se serviu de uma generosa dose de conhaque.

A irmã se empoleirou ao lado dele na escrivaninha.

– Estamos brindando ao seu noivado?

Ele a avaliou lentamente, da mesma forma que inspecionaria uma sinistra cultura de algas que tivesse florescido em seu lago e matado seus peixes. Cada centímetro dela parecia tão colorido e culpado quanto a planta em questão.

– Antes que diga outra palavra, gostaria de deixar claro que um fato curioso ficou evidente para mim hoje enquanto eu cavalgava para cá. E esse fato, Constance, é a localização do seu quarto.

Ela sugou os lábios com um estalido de culpa.

– Desmond Flannery e, na verdade, todos os nossos convidados dormiram na ala leste na noite do baile. Eu sei porque, caso não se lembre, você me atormentou por uma quinzena inteira com os arranjos sobre onde todos seriam alojados. Os quartos da ala leste não têm vista para a floresta. Na verdade, só uma pessoa tem uma vista tão magnífica de sua janela. Você.

Ele observou o rosto da irmã passar rapidamente de negação ingênua para ofensa fingida, depois aceitação de sua desgraça e, por fim, para conciliação.

Desmascarada, ela se deixou afundar em uma poltrona.

– Não vou contestar sua dedução, Archer. Apenas direi em minha defesa que, se interferir é o que tenho que fazer para que você veja que há possibilidades menos deprimentes do que o absurdo de se casar com a Srta. Bastian, então me dou os parabéns pelo meu sucesso. Há uma abundância de lordes Apthorp neste mundo para pedir as senhoritas Bastian em casamento. Mas não há tantos Archer Stonewell, tampouco preciosidades como Poppy Cavendish que poderiam, ouso dizer, ter alguma chance de fazê-los felizes.

Ela parecia tentada a se curvar para aplausos, tão satisfeita ficara com a fluência e a natureza tocante de sua oratória.

Archer não se comoveu.

Fora insuportável ver Poppy agachada ao redor de suas sementes e caixotes, tentando não ficar desconsolada diante de um futuro que encolhia. Ele nunca mais queria ver uma cena como aquela.

Bateu seu copo de conhaque na mesa.

– Você poderia ter destruído a vida da Srta. Cavendish com aquele mexerico. Entende a magnitude do que arriscou?

Ela transformou seus olhos em pequenas fendas hostis.

– Entendo muito mais do que pensa, Vossa Graça.

– Então espero que não tenha escapado à sua atenção que, nestas terras, nosso nome é sinônimo da dor e do sofrimento que nosso pai causou ao fazer exatamente o que ele queria, sem levar em conta o preço para os outros. Não verei esse legado continuar. A decência é o maior e único valor que peço a você, Constance, e estou horrorizado com o que você fez. Horrorizado.

Ela cruzou as mãos no colo de forma recatada.

– Nunca consegui viver à altura dos seus padrões. Nem mesmo quando criança. Deus nos livre de simplesmente *viver*.

Ela o encarou, seu rosto impassível.

– Pediu a mão dela ou não?

O queixo de Archer caiu diante da audácia da irmã. Como isso ainda podia surpreendê-lo, ele não saberia dizer.

– Claro que sim.

Ela ergueu uma sobrancelha para ele, divertindo-se.

– E ela aceitou?

– Que *opção* ela tem?

A verdade é que ele estava oferecendo a Poppy menos do que ela merecia e ambos sabiam disso. Ela não fizera nenhum segredo de sua clara visão das deficiências dele. Archer nunca se sentira menos querido nem menos merecedor na vida e tinha quase certeza de que ela ainda mudaria de ideia.

O sorriso de Constance floresceu em um feixe de luz.

– Ah, bom. Seu humor estava tão sombrio que, por um segundo, pensei que ela tivesse recusado. Que alívio. Aceitarei meus agradecimentos na forma de uma sobrinha ou sobrinho.

– Não estou lhe oferecendo minha gratidão. Eu não tenho nenhuma vontade de me casar com a Srta. Cavendish.

Constance o fitou.

– É isso que você *realmente* pensa? Pobre homem tolo. Tem vagado por esta propriedade como um condenado desde que ela o descartou.

A inegável verdade dessa observação nada fez para diminuir a raiva de Archer por ter que ouvi-la.

– Ouça, Constance. Você está proibida de manter qualquer tipo de relação com Desmond Flannery no futuro.

Ela ficou boquiaberta.

– O quê?

– Eu a proíbo de lhe dar informações. Proíbo você de pôr os pés na Grub Street. Eu lhe dei muita liberdade e agora vejo que você não é madura o suficiente para usá-la com sabedoria.

– Archer! Não pode me proibir.

Ah, ele podia, sim. Já deveria ter feito isso havia séculos.

– Eu sou seu guardião. Tenho a obrigação moral de evitar que você prejudique a vida de outras pessoas ou a sua com ações cruéis e imprudentes. Se eu ouvir dizer que você deu a Flannery sequer um *olhar* expressivo, vou transferi-la para minha casa em Hoxton, onde eu mesmo posso ficar de olho em você. Entendeu?

– Entendi perfeitamente, Vossa Graça. Agora posso voltar para os meus convidados? Eu estava no meio de uma balada muito comovente e eles sem dúvida estão em agonia aguardando sua conclusão.

– Vá.

Quando o som de Constance pisando fundo corredor afora sumiu, ele se deixou relaxar de novo contra a borda da sua mesa e tentou recuperar o fôlego, completamente abalado.

Contornada a crise e resolvido seu futuro, a clareza urgente que o impelira de volta a Wiltshire numa fúria que durara toda a noite o abandonou.

Talvez ele tivesse embarcado em algo tolo.

Constance, apesar de sua imprudência, era uma pessoa muito observadora. Se ela acreditava que havia criado algum tipo de combinação amorosa, talvez tivesse notado algo que ele deixara passar.

Ele recordou o horror mudo de Poppy diante da caixa do anel.

Não. A percepção *dela* era suficientemente clara.

Constance poderia ter percebido algum carinho inapropriado *nele*?

Tomou um gole de conhaque e avaliou essa teoria, preocupando-se com a chave ao redor de seu pescoço.

Ele tinha um inegável apreço por Poppy. Faria um arranjo que se adequasse aos desejos e escrúpulos dela.

E sim, ele se sentira diminuído ao ver seu pedido causar consternação. Para convencê-la, vira-se oferecendo argumentos que sequer podia defender com precisão.

Por outro lado, ele já não agira da mesma forma mil vezes, ao negociar com vendedores relutantes, e fizera com que todos ficassem ricos?

Sim, sem qualquer peso na consciência.

Sentiu os ombros relaxarem.

Constance era uma menina de 20 anos que agira de forma precipitada por acreditar que sabia mais do que realmente sabia. Isso não tornava sua atitude correta. Ele tinha Poppy Cavendish em alta consideração porque ela era inteligente e corajosa, e era improvável que ela ficasse com a impressão errada.

E, como com qualquer bem valioso, ele investiria nela, para benefício mútuo.

Seu plano era consistente. Nada estava em risco.

Escondeu a chave de volta dentro do colarinho e sentou-se para escrever a seus advogados sobre um contrato de casamento negociado em painéis de vidro.

Capítulo dezessete

Os acordos matrimoniais dos nobres eram redigidos por advogados em escritórios austeros de Londres e assinados por parentes da nobreza, donos de anéis de sinete, em ricas salas de estar. As noivas não participavam da redação. Certamente textos não seriam feitos à luz bruxuleante de uma vela de sebo num prédio com correntes de ar e que cheirava a musgo e sujeira.

Só que Poppy Cavendish não tinha nenhuma intenção de deixar seu destino nas mãos dos outros. Se o casamento deveria ser um negócio, ela providenciaria para que seus interesses estivessem protegidos. Qualquer que fosse a proposta de Westmead, iria começar duplicando-a.

A menos que... *Ah!*

Os números na página fizeram seus olhos lacrimejarem.

Trinta mil libras seriam transferidas a um novo investimento, sob a direção da duquesa de Westmead. A ela seriam concedidos direitos de signatário sobre o capital do marido. Seria nomeada diretora da Stonewell Holdings, a firma de investimentos do duque. Ela receberia seu navio, terra e vidro, além de um generoso abono pessoal, a própria carruagem e seis encarregados para gerir as residências ducais. E o documento continuava infindavelmente, em detalhes suntuosos e implausíveis – imagine se ela precisaria de oitenta peças de chapelaria por ano e uniformes para seus criados particulares. Aparentemente, Poppy não tinha compreendido a grandiosidade da vida de seu futuro marido, nem sua riqueza.

Archer entendia aquelas páginas como uma mensagem para ela: já que a lei não lhe permitia preservar sua independência, ele poderia transformá-la – uma solteirona órfã e suja de grama que, exceto pela nota bancária feita pela irmã dele, só possuía em seu nome uma casa de campo precária e 100 libras de dívidas em sementes – em uma mulher incomensuravelmente rica.

Aquilo tudo era assustadoramente preciso.

Esse era o preço de sua autonomia?

Poppy caminhou devagar pelo galpão escuro, lembrando-se de sua empolgação ao conseguir cada centavo necessário para comprar as ferramentas presas à parede. Tocou as folhas lustrosas das plantas híbridas com que havia sonhado e que trouxera à vida como uma semideusa. Perderia tudo aquilo. Perderia a deliciosa sensação de que cada caixa, pacote, folha e flor naquela pequena propriedade tinha sido conquistado a duras penas. Que os possuía de forma clara e indiscutível.

Trocaria tudo isso por um homem que a via como a solução para um problema. Uma lista de bens.

Por que, então, não conseguia dispensá-lo? O que a impedia?

Maldito fosse. Malditos fossem ele e a sensação de estar se liquefazendo que tomara seu peito no instante em que ele entrara naquele galpão cinco dias antes, sem saber se era bem-vindo.

A verdade era que realmente o queria. Ela o queria desde o dia em que, parado ao sol do lado de fora da casa dele, esperando uma carruagem, ele lhe contara a verdade sobre ela. E isso a tornava duplamente tola. Pois ela queria a única coisa que ele não estava oferecendo: seu coração.

Errado, Cavendish! Ele na certa lhe daria um sermão. *Uma mulher de negócios inteligente não se orienta pela emoção ao tomar suas decisões.*

Ela de fato estava numa encruzilhada. Queria se preservar, mas também queria desvendá-lo. Queria ser ousada e destemida, mas também queria ser arrebatada de paixão.

"Suponho que simplesmente terá que confiar em mim", ele dissera.

Não faça isso.

O pensamento veio puro e espontâneo, de um lugar tão profundo dentro dela que devia ter sido sua alma falando. Porque sua alma o vigiara enquanto o coração estava agitado demais para avaliar com clareza.

Sua alma não se deixaria seduzir por promessas. Ela sabia que as mulheres não tinham direitos legais nem recurso contra o marido. Sabia que não teria nenhum poder depois que assinasse o contrato. Era ela quem sairia perdendo na barganha.

Voltou à mesa e começou a escrever uma carta.

Vossa Graça,

Depois de muita consideração a respeito de sua generosa oferta, lamento não poder aceitá-la.

– Poppy.

Ela se virou bruscamente.

Tom Raridan estava de pé na entrada, olhando-a de forma maliciosa, com um sorriso que a fez querer se cobrir, apesar do calor do verão.

Aquele homem tão grande que podia se mover de modo tão silencioso devia desafiar as leis da física.

Ela não se mexeu.

– É tarde demais para uma visita.

– Isso não é maneira de dar as boas-vindas ao seu futuro marido. Vim para dizer que meu pedido ainda está de pé.

Havia uma insolência no seu tom de voz que a fez se lembrar do pai dele quando bebia.

Ele enfiou a mão no bolso e fez surgir uma fina aliança de ouro. Ela a reconheceu – ele devia tê-la arrancado do dedo da mãe. Tom estendeu o braço e pegou a mão dela.

– Pare com isso – protestou ela, desvencilhando-se.

Ele insistiu, quase a prendendo contra a parede enquanto tentava segurar o dedo dela. O hálito dele cheirava a gim.

– Pare.

Ela usou toda a sua força para se libertar e se posicionou de modo a colocar uma mesa entre eles e uma pá ao alcance de sua mão, caso precisasse afastá-lo com mais vigor.

– Entenda isso, Tom: se quiser continuar a ser meu amigo, vai sair daqui agora sem dizer mais uma palavra, a não ser que seja um pedido de desculpas. E nunca mais, nunca mais vai encostar em mim.

Ele abanou a mão, descartando a ordem com o gesto expansivo e instável de um homem mais bêbado do que parecera inicialmente.

– Não quis ofendê-la. Queria lhe dar um anel de noivado. Não quero que a cidade toda pense que eu a maltratei só porque você está arruinada. Além disso, fui nomeado para meu novo posto em Londres. Vamos viver bem agora, vamos viver bem.

Sua fala estava arrastada sob os efeitos do álcool. Assim como a do pai dele ficara na época em que fora tomado de fúria e saíra pela cidade procurando a pessoa mais próxima para descarregá-la com os punhos. Poppy sentiu uma pontada de ansiedade.

– Como deixei claro antes, não posso aceitar sua oferta. Por favor, gostaria que fosse embora.

– Ah, já chega de conversa fiada. Você não vai achar ninguém melhor do que eu, já estando desvirtuada.

Poppy o encarou fixamente. O rosto dele era o retrato não da raiva, mas da certeza. Ele pensava que a tinha sob controle.

A ira se acendeu nos dedos dos pés e das mãos dela e se lançou pelos seus braços e pernas até formigar atrás dos olhos, quente como um feixe de luz.

Essa seria a vida que a esperava se devolvesse o contrato de Archer sem assiná-lo. Homens certos de que poderiam fazer o que quisessem com ela porque seu nome já havia sido impresso em um jornal. Homens que farejavam o fedor da vulnerabilidade e o perseguiam.

Ela tomou uma decisão.

– Estou comprometida com o duque de Westmead.

– O quê?

Os olhos de Tom chisparam, passando da incredulidade ao orgulho ferido e, depois, a algo mais parecido com ódio.

– Vou me casar com outra pessoa. E o duque ficará descontente se encontrá-lo rondando por aqui. Vá embora.

Ela apontou a porta com sua pá.

Tom se virou e seguiu em direção à porta. Parou diante da prateleira onde estavam os mais delicados rebentos das suas magnólias. Pegou a mais promissora das mudas, que, bem naquela manhã, ela havia plantado cuidadosamente em solo úmido, em um belo vaso pintado. Fitou Poppy nos olhos por um instante, então atirou a planta aos pés dela.

Estilhaços de vidro e terra irromperam ao redor de seus sapatos.

– Vagabunda.

Ele chutou a pilha de terra e vidro em direção à bainha do vestido dela enquanto saía pela porta.

Poppy esperou até ter certeza de que ele tinha ido embora antes de se mover. Tremendo, trancou a porta e fechou as janelas. Depois se ajoelhou e varreu os cacos de vidro. Pegou outro vaso e, com todo o cuidado, transferiu a planta para terra fresca.

Por fim, voltou para sua mesa e amassou a carta em que recusava a proposta de casamento. Mergulhou sua pena em tinta e escreveu *Poplar*, como o nome da árvore, *Elizabeth*, que viera da mãe, *Cavendish*, da linhagem do pai, e assinou o último contrato que ela faria no próprio nome. O nome de uma mulher que lutara incansavelmente, porém perdera a batalha.

Era um risco aposentar Poppy Cavendish.

Contudo a luta ainda não tinha terminado. Havia uma guerra a travar.

E ela o faria sob a bandeira da duquesa de Westmead.

Capítulo dezoito

S endo a capela Westhaven um dos poucos edifícios antigos que, por ora, haviam sido poupados do entusiasmo de Constance por reformas, o ar que saudou Archer ao entrar na nave era úmido e mofado.

Lá fora, a queda de um raio riscou de amarelo o céu cinzento. O velho prédio de pedra tremeu com um trovão. Uma gota de água pingou de um beiral acima de sua cabeça, atingindo sua testa como um tapa.

– Que auspicioso – murmurou ele ao vigário.

Dormira mal. Tivera que tratar de negócios em Londres e, consequentemente, não tinha posto os olhos em Poppy desde o dia em que a convencera a se casar com ele. E, embora ela tivesse assinado os papéis do casamento e consentido com a empolgação de Constance em vesti-la em trajes nupciais, Archer não conseguia se livrar da sensação de que ela não apareceria naquela manhã. Nem da sensação de que, se ela não chegasse, ele ficaria mais abalado do que seria razoável para o tipo de casamento que pretendera arranjar. O tipo em que o noivo não ficava de pé no altar preocupado quando a noiva estava três minutos atrasada.

Ele se absteve de verificar o relógio, recusando-se a tornar público o estado de seus nervos, mas desejava muito saber a hora, o minuto e o segundo exatos, para recalcular melhor as chances de chegar ainda solteiro ao fim daquele dia.

Os convidados se inquietavam, sem dúvida fazendo os mesmos cômputos sombrios.

Só que não era isso. Eles estavam apenas olhando para a porta, por onde Poppy acabara de chegar, ladeada por Constance e Valeria, que seguravam mantos acima de sua cabeça para protegê-la da chuva.

Ela estava deslumbrante.

Usava um corpete simples cor de marfim com um decote baixo e mangas compridas. Saias delicadas rodopiavam ao redor dela sobre anáguas delicadas como se um de seus vestidos de jardinagem tivesse sido refeito com magia e seda fina.

Era assim que ela deveria ficar sempre.

Era assim que ela deveria ficar, pelo menos, até que ele a despisse.

Uma marcha tranquila tocava enquanto Poppy caminhava em direção a ele pelo meio da nave. Ele observou que ela fazia a caminhada sozinha – que não havia ninguém que a considerasse suficientemente preciosa para entregar sua mão ao marido no casamento.

Ele seria essa pessoa, decidiu.

Se não pudesse lhe dar mais nada, seria a pessoa para quem ela era preciosa. Ele não era capaz de amar. Mas tinha um dom para reconhecer valor.

Poppy caminhava em sua direção com tanta confiança que, somente quando ele pegou sua mão e sentiu que estava úmida, percebeu que ela estava nervosa. Fitou-a nos olhos.

– Cavendish. Você veio – murmurou ele, só para os ouvidos dela. – Eu acordei convencido de que você não viria.

Ela assentiu.

– Claro que vim.

Ele se virou para o vigário determinado a não fazer com que ela se arrependesse.

❧

Enquanto a tempestade rugia durante o desjejum comemorativo, Archer foi ficando sombrio com a crescente certeza de que os convidados que enchiam a casa e que deveriam partir à tarde decidiriam ficar, alegando estradas intransitáveis.

Queria que fossem embora.

Apthorp se levantou para fazer mais um brinde ao feliz casal. Archer gemeu. Ao seu lado, Poppy escutava educadamente, levantando a taça, sorrindo, rindo quando necessário. Ela estava elegante em seu vestido, o longo pescoço erguendo-se como um cisne do corpete decotado, seu cabelo enrolado docemente sob a coroa de flores, ainda mais cacheados por causa da chuva.

A maldita e desgraçada chuva! Nunca teria fim?

Quando mais uma rodada de taças respingava champanhe na mesa, um raio de sol entrou por uma janela. Archer sorriu pela primeira vez em horas. A tempestade havia finalmente cedido. Ele se levantou de sua cadeira e agradeceu aos convidados, encerrando a refeição.

Uma centelha de humor permeou os rostos dos homens diante de sua ânsia de ficar a sós com a noiva. Bem, que eles rissem. Mas que o fizessem em particular, em coches que se afastassem bem depressa da casa.

Uma hora depois, as despedidas haviam sido feitas, as lágrimas de felicidade tinham sido derramadas e os convidados partiram. Somente Constance e os Rosecrofts ficaram para fazer suas últimas despedidas. Eles iam para Paris, onde Constance e Hilary pretendiam passar o outono comprando joias, vestidos e peles para a temporada seguinte.

– Como estou feliz por chamá-la de irmã – falou Constance, abraçando Poppy. – Temos muita sorte em tê-la entre nós.

Ela se voltou para Archer em seguida. Enquanto o abraçava, sussurrou algo no ouvido dele que soou como "De nada".

Por fim, a porta se fechou atrás deles. Archer se virou para Poppy. Exceto pelo criado, estavam sozinhos.

– É meigo ver quanto você vai sentir falta deles – gracejou ela.

Ele riu, surpreso que ela pudesse adivinhar seus pensamentos.

– Eu senti sua falta – disse ele, puxando-a para si, inalando o cheiro de rosas dos seus cabelos e percebendo que era verdade.

Pelo canto do olho, ele viu o empregado se afastar silenciosamente. Seu novo criado. Archer não queria ser visto fazendo o que queria fazer com ela. Que era apoiá-la contra a enorme porta de madeira e enterrar o rosto em seu pescoço.

Era apenas um casamento de conveniência, lembrou a si mesmo pela quarta vez em quatro horas. Não cabia se deixar levar. Deveria manter a cabeça fria. Ele a convencera a se casar, ainda que o julgamento dela fosse em contrário. Era responsabilidade dele assegurar que o dia corresse bem para ela.

No entanto, o cheiro de sua pele era como um bálsamo, aliviando a tensão que vinha se acumulando nele havia dias. Ali, com Poppy nos braços, na casa onde ele sempre se sentira indesejado, Archer pôde sentir de maneira extraordinária o consolo de um lar.

Quando Poppy pensou no casamento, teve certeza de que nunca esqueceria como Archer tinha sorrido naquela manhã assim que a vira. Um de seus sorrisos preguiçosos e cintilantes, como uma luz se acendendo atrás de seus olhos. Não havia palavras para descrever a sensação de ser o foco da atenção dele. Ela estivera muito assustada naquele momento. Não podia se dar ao luxo de perder de vista o fato de que os votos que estavam fazendo eram um acordo de negócios. Não podia se permitir olhar em seu rosto e confundir o sentimento real com o que ele transparecia.

Ela precisava resguardar seu coração.

Porém era difícil quando o indisfarçável alívio dele ao estar com ela, o prazer que tinha em tocá-la, até mesmo cheirá-la, fazia algo brotar bem no fundo do seu estômago.

Difícil quando os lábios dele tinham migrado para algum ponto abaixo da linha do cabelo dela e mordiscavam seu pescoço.

– Vamos dar um passeio? – sugeriu ela, num impulso repentino, a voz com uma alegria nada natural.

– Um passeio... – repetiu ele, de seu lugar abaixo da orelha dela, com certa consternação na voz.

Ele afastou os lábios do pescoço de Poppy e entrelaçou seus dedos nos dela.

– Sim, minha querida esposa. *Exatamente* o que eu estava pensando.

– Preciso trocar de roupa primeiro, é claro. Meu vestido ficará arruinado na lama.

– Está planejando usar seu vestido de casamento uma segunda vez? – perguntou ele descontraidamente, conduzindo-a através das portas para o terraço.

– Archer – protestou ela, indicando o tecido muito delicado de suas saias. – Eu me recuso a estragar isto. Nunca mais poderia olhar Valeria nos olhos...

Ele torceu os lábios, pensando, e então a girou, seus dedos encontrando as fitas que prendiam a saia ao corpete e as soltando. O tecido caiu no chão ao redor dela, deixando-a de pé em suas muitas camadas de anáguas finas.

– Muito melhor – decidiu ele e meneou a cabeça, estreitando os olhos para ela. – O traje certo para um passeio.

Ela riu, impotente, enquanto ele a conduzia pelo terraço e pelo caminho ao redor do lago. O par de cisnes, geralmente hostis, ignorou os intrusos, nadando tranquilos perto do panteão no final dos jardins. Por algum tempo, Archer e Poppy caminharam em silêncio, ela sem saber o que dizer, mas feliz apenas por desfrutar da sensação das pontas dos dedos dele roçando suas próprias mãos.

Deus do Céu, o que ela havia feito?

Sem conversa para distraí-la, o momento íntimo que deveria acontecer para completar o juramento que fizeram assomava à sua frente.

Ela passara as três semanas anteriores preocupada com aquele momento. Oscilava entre a ansiedade e o pavor até que começara a ter náuseas constantes e a não conseguir comer. Em uma visita a Constance, ela havia voltado ao escritório de Archer e pegado seu livro secreto. Tinha sido errado e, sem dúvida, vergonhoso, mas à noite, sozinha, ela o examinou. Ponderou as possibilidades. Supunha o que ele pensaria se soubesse que ela os imaginava naquelas posições. Ela se demorou naquelas em que a mulher parecia imperiosa. Imaginava-os dessa maneira até ficar excitada e impaciente por sentir as mãos dele, por pôr as mãos nele, pelo que sentira na última vez em que ele a tocara.

Inevitavelmente, seus pensamentos se voltaram para o desfecho revoltante daquela noite, o que fez seu estômago revirar. Teve vontade de suplicar para voltar atrás no acordo.

Suponho que simplesmente terá que confiar em mim.

Deus do Céu, o que ela havia feito?

Decidiu não tocar nele. Decidiu que se submeteria ao ato, mas nada mais, a não ser que ele a instruísse. Era assim que se fazia, não era? Era como os homens esperavam que as mulheres se comportassem?

– O que foi? – perguntou Archer, o cavalheiro brincalhão recuando ao perceber que ela se perdia em preocupação. – Você se arrependeu?

– Se me arrependi por ter me casado com você?

Olhou para ele, para a mecha de cabelo magnífico que caía sobre um dos olhos e que deixara seus dedos inquietos durante todo o dia para colocá-la para trás. Seu notável maxilar, onde a sombra da barba começava a surgir. Os olhos dele, que estavam constantemente enganando-a, faziam-na sentir coisas que ela não deveria.

– Ainda não sei, Vossa Graça.

– Eu aprecio sua honestidade, Cavendish – disse ele, os cantos da boca subindo num sorriso.

Ah, como gostava quando ele sorria. Quis fazê-lo sorrir de novo, então parou na ponta dos pés e pressionou os lábios em sua boca.

Ah, não.

Ela congelou e se encolheu, os olhos fechados, esperando que ele se retraísse. *Por que* fizera aquilo? Apenas alguns *segundos* depois de dizer a si mesma que não o fizesse? Se era para sobreviver àquilo, não deveria jamais voltar a tocar nele.

Contudo Archer não se opôs ao roçar dos lábios dela. Puxou-a para si e aprofundou o beijo, entrelaçando seus dedos em uma mecha dos cabelos dela. Percebendo que ela se enrijecera, ele estacou, então se afastou, encarando-a em dúvida.

– Desculpe. Exagerei?

– Eu continuo me esquecendo que não devo tocar em você.

Ele inclinou a cabeça.

– *Não* me tocar?

Poppy assentiu. Ah, isso era muito embaraçoso. Eles não poderiam simplesmente entrar e encontrar a cama, aí ele lhe diria o que fazer e acabariam logo com aquilo?

– Por causa de… antes… – murmurou ela, impotente.

Archer por fim a compreendeu e o humor afável abandonou seu rosto.

– Claro. Eu sou um idiota, Cavendish.

Ele pegou as mãos dela e as colocou no próprio peito.

– Mas acredite que sou um idiota que deseja *muito* que você o toque. Quanto quiser.

Hesitante, Poppy levou uma de suas mãos até o maxilar dele e aproximou de novo a boca da dele. Archer soltou um murmúrio de aprovação e prendeu o lábio inferior dela entre os dentes.

Sentindo-se mais ousada, ela também o mordiscou, fazendo um rosnado de prazer ecoar na garganta dele. Ela se contorceu e pressionou ainda mais o corpo contra o dele, e ele jogou a cabeça para trás ao senti-la.

– Muito, *muito* mesmo – disse ele, com voz grave, fazendo a pele dela se arrepiar.

Um trovão soou enquanto uma única gota de chuva aterrissava na mão de Poppy. Ela olhou para o céu e descobriu que ele perdera a cor. Com outro estrondo, pedras de granizo começaram a cair.

Archer agarrou a mão da esposa e correu em direção ao panteão. O gramado fora do caminho principal ficara esponjoso com a chuva, cedendo a cada passo. Encharcava os sapatos dela e salpicava suas anáguas com espessos borrifos de lama. Quando chegaram a um abrigo, relâmpagos riscavam o céu e o granizo começava a cair mais forte, em pedaços do tamanho de bolas de gude que se espalhavam pelo chão e batiam em seus tornozelos através das meias.

Rindo e sem fôlego, ela se recostou contra uma coluna. E de repente a boca dele cobria a dela de novo. Ele pegou as mãos dela e as ergueu acima da cabeça, arrastando os lábios pelo pescoço até o topo dos seios.

Ela amava o prazer de ter a boca dele nela, as mãos dele sobre ela, o modo como seus olhos ficavam escuros e distantes enquanto ele a tocava.

– Me desamarre – sussurrou ela, querendo se libertar do pesado corpete de seda, querendo sentir as mãos dele na pele.

Ele desamarrou o vestido dela e o puxou para baixo, libertando os seios dela para colocar os mamilos na boca. Poppy o agarrou com impaciência para livrá-lo do colete, correu as mãos para cima, sobre os contornos impossivelmente perfeitos das costas e ombros dele. Por fim, os dedos dela o libertaram das primeiras camadas de roupa, deixando apenas a camisa de linho. Extremamente satisfeita, ela o beijou ao longo do maxilar e pelo pescoço, agarrou os cordões que amarravam a camisa e os desatou com avidez para poder deslizar as mãos pela superfície nua do peito dele.

⌁

Como não fazia amor com uma mulher havia treze anos, ele imaginara que se demoraria um pouco no ato, que manteria o mínimo da contenção própria de um marido. Não imaginava que fosse assim, com urgência, ao ar livre, no ridículo panteão de seu pai.

As mãos de Poppy correram pela pele nua dele e Archer fechou os olhos, se rendendo à sensação de seu calor, à satisfação feminina em seu corpo. Até que percebeu que ela estava tirando sua camisa.

Ele não podia deixá-la ver sua carne nua.

As mãos dele desceram nas dela para pará-la. Mas, diante do olhar no rosto dela, hesitante e confiante, cheio de curiosidade, ele não conseguiu fazer o que o bom senso exigia. Não podia fugir. Ele não a machucaria dessa maneira de novo.

Deixou-a fazer o que quisesse e se preparou para o que sabia que ela iria descobrir.

E de fato, quando Poppy as viu, arfou.

～◦～

Cicatrizes.

Correndo pelos ombros de Archer e descendo pelas suas costas como um caminho de terra em seu jardim, ferozmente vincado com um ancinho.

As mãos de Poppy congelaram. Nenhum dos dois respirava.

Ela inspirou, trêmula, e acariciou a carne danificada. Ele se encolheu.

Naquele pequeno gesto, ela viu a verdadeira razão pela qual ele fugira naquela noite em seu escritório. Era isso. Ele não queria que ela visse as marcas.

Mais um de seus segredos que se desfraldava apenas para revelar outro mistério. Porque aquelas cicatrizes tinham sido feitas por mãos humanas.

– Sinto muito – repetiu ele, amargo. – Eu não queria que você visse isso.

A voz dele era tão fraca que ela mal suportou ouvi-la. Pousou a cabeça no ombro nu dele e o puxou para si com todas as forças, pressionando as mãos na base das costas dele para trazê-lo para mais perto.

– Não importa – disse ela. – Você é a coisa mais bonita que eu já vi.

E era. No crepúsculo ofuscado pela chuva, seus ombros eram largos, o abdômen liso e torneado, o peito polvilhado de pelos escuros que se espessavam ao redor do umbigo e desciam numa trilha enlouquecedora. Os dedos dela vaguearam para baixo, traçando o caminho deles, tomando coragem para se moverem abaixo da cintura dele. Ela parou, esperando para ver se ele iria se afastar, como havia feito antes, mas em vez disso Archer atirou a cabeça para trás e empurrou o corpo em direção ao toque dela.

Ele fechou os olhos e se concentrou nos dedos dela fechando-se ao redor do seu membro, no choque selvagem do gesto. E de repente não teve que se esforçar tanto para se concentrar, porque Poppy alisava a ereção dele com sua face impossivelmente macia. Levou os lábios à ponta do membro, roçando-o com a boca, correndo a língua em volta da parte inferior. Santo Deus, onde ela aprendera a fazer aquilo?

Uma espécie de rugido escapou de Archer e de repente ele soube exatamente o que queria – e não era vestir a camisa de volta.

Com delicadeza, afastou o membro e então se perdeu nos lábios de sua jovem e inocente noiva.

– Minha vez – disse ele. – Posso tirar sua roupa?

Em resposta, ela sorriu e levantou os braços.

Ele a despiu da camisa de baixo e das meias, revelando finalmente seu corpo longo, ágil e atraente. Longilínea, pele clara, ainda mais pálida em contraste com os longos cabelos negros. E então uma moita de fios espessos em sua intimidade, um contraponto erótico tão forte nas curvas quase juvenis de seu quadril que, por um momento, o desejo quase o sufocou. Ah, ele poderia fazer *isso*. *Meu Deus, ele poderia*. O corpo dele queria. Ansiava por isso.

Excitado demais para delicadezas, ele a apoiou de costas contra uma coluna de mármore e se ajoelhou diante dela, deslizando os lábios pelo osso do quadril e para baixo, entre as coxas, provocando-a com nada mais que sua respiração até ela se abrir mais e começar a se mover por ele, buscando o alívio da fricção. Preciosa, preciosa. Ele deixou os dedos correrem com suavidade pelos ossos do quadril dela e afastou seu sexo com a boca, permitindo que a língua finalmente se colasse à pele quente e escorregadia dela.

Ela era tão macia, molhada e agridoce. Ele perdeu toda a noção do tempo, sentindo uma pontada de pura possessividade toda vez que ela se contorcia ou tremia ou arrastava os dedos pelo cabelo dele ou sussurrava seu nome. *Archer. Archer.* Deus do Céu! Ele nunca sentira afeição tão profunda pelo som do próprio nome.

Ele a lambeu e sugou até sentir a tensão subir pelo corpo dela, à beira de explodir. Então invadiu sua passagem bem devagar com a língua.

– Isso – disse ela, resfolegando.

Ele tivera a intenção de fazê-la gozar com a boca, mas agora queria senti-la com seu membro. Afastou os lábios e se levantou, movendo seu corpo gradualmente de modo que sua ereção pressionasse a entrada do sexo dela. Os olhos dela se arregalaram e os lábios formaram um sorriso malicioso.

– Minha noiva, eu realmente tinha a intenção de fazer isso em uma cama.

Ela se aconchegou ainda mais, para que o membro dele ficasse aninhado entre suas coxas. Fechou os olhos para sentir melhor e pressionou o rosto na curva do pescoço dele.

– Esqueça as camas.

Ele pegou a mão da esposa e a guiou para cima da pilha de anáguas. Ele tinha uma dívida de gratidão com a costureira por haver tantas delas.

Poppy se deitou ao lado dele, rindo enquanto suas bocas se encontravam e acariciando o pé dele com o seu enquanto caíam de costas no emaranhado. O que ela queria com o dorso do pé ele não saberia dizer, mas isso o encantava e ele a deixaria prosseguir se quisesse – embora o quadril dele não parasse de se mover por vontade própria para reunir seu membro com o calor abençoado entre as pernas dela.

Ela se enroscou em torno dele. Cedia, ansiosa.

– Posso? – perguntou Archer.

– Sim. Por favor – pediu ela, ofegante.

Ele a penetrou devagar, com um impulso lento, e esperou que ela se ajustasse.

– Tudo bem?

Ela suspirou e colocou a testa contra o ombro dele.

– Sim.

Ele levou os dedos ao clitóris dela, acariciando-a, mal se movendo, embora o esforço quase o matasse. Poppy se moveu, puxando-o ainda mais para perto. Archer delicadamente se retirou e voltou a penetrá-la. Ela arquejou. Ele buscou nos olhos dela pistas que indicassem dor ou prazer, mas eles estavam fechados.

– Eu não estou machucando você, estou?

– Não – sussurrou ela.

Ele deixou a mão trabalhar sem pressa em conjunto com seus avanços até que ela começou a estremecer embaixo dele, proferindo um pequeno som que o fez sorrir. Então Poppy soltou um grito e se contraiu ao redor do seu membro com uma força tão surpreendente que também o fez gozar.

E, quando ele derramou sua semente dentro dela, teve um pensamento chocantemente subversivo: *Espero que não vingue.*

Porque, agora que ele a possuíra uma vez, como poderia parar?

Capítulo dezenove

Uma refeição leve tinha sido deixada no quarto de Poppy, mas ela a ignorou. Queria apenas mergulhar na sua – *sua* – banheira de cobre e tirar os restos de lama e chuva. Quando Archer chegou, ela ainda estava imersa na água morna, apreciando o modo como os cabelos flutuavam ao redor como os de uma sereia. Não. *Como os de uma verdadeira duquesa.*

– Ora, ora. Olhe para você, Cavendish – disse ele.

Cavendish, ele ainda a chamava assim. Como se nada na existência dela houvesse mudado. Isso a fez gostar muito dele.

Poppy deu um sorriso atrevido e se levantou para que o topo dos seus seios despontasse acima da espuma perfumada. Queria que ele a visse. Que ficasse excitado e trêmulo de novo. Queria que se perdesse nela.

Archer pareceu surpreso.

E então muito, muito satisfeito.

Ela gostava disso.

Gostava que, simplesmente por existir, pudesse arrancar uma reação dele. Uma reação que parecia inesperada até mesmo para ele.

Ela estava feliz, concluiu, por ter roubado o livro dele. Estava feliz por saber o que havia nele e pelo fato de Archer não saber que ela sabia. Gostava daquele sutil desequilíbrio na relação entre eles. Isso lhe dava a vantagem de surpreendê-lo.

E, agora que haviam concluído a maioria dos atos das ilustrações de I a VI ao longo da tarde, havia muitos outros que ela queria experimentar.

Um acordo de negócios cordial, era como Archer havia chamado o que eles tinham.

Considerando o que ela planejava, talvez precisassem rever essa classificação.

– Estava esperando por você – disse ela, fazendo um gesto para ele se aproximar. – Há cem criados neste seu castelo e nenhum para lavar minhas costas.

– Eles que ousem tentar!

Ele deixou os olhos se demorarem nas áreas expostas do corpo dela. Poppy se esticou e ergueu o tornozelo acima da água, sorrindo consigo mesma pelo modo como os lábios dele se curvaram diante da provocação. Ele a desejava. Ela podia ver isso no rosto dele.

– Que tal se juntar a mim?

Archer se despiu e entrou atrás dela na banheira, colocando os joelhos em torno das coxas dela. Pegou uma pequena toalha, que passou pelo pescoço e ombros dela, ao redor da clavícula e nos seios. Poppy suspirou de prazer inocentemente, depois menos inocentemente, inclinando-se para trás para deixá-lo segurá-la. Pressionou suas costas e nádegas escorregadias contra o calor sólido dele e se divertiu correndo os dedos pelas coxas do marido. Ele lhe deu um beijo trêmulo atrás da orelha e ela se contorceu, provocando a ereção dele com as nádegas até sentir que a excitação de Archer era urgente e seu único objetivo era enlouquecê-lo com isso.

– Está dolorida? – perguntou ele, correndo as mãos do mamilo à barriga dela, depois aos pelos ensaboados entre as pernas.

Poppy estava um pouco dolorida, mas sua necessidade mais urgente era a de montá-lo, tomá-lo para si.

Ele tinha feito amor com ela lá fora. Agora *ela* queria fazer amor com ele.

Ergueu o quadril e o empinou para trás até sentir a pressão brusca e escorregadia do pênis contra sua carne tenra e inchada. Ela se esfregou nele por um momento, desfrutando o simples prazer daquele toque. Foi recompensada por um suspiro entrecortado do marido. Ela queria mais. Enfiou a mão debaixo da água, ajustou o quadril e encaixou a cabeça do membro na entrada de seu corpo.

Por um momento eles ficaram quietos, um raio de calor entre seus corpos. Ela mexeu o quadril para receber Archer e ele arquejou. Ele estendeu o braço e levou a mão à parte mais sensível dela. Poppy ficou desnorteada por um instante. Aquele homem tinha jeito com os dedos. De tal forma que, se ela se deixasse levar, poderia derreter até os ossos no mesmo instante.

Porém ela queria levá-lo junto. Moveu o quadril de novo, guiando-o.

– Ah, Meu Deus! – sussurrou ele ao ouvido dela.

Ela gemeu e agarrou as laterais da banheira de cobre, tomando um pouco mais dele, usando seu corpo para controlar o ângulo de entrada, provocando ambos com a insuportável lentidão do movimento. Sentia a respiração dele. Sentia-o perder o controle. Ah, Poppy queria isso: fazer o poderoso duque estremecer. Estava satisfeita com o próprio corpo, forte e vigoroso devido aos esforços ao ar livre, e agora o usava nesse pequeno e requintado ato de soberania.

Desceu com força sobre ele, depois subiu e desceu de novo, sem se reprimir nem um pouco.

Ele apoiou a testa na nuca de Poppy e correu o polegar nos lábios dela, então ela o mordeu, com força.

Ele sibilou.

– *Ahhhhh, Poppy...*

O primitivismo rouco e puro do grito dele a levou ao limite.

Uma pontada de calor incandescente se espalhou por ela, que afundou até desmoronar por completo, o corpo uma melodia impossível de descrever.

Mais tarde, depois de Poppy ter recuperado a fala e de Archer ter admirado a esposa em sua nova camisola de renda, depois de ambos terem comido algo e Poppy ter ficado sonolenta, ela teve um pensamento particular.

Ela não era, de fato, o que se esperaria de uma verdadeira duquesa.

E isso era bom.

O marido claramente não queria uma.

– Preciso dormir, Archer – disse sua esposa, levantando-se do lugar diante da lareira onde ela estivera deitada com a cabeça no colo dele depois de fazerem amor mais uma vez.

Ele pegou a mão dela e a beijou.

– Tenha bons sonhos, Cavendish.

Ela o fitou.

– Você não vai para a *sua cama*?

Ele não tinha intenção de dividir a cama dela. Era um hábito íntimo demais.

A consumação do casamento – o ato necessário para gerar a criança que eles haviam concordado em conceber – era inevitável. Fazê-lo de forma prazerosa para ambos era bastante sensato. Mas ele precisava, tanto pela esposa quanto por si mesmo, estabelecer os limites adequados, para que não houvesse confusão quanto à natureza de seu propósito ali.

Contudo o olhar de Poppy, sonolento e saciado, o fez vacilar. Uma única noite não faria mal... Ele se levantou e a carregou para a cama.

Com Poppy nos braços, ele dormiu facilmente e sem sonhos pela primeira vez desde que se lembrava.

Acordou ao som da esposa rindo.

Ela estava levemente curvada à porta de seu quarto de vestir, usando uma camisa de baixo. Soltava um risinho abafado consigo mesma enquanto examinava o conteúdo de seu guarda-roupa. Archer abriu um sorriso ao vê-la. Desgraçadamente encantadora.

Ele saiu da cama e atravessou o tapete para se colocar atrás da esposa, passando os braços ao redor de seus ombros e descansando o queixo em cima de sua cabeça. Ela se encaixava muito bem nele.

– O que poderia ser tão divertido em seus vestidos? – perguntou, inspirando seu aroma.

Ela se inclinou na direção dele e gesticulou para as prateleiras e cabides, transbordantes de itens novos, belos e caros.

– Já viu alguma coisa assim? Acho que sua irmã espera que eu abra uma loja em Mayfair.

– É apenas a maneira dela de lhe dar as boas-vindas à família.

Ele acariciou os cabelos de Poppy, que corriam gloriosamente livres até a cintura.

– O que está fazendo fora da cama tão cedo? – perguntou ele. – É praticamente madrugada. Não conseguiu dormir?

– Praticamente de madrugada é quando nós, trabalhadores decentes, nos levantamos para o dia, Vossa Graça.

– Então eu terei que torná-la indecente – retrucou ele, levando os lábios ao lóbulo da orelha dela.

Archer segurou a mão da esposa e a levou para a cama, tão leve e descontraído como Poppy jamais o vira, mas ela não pôde deixar de se assustar ao ver as costas e coxas dele à luz do dia. Seu corpo era tão visivelmente forte que as marcas na pele eram como uma reprimenda à sua vitalidade.

Ele se virou para trás com um sorriso nos olhos e a flagrou olhando. Ela tentou corrigir sua expressão, mas era tarde demais.

O rosto dele ficou lívido.

– Desculpe – disse ela.

– Como disse? – falou ele, a voz neutra, como se não a tivesse entendido. Ah, Deus. Ela o envergonhara. Que tormento!

– Eu não queria encarar – disse ela de modo suave. – Não me incomoda. É só que parece doloroso.

– Não é – disse ele, diminuindo a importância do assunto.

Poppy se aproximou e colocou a mão no braço de Archer. Esperava ser atraída para o abraço dele, mas a facilidade com que ele a tocara momentos antes tinha desaparecido. Ela podia sentir a tensão nos músculos dele, a forma como o pulso se acelerara. Deixar que ela o visse estava sendo difícil.

– Pobre homem. O que aconteceu?

Ele suspirou e afastou o braço que ela segurava.

– Não importa. Foi há muito tempo.

Não parecia. Algumas das cicatrizes ainda não estavam esbranquiçadas. Ela não conseguiu resistir a lhe lançar uma expressão cética.

– Eu lhe asseguro, não é doloroso – disse ele rispidamente. – Eu vou cobri-las.

Ela agarrou as mãos dele enquanto vasculhavam o chão em busca da camisa, fazendo-o parar. Ela os tiraria do desconforto daquele momento ainda que precisasse tentar meia dúzia de estratégias diferentes. Ele era seu *marido*, afinal de contas.

Poppy lhe deu o seu maior e mais sincero sorriso. Um que residia principalmente em seus olhos e que ela costumava reservar para bebês e cachorrinhos simpáticos.

– Não precisa. *De verdade.* Eu só quero entender – explicou ela.

Ele fechou os olhos e jogou a cabeça para trás. Passaram-se alguns segundos, durante os quais ela pôde vê-lo organizar os pensamentos. Arquitetar a resposta certa.

Archer abriu os olhos e encontrou os dela, a expressão dócil. Muito, muito afavelmente, disse:

– Poppy, se eu quisesse falar sobre isso, teria procurado um tipo diferente de casamento. Quero manter isso um assunto privado. Por favor, não me pergunte de novo.

Ah.

Ela se levantou da cama da maneira mais inalterada possível. Ser colocada no devido lugar com tanta bondade. Que singular.

– Cavendish – chamou ele, muito, muito gentil. – Quer voltar para cá?

Quanta delicadeza com os sentimentos dela.

Poppy *odiou* isso.

Significava que ele percebera quanto a magoara.

Concedeu a si mesma um momento para recuperar a dignidade, colocar um sorriso no rosto como se tudo estivesse bem e se voltar para ele.

– Preciso terminar de fazer as malas – falou ela. – As carruagens devem partir para Londres ao meio-dia.

Ele a encarou tentando decifrar o tom de sua voz.

– Muito bem.

Archer se levantou, juntou suas roupas descartadas, se vestiu e saiu do quarto.

Assim que ele se foi, ela fechou a porta do seu quarto de vestir, sentou-se no chão e fez o que queria fazer havia dez minutos: chorar.

Chorou pelas plantas e pela terra que deixaria para trás. Chorou pela perda dos pais, havia tantos anos, e pela perda do tio, por quem ela mal tivera chance de ficar de luto devido ao caos que sua morte desencadeara. Chorou pela perda de sua mocidade, que agora era passado, isso se ela algum dia existira. Chorou pela dor entre as pernas e no coração e pela própria estupidez que a fizera enfrentar justamente os riscos que ela sempre se orgulhara de ser esperta e lúcida demais para assumir, riscos tão antigos quanto a própria história feminina.

Não tinha estado tão cega a ponto de pensar que o que havia entre eles era um relacionamento. Sabia que ele não a amava nem planejava amar. Ainda assim, fora vaidosa, achando que possuía algum tipo de poder feminino forte o bastante para afastar a hesitação dele.

No dia anterior, diante do nervosismo, do carinho e da ternura do marido, ela chegara a imaginar que estava funcionando, que a ligação que sentia com Archer era recíproca, de alguma forma.

Só que agora ele tinha sido tão educado e tão desgraçadamente *meigo* ao decepcioná-la que a tolice dela parecia ainda maior, porque Archer devia ter notado sua *esperança*.

O cuidado extremo que ele tomou tinha sido mortificante. Teria sido melhor se ele tivesse simplesmente dito "Não foi para isso que comprei você, Cavendish".

Bem, de qualquer forma, ela aprendera a lição. Fora para proteger seus sonhos e ambições que tinha aceitado se casar. Não deveria arriscar *a si própria* nesse processo.

Deixou-se cair contra uma estante de sapatos. Como poderia se proteger quando ele detinha todo o poder? Ele tinha segredos; ela não sabia o que ele poderia estar escondendo. Ele tinha riqueza; ela, apenas o que ele lhe dava. O desequilíbrio era impressionante e perigoso, e isso a irritava. Até seu horto ser construído, o único bem que ela possuía naquele acordo era o próprio útero.

A porta se entreabriu e revelou o rosto gentil da Sra. Todd, cujos olhos se arregalaram ao vê-la. A aparência de Poppy devia corresponder à confusão que sentia e às lágrimas que derramara.

– Ah, Vossa Graça, minha pobre querida. Qual é o problema?

Diante do tom simpático e maternal da mulher, Poppy chorou ainda mais.

– Devo chamar Sua Graça?

– Não!

– Ah, entendo. Não foi a noite de núpcias que imaginou? Poucas são, menina. Bem, não se preocupe. O ato é doloroso no início para algumas, mas o corpo se ajusta. Algumas chegam até a gostar. Devo trazer uma tintura para dor?

Poppy não sabia se queria rir ou chorar ainda mais.

– Ah, Sra. Todd. – disse ela, com suavidade. – Não preciso de tintura para dor. Mas imagino se a senhora teria algum poejo.

O rosto da governanta foi tomado de surpresa. Sendo camponesa, ela sabia muito bem para que a planta servia.

– Vossa Graça – disse ela com cuidado –, tais ervas não são recomenda-das *depois* de um casamento.

Sobretudo um casamento com um duque, ela não acrescentou. Afinal, para que mais serviam as duquesas senão para gerar herdeiros? Não era esse o papel de Poppy? O que explicitamente concordara em se tornar?

– Cultivo um pouco na horta – admitiu a Sra. Todd, olhando à sua volta como se pudesse ser apanhada no ato de traição. – Eu faço um chá. Para as criadas.

– Poderia colocar várias doses no meu baú?

A mulher a encarou como se Poppy tivesse perdido a cabeça. O poejo provocava a menstruação. Doses elevadas podiam causar um aborto – ou pior. Acreditava-se que doses menores impediam a concepção. Ele era usado por jovens que tinham permitido excesso de liberdades a algum cavalheiro ou por mulheres que já tinham a casa cheia de crianças e não podiam arcar com mais nenhuma.

Algumas diziam que não funcionava. Porém Poppy acreditava nos mistérios da botânica. Eles sempre a serviram melhor do que somente a oração.

A Sra. Todd cedeu.

– Sim, mas se Sua Graça descobrisse...

– Não vai.

Seu marido não era o único que podia ter segredos.

Capítulo vinte

Ah, Deus, seu coração doía.

Ele já sabia que iria ferir os sentimentos dela ao se recusar a discutir suas cicatrizes, mas isso não tornava mais fácil suportar as consequências. Archer ficou do outro lado da porta e ouviu o som abafado da esposa chorando. Precisou de cada gota de autocontrole para não voltar ao quarto, tomá-la nos braços e responder às suas perguntas – e inevitáveis e excruciantes deduções – uma por uma.

Ele não tinha vergonha de seus desejos particulares. Eram eles que o haviam salvado, devolvido-o a si, e essa descoberta fora preciosa. Mas esse assunto deveria ficar entre ele mesmo, Deus e Elena. Explicar a Poppy os atos dolorosos e libertadores que o mantinham são e forte seria como entregar-lhe sua alma e pedir-lhe que a tratasse com ternura. Ele não *queria* a ternura de Poppy. A ternura tornava a pessoa vulnerável, o oposto do que buscava naquele arranjo. Eles tinham um acordo, afinal de contas, e sua parte não tinha sido fácil. Ele não fizera nada diferente do que combinaram quando pediu a mão dela. De fato, fizera o mínimo possível.

E saber a verdade faria com que ela ficasse menos transtornada? Inevitavelmente, não.

Nem queria imaginar o que a esposa – uma mulher do campo que cuidava de plantas, tinha cheiro de grama, pele orvalhada e 25 anos de autodisciplina e retidão moral – faria com um homem que às vezes ansiava por se colocar de joelhos e tremer. O que era consolo para ele era perversão para o mundo. Uma depravação risível que o faria parecer tão lascivo quanto o pai. Homens tinham sido destruídos por muito menos.

Além disso, ele não desejava que a esposa concordasse por medo nem o tolerasse por nojo e estupefação.

O que ele queria era a maldita privacidade que comprara.

Assim, não retornou ao quarto de Poppy. Em vez disso, atravessou em silêncio o corredor até o próprio quarto e pegou o cordão de couro com a chave de ferro que havia tirado na manhã do casamento, devolvendo-o a seu lugar ao redor do pescoço.

Recolheu os poucos objetos remanescentes na cômoda e os colocou em um baú destinado à sua casa em Londres. Depois rumou para seu escritório a fim de recolher os livros e papéis que deixara lá. Parou apenas quando olhou para baixo, para a gaveta da escrivaninha onde guardara a bolsa puída.

Ele hesitou.

Mas parecia errado deixá-los ali, agora que os encontrara.

Juntou os retratos a seus livros e papéis, guardou-os no baú e chamou um criado para colocá-lo na carruagem.

Quando Poppy o encontrou no salão para partirem, ele ficou aliviado ao ver que sua decisão de mantê-la a distância não era necessária. Ela o encarou como faria a uma sanguessuga agarrada em seu tornozelo.

Eles partiram e uma hora se passou em silêncio. Poppy permaneceu empertigada, fazendo anotações em seu livro-razão, comportando-se como se compartilhasse o coche com um estranho. Em seu distanciamento proposital, estava mais bonita do que nunca, segura de si, com um vestido de viagem de fina seda azul-marinho que fazia sua pele parecer chá com leite e seus olhos claros brilharem como água do mar. Ele fingiu ler e tentou não deixar que ela o pegasse fitando-a. A viagem de Grove Vale a Londres, realizada a um ritmo respeitável com bagagem e criados a reboque, levaria dois dias. Seria uma tortura passar o dia todo na carruagem vendo tanta beleza dentro daquele vestido de bom corte e imaculado.

– Que tal um jogo de xadrez? – sugeriu ele por fim, quando já não suportava a tensão.

Ela levantou os olhos dos papéis devagar para lançar a ele um olhar penetrante e desinteressado.

– Xadrez?

Nunca uma palavra tão inofensiva foi dita com tanto desdém.

– Ainda temos algumas horas até chegarmos à hospedaria. Pensei que poderíamos nos divertir.

– Eu sou terrível no xadrez.

Ele lhe deu um sorriso torto.

– Não acredito nisso nem por um instante. Acho que isso é exatamente o que alguém tão inteligente quanto você diria por ser brilhante no xadrez e não querer revelar sua vantagem para o adversário.

– Não – respondeu ela sem rodeios. – Eu sou mesmo terrível no xadrez.

Ele mordeu a bochecha buscando paciência.

– Jogaria comigo mesmo assim?

A boca de Poppy esboçou um leve sorriso. Ele aceitaria aquele sorriso mesmo que fosse de rancor e irritação.

– Muito bem, Vossa Graça. Estou a seu dispor.

Ele pegou o tabuleiro e as peças e montou o jogo na mesa de viagem entre eles.

Archer perdeu duas partidas em rápida sucessão, apesar do fato de ser *ele* um mestre no xadrez.

– Xeque-mate – disse ela, num tom intrigado, pela terceira vez naquele dia.

Ele olhou para baixo. Sequer notara o peão dela aproximar-se de seu rei. Percebera pouco mais do que a delicadeza das feições de Poppy, suas curvas sob aquele vestido azul-marinho e a ruga de contrariedade entre suas sobrancelhas – evidência de que ela ainda não o perdoara. Ele não se lembrava de algum dia já ter desejado tanto ser perdoado. Ainda mais em se tratando de um crime do qual não acreditava ser culpado.

– Para um homem supostamente inteligente – disse ela –, Vossa Graça tem muito pouca habilidade em jogos de estratégia. Eu não estava mentindo quando contei que era terrível. Mas você, lamento dizer, é pior.

Ela arrancou o rei adversário do tabuleiro e o segurou no alto, em uma gélida comemoração de vitória.

Archer não podia suportar aquela serenidade fria. Queria restaurar a harmonia que eles tinham compartilhado até aquela manhã. Ele se inclinou para a frente e soltou os dedos dela, um por um, da peça de ébano. Ela prendeu a respiração, assustada.

– Poppy – disse ele devagar. – Perdoe-me.

Ela o encarou de forma inescrutável.

– Por esta manhã – esclareceu ele.

Era o máximo que podia fazer, mas ele infundiu nas palavras tudo o que não conseguia verbalizar.

Ela empinou o queixo e endireitou os ombros.

– Perdoá-lo? Bobagem. Não há nada a perdoar. Eu o derrotei três vezes no xadrez.

Quando chegaram à hospedaria, já eram quase oito horas. Embora não fosse um dia frio, a sala de jantar estava iluminada com um fogo acolhedor e os espaços públicos ecoavam um burburinho alegre que foi um alívio para Archer após a atmosfera tensa da carruagem.

A hospedaria, que ficava na pequena cidade de Faringdon, não era particularmente luxuosa, mas era limpa e bem-conservada e tinha boa reputação pela comida.

– Ah, Vossa Graça – disse o estalajadeiro quando entraram. – Meus parabéns pela feliz notícia. Fomos informados de que o senhor e sua duquesa viriam. Reservamos nosso melhor quarto para o senhor, e minha esposa, a Sra. Wiscomb, preparou um banquete. Faisão, enguia gelatinizada, pernil, torta de lebre. O senhor não vai passar fome aqui.

Ele estava exausto e sem fome nenhuma, mas agradeceu ao homem por sua gentileza. Poppy, no entanto, pareceu atormentada com a ideia de uma longa refeição.

– Sinto muito – disse ela ao homem. – Detesto desapontar sua esposa depois de ela ter tanto trabalho. Mas acredito que vou me recolher mais cedo. Não estou acostumada a longas horas de viagem e receio que isso não tenha me feito bem.

O rosto do homem expressou uma decepção tão grande que Archer se sentiu inclinado a abraçá-lo – afinal, ele acabara de se tornar mais um homem no grupo dos que conheciam a gélida indiferença da duquesa de Westmead.

– Bem, eu poderia comer tudo isso e ainda ter espaço para o bolo – garantiu ele ao Sr. Wiscomb.

Na ausência de Poppy, Archer convidou os criados pessoais para se juntarem a ele para a refeição, servindo-lhes o melhor vinho e cerveja da pousada e aceitando seus brindes por suas núpcias. Mas ele comeu pouco e logo os deixou à sua comemoração privada. Mesmo contra a vontade, queria voltar para o lado da esposa.

No quarto deles, Poppy já tinha se preparado para dormir. Estava debaixo das cobertas com um livro.

– Eu lhe trouxe uma bandeja – disse ele, indicando uma fatia de torta e uma caneca de cerveja que conseguira com a mulher do dono da hospedaria. – Está com fome?

– Não – disse ela, sem levantar os olhos do seu livro sobre remédios fitoterápicos.

– Não está se sentindo bem?

– Apenas cansada.

A voz dela era pura cortesia.

A distância cuidadosa que ela mantinha começava a irritá-lo. Por quanto tempo iria castigá-lo por fazer o que sabia que ele faria?

Ele se despiu e se lavou – sem tirar a camisa. Depois arrumou as coisas deles para a manhã seguinte, demorando-se o possível para prolongar o tempo antes que precisasse passar pelo embaraço de ir para a cama com ela.

Quando já não havia roupas para dobrar ou grampos de cabelo para arrumar, se aproximou com cuidado pelo outro lado da cama.

Poppy não olhou para ele enquanto ele se acomodava.

Archer ficou deitado, encarando o teto e ouvindo-a virar as páginas do livro.

Finalmente, ele rolou, se apoiou em um cotovelo e olhou para ela.

– Cavendish?

– Sim?

– Venha aqui?

Ele lhe estendeu um braço. Como as palavras de desculpas não o levaram a lugar nenhum, talvez o simples calor humano pudesse ajudar a restabelecer a relação entre eles.

Poppy olhou para ele, então, obedientemente, se aproximou alguns centímetros até que seu ombro estivesse logo abaixo do dele. Ele a puxou com firmeza contra si.

Ela se manteve rígida.

Pelo menos ela o estava tocando. Ele podia começar com aquele toque. Inclinou-se e beijou a cabeça dela. Depois sua face direita. Então a esquerda. Quando ele se aventurou até a boca, já não era só a conveniência que o movia.

– Quero fazer amor com você de novo – disse ele, a voz rouca, correndo a mão pelos seus seios.

Ele deslizou a mão mais para baixo, sobre a camisola dela, até que os dedos tocaram seu ventre.

– Está bem – disse Poppy.

Ela estendeu o braço e levantou a bainha da camisola para lhe dar acesso à metade inferior do seu corpo.

Como se esperasse que Archer a penetrasse enquanto ela lia sobre botânica.

Foi infantil e rude. Ele gemeu em voz alta, mas não de desejo.

– Devo inferir por esta demonstração que você preferiria declinar – falou ele, puxando a camisola de volta para cobrir os joelhos dela.

A esposa olhou para ele sem se alterar.

– Se bem me lembro, nosso arranjo foi feito em nome da procriação. Não vejo nenhuma razão pela qual eu deva fingir interesse indesejado no ato da concepção.

– *Fingir interesse indesejado?*

Incomodou-o que ela fingisse que as horas que passaram juntos no dia anterior não tivessem sido de alguma forma reais. Tinham sido reais o suficiente para ele. Algumas das melhores horas da última década.

A maneira como os olhos dela ficavam vidrados e acalorados com um simples beijo atrás da orelha o havia excitado impiedosamente. O modo como estava úmida quando ele colocou a mão entre as pernas dela. A rapidez e a quantidade de vezes que ele podia fazê-la gozar, provocando pequenos terremotos furtivos ou orgasmos dilacerantes que a tomavam tão completamente que ela deixava marcas na pele dele com as unhas.

Menosprezar tudo o que tiveram... aquilo o atingiu onde ela pretendia: em seu âmago.

Porque talvez ela estivesse certa.

Talvez ele estivesse tentando ter as duas coisas. E talvez isso fosse injusto da parte dele.

– Eu esperava que, na medida em que precisássemos ser íntimos, pudéssemos desfrutar disso – começou, tentando dar sentido aos pensamentos.

Ela o interrompeu com um erguer da mão.

– Nosso arranjo foi ideia sua, não? Ou aceita o que ofereci ou me deixa em paz.

Ele rolou de volta e apagou a vela.

Contudo, muitas e muitas horas se passaram antes que ele conseguisse dormir.

Poppy permaneceu acordada na cama desconhecida. Não gostou da hospedaria, com seu cheiro de multidão e seus sons graves. Sentiu falta da argila da estufa. Sentiu falta do ar fresco com odor de musgo de Grove Vale. Sentiu falta do conforto dos braços de Archer.

Havia um vazio doloroso em ser fria com alguém que tentava ser gentil com você. Ela imaginara que seria satisfatório incomodá-lo, mas isso a fez sentir-se mais abandonada.

Ele estava a apenas alguns centímetros dela. Tudo o que precisava fazer era rolar para perto e ele a tomaria nos braços. Mas, na escuridão, o que a impediria de satisfazer seu desejo pelo toque dele e, pior ainda, seu afeto? Encarou as vigas do teto e teve uma certeza chocante de que, caso baixasse a guarda mais uma vez, ele veria o que estava acontecendo com ela.

Como se sentia em relação a ele.

E o que lhe restaria então?

Ela se revirou de um lado para o outro, rolando na cama, e mal conseguiu dormir.

De manhã, ele já tinha acordado e saído quando ela abriu os olhos.

Poppy sentiu o cheiro de bacon, gordura e pão fresco subindo da sala de jantar. Estava faminta. Não se lembrava de algum dia ter ficado tanto tempo sem comer.

Archer estava sentado sozinho na sala de café da manhã, lendo um jornal enquanto bebia uma caneca de chá. Ao seu lado, havia um prato de torradas e uma terrina de manteiga cremosa. Ela se serviu avidamente, mal parando para cumprimentá-lo em sua pressa de encher o estômago.

Ele a espiou por cima de seu jornal com um leve olhar divertido.

– Com fome, Cavendish?

Ela só pôde gemer em resposta, enquanto sua boca estava ocupada mastigando.

Uma mulher bem-fornida, de avental, chegou à mesa e lhe ofereceu chá.

– Sim, por favor, com natas e muito açúcar. E vocês têm ovos? E talvez um pouco de bacon?

A mulher lhe deu um sorriso amável.

– Vejo que Sua Graça recuperou o apetite – disse ela a Archer.

Ela era educada demais para lançar um olhar maroto, mas a ideia subentendida não poderia ter sido mais clara se ela tivesse adicionado as palavras "na cama".

Archer concedeu um sorriso malicioso e enviesado à mulher.

– Devo confessar que ela *realmente* parece bastante esfomeada.

A senhora deu uma boa gargalhada. Poppy enterrou seu calcanhar no dedo do pé de Archer embaixo da mesa por sua absoluta insolência. Ele apenas tomou um gole de seu chá.

– Bem, duquesa, eu lhe trarei ovos e bacon – disse a Sra. Wiscomb.

– E eu – falou Archer, deixando seu jornal sobre a mesa – vou deixá-la com sua refeição. Tenho que acertar a conta com o estalajadeiro antes de partirmos.

Ele atravessou a sala até o balcão do dono da hospedaria, encostando-se no bar enquanto esperava que o homem atendesse uma pequena fila de clientes.

Dois cavalheiros bem-vestidos conversavam com o Sr. Wiscomb. Pela natureza e o volume de suas risadas, Poppy deduziu que o assunto fosse indecente. Atrás deles, uma mulher com um bebê nos braços e uma menina ao seu lado exibia uma expressão desconfortável diante da conversa. A risada dos homens parecia ter acordado a criança, pois de repente ela começou a chorar. Os gritos do bebê assustaram a menina mais velha, que, em sua aflição, deixou cair o pão doce que estava comendo. Quando a mãe lhe disse para não pegá-lo, ela começou a chorar também. A mulher se agachou, tentando acalmar o bebê irritado e a criança ofendida de uma só vez, enquanto os cavalheiros na frente dela se viravam e olhavam furiosos para a algazarra que a família dela fazia.

Archer, que observava tudo isso, se agachou e disse algo à mãe. A mulher anuiu e ele se dirigiu à menina. Ela olhou para ele desconfiada, ainda chorando, e ele se inclinou, juntou o pão descartado, depois a pegou no colo e a colocou sentada em um banco. Foi buscar outro pão doce atrás do balcão e o colocou num prato para ela, fazendo tudo isso com a espontaneidade e eficiência que poderia ter demonstrado se fosse dono da hospedaria. Então enxugou as lágrimas da menina com seu lenço enquanto dizia algo que ela achou divertido. Depois que o pão doce já tinha sido devorado, os dois estavam rindo como velhos amigos, para espanto da mãe atormentada. Tendo feito uma amizade e chegado sua vez na fila, ele cumprimentou a criança com uma mesura, piscou para a mãe, entregou algumas moedas para o Sr. Wiscomb e então saiu para conversar com os cocheiros.

Poppy observou tudo isso enquanto mastigava seu bacon e consumia duas deliciosas xícaras de chá docinho com leite.

– Mais alguma coisa, Vossa Graça? – perguntou a Sra. Wiscomb.

– Não, obrigada – respondeu ela. – Estava delicioso.

Ela subiu as escadas de volta ao quarto para se preparar para o restante da viagem. A seu pedido, a criada tinha deixado no toucador uma sacola com seus objetos pessoais e uma caneca de água fervida.

Poppy espiou dentro da sacola e encontrou o pequeno frasco de vidro preparado pela Sra. Todd. Chá de poejo. De acordo com seu livro sobre cura, ela precisaria tomar uma pequena dose diária para produzir o efeito desejado.

Hesitou, batendo as unhas contra o vidro.

Suponho que simplesmente terá que confiar em mim.

Não. Não estava certo.

Ele tinha apenas feito o que prometera: tratá-la com gentileza, tornar seu casamento amigável. Era mesquinho usar contra ele o fato de ela desejar uma ligação mais forte, já que havia concordado com o distanciamento.

Ele não era o problema. *Ele* não tinha faltado com a palavra.

Ela, sim, o fizera.

Enfiou a garrafa no bolso sem abri-la, fechou a sacola e a devolveu ao baú.

Lá fora, as duas carruagens e o coche de bagagem que os acompanhavam tinham sido preparados para a partida. Archer se encostou na porta de seu veículo particular, parecendo alto e bonito à luz da manhã. A cena que ela fizera na noite anterior devia tê-lo deixado menos perturbado do que a ela, pois ele parecia leve como uma refrescante brisa do mar.

– Pronta para partir? – perguntou ele.

– Só um instante.

Ela se aproximou do coche e localizou um baú preso logo atrás das portas. Retirou a garrafa do bolso e a jogou com seus livros, sementes e outros itens da mesa de sua oficina.

Então sorriu para o marido.

– Estou pronta.

Capítulo vinte e um

Poppy se sentiu cada vez menos à vontade conforme a carruagem avançava pelas ruas estreitas de Londres.

Algo estava diferente em Archer.

Vinha se mostrando alegre e tranquilo, como se o dia anterior nunca tivesse acontecido. Ele a havia derrotado impiedosamente no xadrez. Ela reclamara disso, então ele lhe ensinara um jogo de cartas e a derrotara de novo. A cada quilômetro que se aproximavam da cidade, ele se tornava mais educado, mais brando e afável. Era como se Londres fosse um escudo para ele.

Agora a cidade se erguia em torno deles em um miasma sinistro, tão cinza quanto Wiltshire era verde. As ruas estavam entupidas de carruagens de aluguel, carroças, liteiras e pedestres que se arremessavam pela imundície das ruas e pela pressa do trânsito. Enquanto passavam por Cheapside e pela multidão perto do Royal Exchange, Poppy podia sentir Londres na língua e nas narinas, um ar arenoso e fuliginoso que cheirava a carvão, esterco e umidade. Ela tossiu e fechou a janela da carruagem.

Archer levantou uma sobrancelha.

– Já viu o suficiente, tão cedo?

– Eu sabia que o ar era ruim aqui, mas ninguém mencionou que seria possível mastigá-lo.

– Não se vem a Londres para tomar ar fresco, Cavendish. Olhe, chegamos.

A carruagem parou em frente a uma fileira de casas geminadas que ladeavam uma pequena praça a nordeste do Royal Exchange. Archer a levou para dentro da construção mais alta, uma casa de quatro andares com uma cozinha no subsolo e um jardim simples nos fundos. Embora a moradia oferecesse confortos modernos, tinha cômodos escuros e mobília sóbria.

Era tão diferente de Westhaven quanto qualquer outra residência que Poppy já vira.

Deixada sozinha no escritório do marido para se refrescar enquanto os criados traziam seus baús, ela examinou sua escrivaninha e estantes. Eram sóbrias e imaculadas, sem nenhum papel fora de lugar. Tão diferentes do caos alegre em que ela trabalhava que se perguntou se tudo o que ele fazia era colocar seus arquivos em ordem alfabética e arrumar os papéis em ângulos de noventa graus.

E agora ela estava sozinha com ele, em seu reino arrumado, organizado. Presa em uma armadilha.

Pare com isso, ordenou a si mesma. *Está sendo ridícula*. O comportamento dela nos últimos dias tinha sido pavoroso e indigno do seu caráter. O que lhe importava se a casa dele não era acolhedora? Aquilo era *Londres*. O centro do mundo. O único lugar onde seus sonhos faziam algum sentido. Uma mulher de sua constituição não chegava a Londres e a reprovava por não ter o cenário de Grove Vale. Ela deveria se erguer à altura da ocasião, não se deixar abater lamentando sentir falta do campo, como estava fazendo naquela cadeira.

– Não gostou daqui – deduziu Archer, voltando antes que ela conseguisse seguir o próprio conselho.

– Não é isso – falou ela.

– Admito que não seja um lugar elegante. A vantagem de Hoxton é apenas a proximidade com meu escritório administrativo. Posso acomodá-la em um lugar mais imponente, se quiser. Westmead House, em St. James's Square, é muito mais luxuosa, se bem que um pouco opressiva para o meu gosto.

– Não é preciso. Sua casa é linda.

Sua voz saiu firme e direta em resposta à ideia de que ele, muito casualmente, estivesse prestes a sugerir que ela fugisse para uma residência distante dele três dias depois do casamento.

Archer cruzou os braços e a fitou por um momento, então seus ombros arriaram e o personagem sem emoção, e ligeiramente assustador, que emergira na carruagem desvaneceu um pouco. Seu rosto dizia que ele claramente não sabia o que fazer com ela. Poppy compartilhava sua impotência. Também não sabia.

Archer tocou seu ombro de leve.

– Poppy, se é sobre ontem... se ainda está aborrecida...

– *Não* estou aborrecida – disse ela, com afetação. – Apenas cansada.

– Eu não acredito em você – disse ele, com gentileza. – Poppy.... ainda que nosso acordo seja baseado em negócios, não significa que não possamos ser aliados. Amigos. Eu quero isso. E quero que você seja feliz aqui.

O rosto dele estava tão cheio de preocupação por ela, tanta *maldita* seriedade... Aquela sua habilidade era uma desgraça: olhar para ela assim, dizer coisas naquele tom e fazer picadinho de sua cautela. Ele a levava a ser a mais perigosa das coisas: honesta.

Ele era como uma quimera. Um homem que não se importava, usando o rosto de quem se importava.

Poppy se livrou de suas garras.

– Acho que vou tirar um cochilo. Suponho que eu vá ter um quarto particular, não?

Ele deixou cair as mãos ao longo do corpo.

– É claro. Gibbs preparou o quarto no andar de baixo, em frente ao meu.

Ela se virou para sair, mas ele pigarreou.

– Preciso ir ao escritório. Estarei de volta às nove e meia.

Ela tentou disfarçar o espanto.

– Mas é tarde.

– Tenho algo a resolver.

Poppy sentiu seu autocontrole se desfazer mais uma vez. Era sua primeira noite na casa dele. Na cidade dele. E ele queria que ela a passasse *sozinha*.

– Será que não pode esperar até amanhã? – tentou, forçando sua voz a permanecer firme.

Archer olhou para o relógio.

– Temo que não.

Vendo a expressão infeliz de Poppy, ele suavizou o tom, mas apenas ligeiramente.

– Descanse. Podemos fazer uma ceia tardia, se quiser. Mas não espere por mim se preferir dormir. Foi um dia difícil.

Ele se virou e saiu sem olhar para trás. Ela o ouviu fazer uma brincadeira com Gibbs, na certa alegre por se ver livre dela. E, em seguida, o som da carruagem se afastando.

Aonde ele realmente iria, ela não sabia.

Mas nenhuma parte dela acreditava que iria a um escritório.

～～

Archer entrou em seu escritório administrativo e encontrou Gordon, o secretário, esperando à sua mesa com as plantas e papéis que ele havia mandado colocar em ordem.

– A escritura está assinada?

– Desde hoje de manhã – respondeu Gordon.

– Graças a Deus – murmurou ele.

– Há algo errado? – perguntou Gordon.

– Não mais.

Archer havia percebido de manhã por que o casamento não estava funcionando: ele estava se comportando da maneira errada.

Se tivesse se casado com Gillian Bastian, não com Poppy Cavendish, teria feito sentido passar os primeiros dias sendo o mais cortês e gentil possível: providenciando pequenas comodidades, facilitando-lhe as exigências do leito matrimonial, cobrindo-a de elogios; fazendo-a se sentir segura na decisão irrevogável e vitalícia que tomara ao se casar com ele.

Porém, Poppy era tão parecida com Gillian quanto um capitão de navio o era com um vestido de baile. Ela não entrara no casamento esperando afeto. Entrara esperando propriedade e mão de obra. Na posição dela, ele também estaria ansioso e irritadiço, esperando para ver se tinha feito um mau negócio.

Não precisava apaziguá-la com carinho. Precisava tranquilizá-la com um ato de boa fé.

Olhou para as plantas. A propriedade era perfeita. Assim que Poppy a visse, não poderia ter mais nenhuma dúvida sobre as intenções dele. Então, certamente, a comunicação amigável entre eles seria restaurada.

– Você trabalhou bem, Gordon. Vou trazer Sua Graça aqui amanhã. Tenha um arquiteto de sobreaviso. Ela não vai querer perder tempo.

– Muito bem, Vossa Graça. Isto chegou para o senhor.

Gordon lhe entregou um maço de cartas.

Archer separou rapidamente a correspondência, não planejando se demorar ali, e parou diante de um bilhete do marquês de Avondale que não parecia conter felicitações formais por suas núpcias.

Westmead,

À luz de suas recentes boas-novas, uma palavra de cautela: os rumores estão se intensificando. Elena e eu temos um investigador procurando a fonte. Até que o assunto seja resolvido, recomenda-se a máxima discrição. (Por outro lado, isso não deve ser problema com uma esposa para distraí-lo.) Meus melhores votos por sua felicidade, se você é capaz de emoções tão vãs. (Honestamente.)

Avondale

Aquilo não era uma boa notícia.

Avondale era seu parceiro de investimentos no clube de Elena Brearley. Nos últimos dois anos houvera rumores da existência do lugar, apesar das precauções que Elena tomava para garantir discrição aos seus membros. Eles já haviam acabado com burburinhos antes, mas agora a especulação era especialmente inoportuna, com religiosos trovejando condenações contra o vício em cada página e púlpito, estimulando sentimentos que poderiam tornar a exposição do clube desastrosa.

Ele escreveu de volta a Avondale oferecendo os serviços de seu investigador particular, o que o fez demorar mais do que pretendia. Quando desceu para a rua, seu cocheiro o aguardava com os cavalos a postos.

– Para Charlotte Street, Vossa Graça?

Ele hesitou. Planejara fazer uma segunda parada. *Precisava* fazê-la.

Uma sessão com Elena devolveria a ordem à sua mente. Eliminaria a incerteza que se avolumava dentro dele sempre que seus pensamentos se voltavam para Poppy.

Apesar disso, descobriu que tinha perdido a disposição para essa visita.

Era um risco muito grande diante das novas especulações que o clube enfrentava.

Para o inferno com as especulações. Isso não era desculpa. Ele sempre encontrara maneiras de chegar sem ser notado quando a necessidade surgia. O medo nunca o impedira, só o tornara cauteloso.

O que o estava impedindo era a angústia de Poppy em ser deixada sozinha.

Você está sendo sentimental demais.

Contudo, era decente oferecer companhia à esposa até que ela se sentisse confortável em casa.

Seu cocheiro esperava a resposta.

– De volta a Hoxton, por favor.

Na escuridão da carruagem, ele puxou a chave de Elena e a apertou contra o polegar até sentir dor.

Encontraria um jeito discreto de ir até ela no dia seguinte.

Ele se certificaria disso.

Poppy andava de um lado para outro no escritório do marido, extremamente inquieta e ofendida para dormir.

Aonde ele tinha ido?

Se ela estivesse devidamente imune a ele, isso não importaria. Só que ela não estava.

Se ao menos soubesse o que ele escondia, talvez pudesse endurecer o próprio coração em relação a ele. Evitar esse sentimento horroroso que fazia com que ela desejasse mais do que lhe era devido.

Vagou pela casa a noite toda, esperando que a mobília pudesse trazer pistas sobre o seu eu secreto. Mas os quartos eram organizados e impessoais, oferecendo pouca evidência além de limpeza.

Gibbs, o mordomo, apareceu no escritório com a bandeja de chá que ela havia pedido.

– Há algum lugar onde eu possa colocar as minhas coisas? – perguntou-lhe, olhando para as prateleiras ordenadas do marido.

Gibbs lhe lançou um olhar nervoso.

– Sua Graça mantém este aposento intocável. Talvez a senhora queira que eu leve suas coisas para a sala de estar. Há muito espaço e uma vista linda para o jardim.

Ela olhou à volta. De fato, perturbar aquele ambiente irritaria muito o marido. Ela encontraria um consolo infantil em sua habilidade de exasperá-lo.

– Prefiro este cômodo. A iluminação é melhor. Tenho certeza de que Westmead não se importará.

Uma veia pulsou na testa de Gibbs. No entanto, ele assentiu.

– É claro. Há um armário vazio ali. Gostaria que eu a ajudasse a desfazer as malas?

– Não, obrigado.

Poppy se sentou com seus baús e começou a separar seus pertences. No topo da pilha estava a sua velha cópia surrada do *Dicionário do jardineiro*. Ela a abriu na primeira página. *Elizabeth Cavendish, 1731*. Traçou com a ponta do dedo a linda escrita da mãe, depois colocou o volume de lado e encontrou seu livro-razão. Ainda odioso. Ela sorriu. Ver e tocar essas relíquias de sua vida em Wiltshire a acalmava. Ela não se limitou ao armário, mas as espalhou por todo o aposento.

Quando esvaziou o primeiro baú – e se convenceu de que tinha invadido o espaço de Archer o suficiente para irritá-lo –, começou a procurar por sua correspondência botânica nos caixotes. Abriu um baú identificado apenas *Westhaven* e viu que não era um dos seus, pois estava cheio dos pertences de Archer. Pilhas de livros perfeitamente arrumadas. Relatórios dos assistentes. Maços de correspondência encadernados em couro lustroso. Uma velha sacola de musselina escondida entre esses itens, rasgada no canto e desfiada, destoava de tudo ali. Não parecia nem cara nem bem-cuidada o suficiente para ser algo que Archer possuísse. Curiosa, ela a tirou do baú e a abriu. Dentro havia uma moldura de madeira com um retrato em miniatura. Era uma criança bonita, de 2 ou 3 anos, com cabelos louros encaracolados. Georgie.

O artista não conseguira a semelhança perfeita – os olhos não estavam certos e a pele de Georgie estava pálida, não corada pelo sol –, mas ela sorriu. Era bastante meigo que Archer guardasse um retrato do afilhado. Ela tirou um segundo retrato da sacola, imaginando se seria Constance.

O rosto que a encarou, porém, não foi o enganadoramente angelical da cunhada. Foi a imagem de um fantasma.

Bernadette.

Seus dedos curiosos e culpados congelaram. Ela não deveria – *não deveria* – ter visto aquilo. Entretanto, agora que vira, não podia deixar de olhar de novo para a outra pintura. O garotinho não era um Georgie malretratado.

Era o filho de Archer.

Benjamin.

Por um longo tempo ela ficou sentada ali, encarando a imagem.

De repente, a desolação da perda se tornou real para ela. Duas pessoas vivas, que respiravam, que foram preciosas para Archer, agora viviam em uma sacola surrada no canto de seu baú.

Ela tentou imaginá-lo aos 21 anos diante de tal devastação. Tentou imaginar o longo período em que ele suportara aquela dor sozinho.

Poppy passara dois dias ressentindo-se por ele manter partes de si mesmo em segredo. Olhando para aqueles rostos, ela compreendeu por que aquele homem analisara os riscos do casamento e concluíra não poder arcar com eles.

Ela não podia preencher um vazio do tamanho daqueles dois retratos.

E ele não havia lhe pedido isso.

Estava envergonhada.

– Você ainda está acordada – disse Archer, entrando na sala precisamente no momento errado.

Ela congelou, pega no flagra.

Não havia onde esconder o que segurava.

<hr />

Poppy estava agachada no chão do escritório dele diante de uma pilha desordenada de pertences. Naquela posição, parecia um pássaro que tinha voltado ao ninho para curar uma asa quebrada.

– O que você tem aí? – perguntou ele, tentando não demonstrar irritação com as centenas de objetos que ela aparentemente passara a noite espalhando pelo seu escritório imaculado.

Ela por fim se virou para olhar para ele, e Archer percebeu que ela não o estava ignorando. Parecia perturbada, encurvada sobre algo no colo.

A frustração se transformou em uma necessidade urgente e enternecedora de consertar a situação. Não deveria tê-la deixado ali sozinha a noite toda. Ele era um idiota.

– Pobrezinha! O que houve? Com certeza Londres não é tão ruim assim.

Ele se inclinou para pegar as mãos dela e descobriu que Poppy segurava algo. Feito de madeira.

Ele olhou para baixo e congelou.

O objeto que ela estivera examinando era um retrato.

De seu filho.

Por um momento, ele mal conseguiu enxergar. Ver o rosto do filho ainda era um golpe físico. Doía olhar.

Ele se obrigou a colocar o retrato de lado. Encontrou seu par no colo dela e o pegou também. E então se deixou cair ao lado de Poppy. Não sabia o que mais poderia fazer.

– Sinto muito – disse ela, suspirando.

– Está tudo bem – falou ele, sem ter certeza de que estava, mas incapaz de dizer o contrário.

Poppy o encarou com olhos cansados e vítreos.

– Eu estava com raiva de você. E você não fez nada de errado. Desculpe.

Ele se recostou no armário. Não sabia o que dizer. Não sabia o que sentir. Ela às vezes o fazia sentir tantas coisas. Tantas.

Poppy pegou os retratos e ficou olhando para eles. Archer desviou os olhos. Desejou que a esposa os guardasse. Olhar para eles o devastava. Devastava-o até mesmo se lembrar deles.

– Eu tinha esquecido como ela era bonita – comentou Poppy.

As palavras foram como uma facada no peito dele. Porque ele também tinha esquecido.

– Queria que ela estivesse aqui – disse ela. – Queria que ambos estivessem.

O coração dele se desalojou e despencou.

– Eu também.

E era verdade, embora ele tivesse aprendido a viver na aura da ausência deles havia muito tempo.

– Seu filho – disse ela, tremendo. – Ele se parece *muito* com Georgie.

– Sim – respondeu Archer, mal conseguindo falar.

Poppy se afastou um pouco, virou-se para olhar para o marido com uma expressão adorável e solene e passou os braços ao redor do pescoço dele.

O gesto foi tão simples, tão infantil, que ele se sentiu desmoronar. Nunca ninguém o consolara assim. Ele supunha que ninguém jamais tivesse imaginado que ele precisava daquilo. Archer tinha se voltado para formas diferentes de consolo.

Ergueu os olhos e beijou os lábios dela. Estavam salgados, como na primeira vez em que a beijara, na floresta.

189

Ela correspondeu ternamente ao beijo. Nada de morder, nada de disputar o controle. Apenas a língua dela encontrando a dele, deixando-o ir aonde ele quisesse. Deixando-o tirar vida de dentro dela.

– Archer, me leve para a cama – sussurrou ela.

Ele a levantou de seu ninho de papéis e a carregou pelas escadas até o quarto dele.

Lentamente, ele a despiu. Sem pressa.

Quando ia tirar as próprias roupas, ela o impediu. Retirou a camisa dele por cima da cabeça e a deixou cair no chão, sem parar para se preocupar com suas cicatrizes. Sem uma pergunta sequer, arrastou o cordão de couro do pescoço dele e o deixou cair também. Apenas largou tudo em uma pilha desordenada e o puxou para a cama.

Ele desceu sobre o adorável corpo dela iluminado pela lua.

E, quando ela o tomou em seus braços, Archer desejou a sensação de sua pele com uma ferocidade que o assustou.

Capítulo vinte e dois

Archer esperou até o café da manhã para convidá-la a seu escritório administrativo. Após ela ter beijado timidamente sua testa e deixado seu quarto para se vestir. Após ele ter entrado em seu escritório e descoberto que ela havia arrumado a bagunça e colocado os retratos de sua família em um lugar de destaque na lareira.

Quando ele a ajudou a descer da carruagem na Threadneedle Street, começou a se sentir inseguro. Queria muito fazê-la feliz com aquele gesto. Mas ter uma mesa em uma empresa de investimentos não era o sonho de felicidade conjugal da maioria das mulheres.

Ainda assim, gostou de levá-la até lá, passando por salas do térreo que vibravam com conversa e tilintar de porcelana fina. Embora Archer fosse conhecido como investidor, seu negócio se baseava em acumular informação. Seus administradores faziam o trabalho de oficiais de inteligência, cultivando redes cujo conhecimento podia ser costurado para fazer previsões sobre oferta, demanda e preço. Ao longo dos anos, ele e os sócios aperfeiçoaram essa arte, trabalhando metodicamente suas fontes para revelar um mapa oculto de mercados – serragem, porcelana, madeira, minério – que outros não conseguiam ver.

Tinha orgulho do que construíra ali. Muitos de seus administradores haviam começado como aprendizes e se tornaram figuras poderosas. Com o apoio de Archer, fizeram fortuna e empregaram centenas de pessoas. E a firma arrecadara dividendos e usara o talento deles para se expandir.

Ele levou Poppy para o último andar do prédio, onde cada um de seus administradores mais graduados tinha uma mesa própria. Guiou-a até uma mesa vazia no canto mais ensolarado da sala. Atrás dela havia um mapa da Inglaterra pontilhado de alfinetes em cores diferentes.

– O que é isso?

– Seu presente de casamento, Cavendish.

Ela sorriu. Sorriu de verdade.

– Minha própria mesa. E, olhe, você se deu ao trabalho de decorar – disse ela, indicando o mapa.

Seu prazer genuíno quase o deixou tímido.

– Os alfinetes indicam os hortos do sudoeste da Inglaterra. As linhas azuis são hidrovias. Os pontos pretos são portos. Com base em nossa pesquisa, a região mais adequada para instalar um horto comercial seria a oeste de Londres, perto do grande alfinete vermelho, em Hammersmith. Fizemos algumas averiguações e encontramos um terreno de 80 hectares com acesso ao rio.

– Fez um excelente apanhado, Vossa Graça. Vou pesquisar mais a respeito.

Ele tirou a escritura do bolso e a entregou à esposa, nervoso como um garoto.

– Não é preciso. É seu.

Poppy correu os olhos pelo texto.

– Meu?

Ela o encarou de forma estranha. Talvez Archer tivesse exagerado.

– Isto é, se você quiser. Não quero me intrometer nos seus assuntos. Mas, se você espera que eu construa um horto até o inverno, vamos precisar de um lugar onde construí-lo.

O rosto dela se abrandou e ele sentiu vergonha por ela ter percebido seu nervosismo.

– Estou comovida. Não sabia que havia prestado tanta atenção aos detalhes dos meus projetos.

– Bem, Cavendish, um homem de negócios inteligente sabe que, quando uma mulher está tão obcecada com uma ideia a ponto de cair do cavalo, vale a pena investigar mais.

Ela riu.

– Obrigada. Você é muito atencioso.

– Há mais uma coisa. A propriedade veio com uma casa. Está em estado razoável de conservação, mas é muito bonita. Pensei que você poderia preferi-la à casa da cidade.

Uma expressão estranha cintilou por trás dos olhos dela e o prazer neles desapareceu.

– Ah – foi tudo o que ela disse.

Santo Deus, manter a aprovação dela era uma tortura. Archer esperava que Poppy ficasse contente, dada a óbvia antipatia dela pela casa em Hoxton.

– Você gostaria de ir ver? – ousou dizer, mesmo assim.

– Agora?

Ele assentiu.

Poppy tentou esconder a apreensão enquanto Archer a guiava através da multidão de homens que carregavam mercadorias até as barcaças e desciam a trilha estreita para o seu cais.

– O rio é a maneira mais rápida de ir para o oeste – explicou ele, ajudando-a a subir em seu barco. – E pensei que você poderia apreciar a vista.

Ela nunca tinha estado num barco. Esse era tão requintado quanto uma carruagem, laqueado de preto com belos detalhes prateados e madeira muito polida.

Archer passou o braço ao redor de seus ombros.

Poppy quase chorou. Depois da maneira como ele fizera amor com ela na noite anterior, tivera certeza de que não estava imaginando que ele se importava com ela. No entanto, ali estava ele, tornando oficial a distância entre os dois ao instalá-la numa casa separada. Ela não deveria se surpreender. No dia anterior, ele praticamente dissera que esse era seu plano. Ainda assim, ela sentia uma pontada de dor.

Os remadores reduziram a velocidade do barco diante de um portão alto de ferro construído ao longo da margem do rio.

– Um embarcadouro próprio – disse Archer. – Você não precisará pagar pelo acesso ao porto. E podemos construir um armazém aqui. Já cuidei para que nosso melhor construtor esteja disponível.

Ela tentou sentir algum entusiasmo, mas mal conseguia se concentrar, porque seu coração tinha pelas plantas um amor tão forte e tão duradouro que não estava acostumado a surtos violentos de emoção.

Somente quando eles desembarcaram e ela viu o terreno seu humor melhorou. A faixa de terra vazia não se parecia em nada com Londres.

A grama era verde e subia até os joelhos. Poppy tirou uma luva e enterrou os dedos no solo. Ele se soltou facilmente, escuro e espesso, com raízes e fungos. Minhocas se contorceram no buraco que ela fizera, um sinal auspicioso de que as árvores iriam crescer.

De repente, ela pôde *ver*. O terreno inclinado onde ela construiria jardins murados, os locais para os barracões de jardinagem, os galpões para florescimento forçado, um arboreto. Caminhou mais para dentro da propriedade, imaginando como ficaria fervilhando de construtores e pedreiros, zumbindo com o trabalho de jardineiros contratados lavrando o solo para preparar o primeiro plantio.

Ela havia tomado a decisão certa.

Seu sonho se tornaria realidade. Ficou ansiosa por começar o trabalho. Passou rapidamente pela propriedade, fazendo planos. Quase esqueceu que Archer estava com ela até que ele bateu em seu ombro e apontou o caminho para a casa. Através de um arvoredo, via-se uma grande construção no estilo das vilas italianas se erguer perto de um jardim tranquilo e bonito ainda colorido com as flores desbotadas de agosto. Construída naquela porção de terra ainda sem cultivo e envolta em seu agradável jardim, parecia a Poppy um pedaço de seu amado campo. Se não fosse pela brisa almiscarada do rio, o lugar poderia ser Bantham Park.

Mesmo assim, ela não o queria.

– Gostaria de olhar por dentro? – sugeriu ele.

Na verdade, não.

Entretanto, ela assentiu.

Archer a levou por cômodos amplos e arejados abençoados por tetos altos e linhas agradáveis, mesmo que a tinta estivesse descascando. Ela tentou admirar o gesso decorativo, o canto dos pássaros que vinha do jardim, o ar puro e a luz forte. Mas tudo em que pensava era o tamanho. Dificilmente poderia imaginar como suportaria viver ali sozinha.

– Há espaço suficiente para você conduzir seus negócios daqui, se quiser – disse Archer, sorrindo como se fosse uma excelente notícia.

Ele estava certo. Ainda assim, tudo o que o coração dela ouviu foi a palavra "você", em vez de "nós". Ele, a quem seu coração desejava, contra todo o seu bom senso, não estaria ali.

– Gostou? – perguntou Archer quando chegaram ao maior quarto do andar de cima.

– É linda.

Ele devia ter percebido a nota de tristeza em sua voz, pois inclinou a cabeça para ela.

– Quando a vi, pensei que lhe convinha. Me lembrou da sua casa.

A doçura do sentimento foi como uma punhalada. Ela se virou de costas para ele.

– Nós podemos reformá-la para que fique como você quiser.

– Gosto dela como está.

– O que há de errado? O que você não está me dizendo?

– Só que você é muito gentil e eu sou muito grata – disse ela, lutando para conseguir um tom alegre.

Dizer algo mais só iria prejudicar as coisas. Era ela quem continuava se permitindo confundir a bondade dele com algo mais. Archer sempre fora claro sobre o que queria.

No corredor, Poppy notou uma porta que ainda não tinham explorado.

– O que há por ali?

– O sótão – disse ele.

– Será que é úmido demais para armazenar sementes?

Ela abriu a porta e encontrou uma escada iluminada por claraboias e pintada em tons pastel com cenas de contos de fadas. No topo dela, havia um aposento iluminado pelo sol, cheio de brinquedos de madeira e camas pequenas: um quarto de crianças.

Ela se voltou para olhar para Archer, mas ele não a seguira pelas escadas. Esperava no patamar, batendo os dedos no corrimão, com o rosto perturbado.

– É um quarto de crianças – informou ela. – Lindo.

– Sim – disse ele, como se a esposa tivesse descoberto algo que ele preferia que ela não tivesse visto.

– Você o chamou de sótão.

Archer a encarou.

– Eu ia pedir ao arquiteto que mudasse o quarto de crianças para baixo – explicou ele, por fim. – Eu nunca conseguiria dormir com elas indefesas lá em cima.

Foi a vez de Poppy olhar fixamente para ele.

– Em caso de incêndio – prosseguiu Archer, falando baixo.

Ele não queria deixá-la ali. Queria viver ali *com ela*. Naquela casa linda, enorme e romântica.

Onde ele poderia garantir a segurança dos filhos no quarto enquanto dormiam.

As crianças que ele afirmava não significarem mais para ele do que tinta nas páginas de um contrato.

A solidão dela se transformou em algo mais forte, mais intenso, mais parecido com raiva – de si mesma, por ter se deixado comover por ele, e dele, por oferecer gestos que significavam tudo e insistir que não significavam nada.

Arranjos cordiais de negócios não eram assim. *Arranjos cordiais de negócios* não faziam uma pessoa sentir como se seu coração estivesse na garganta, impedindo a respiração.

Poppy se apoiou na porta.

– *Ah!* – exclamou.

⟿

– Ah – disse Poppy, olhando para ele de forma estranha.

Archer passou seu peso de um pé para o outro e desviou o olhar dela, odiando que ela o visse sentindo-se daquele jeito.

Ela fez um som esquisito com a garganta. Soou como... *riso*.

Ele ergueu os olhos. Poppy encostara a cabeça na parede, com os olhos fechados. Parecia estar se divertindo com algo em particular, até que começou de fato a *vibrar* de diversão, ainda que em silêncio, diante do aparente absurdo do que ele acabara de admitir.

Ele a observou boquiaberto e incrédulo.

Algo naquele quarto infantil o dilacerara quando ele o vira. Uma parte de Archer era incapaz de entrar naquele cômodo e pensar apenas em "herdeiros". Ele pensara em "família". Em como seria ter uma. Com Poppy.

Não queria pensar nisso. Torcera para que a esposa não notasse a porta do quarto de crianças.

Claramente, tinha sido tolo ao supor que ela pudesse notar a esperança e o medo que o dominaram diante da ideia de algo tão frágil criando raízes ali.

Poppy não tinha notado nada. Ele falara em incêndio e ela *rira*.

– Posso perguntar o que achou tão divertido?

Ela abriu os olhos. Não havia diversão neles.

– Só que acabei de perceber que você também pretende morar aqui.

Ele a fitou incrédulo.

– Essa *é* tradicionalmente a maneira como o casamento é conduzido – ressaltou ele, sem se preocupar em disfarçar o tom cortante.

– Talvez. Mas não temos um casamento tradicional. Ou pelo menos é o que você insiste em afirmar.

Archer estava farto daquilo.

– Eu insisto em nada mais do que aquilo com que você concordou.

– No entanto, estou confusa com o que exatamente você quer de mim. Quer fazer amor na chuva, mas me repreende por fazer perguntas sobre sua saúde. Diz que não somos mais do que sócios educados e que não terá interesse em seu herdeiro, mas ainda assim deseja viver comigo em uma casa adorável, com imagens de fadas no quarto de crianças. Perdoe-me, Archer, se eu achar que a sua noção de acordo de negócios é enlouquecedora.

– Enlouquecedora. Peço desculpas, realmente, Poppy. No entanto, não consigo ver o que você acha tão difícil de entender. Eu lhe disse que tentaríamos conceber uma criança e temos feito isso. Eu lhe disse que lhe daria as condições de construir o negócio que você deseja e tenho feito isso. Se minhas tentativas de cumprir esses compromissos com alguma preocupação pelo seu prazer e conforto forem *loucura*, eu as deixarei de lado imediatamente. Você tem a minha palavra.

Ele era um homem de 34 anos, mas deu meia-volta e desceu as escadas num ato pueril.

Enlouquecedora… *Ela* era enlouquecedora.

Ele passara dias pisando em ovos por conta da infelicidade dela, dedicara semanas a vasculhar metade do país para encontrar o presente certo para ela, deixando sua equipe desesperada com exigências para obter informações sobre o comércio hortícola e a economia agrária. Passara a noite em claro naquela pousada no fim do mundo rasgando-se de culpa por magoá-la, mais ainda por não ser capaz – ainda que isso o envergonhasse – de se livrar da lembrança de como seus corpos se encaixavam, por estar obcecado pelo gosto do seu corpo, pelo som que ela fazia ao alcançar o clímax, pelo momento em que ela se afundara em seu membro, mordera seu polegar e arrancara a própria vida dele.

E então viera a noite anterior.

Ele estava, de fato, *louco* por ela. Doente e tolo por ela.

Tinha que parar com isso.

Precisava traçar um limite.

Deveria ter seguido seus planos para a noite anterior.

Deixara que a ameaça dos boatos o acovardasse.

– Levem Sua Graça para casa no barco – instruiu ele ao arquiteto que aguardava no andar térreo com um assistente. – Tenho negócios a resolver em outro lugar.

Ele percorreu o caminho do campo a passos largos até a rua mais próxima e fez sinal para uma carruagem de aluguel.

– Charlotte Street – ordenou.

Sentou-se no veículo escuro e fechou os olhos, imaginando Elena com seu vestido preto, uma sobrancelha arqueada ao vê-lo em tal estado à luz do dia, sem hora marcada e com a ameaça dos boatos que circulavam. Como ficaria furiosa. O que faria com ele.

Seu membro se agitou e ele o agarrou através da calça e jogou a cabeça para trás de tanta expectativa. Era disso que precisava. Cerrou o maxilar e se tocou. Ah, o alívio que sentiria, depois de semanas negando-o a si mesmo… O prazer puro e estimulante. Sem aquele ato, seu controle sobre si mesmo estava se perdendo. Ele vinha se tornando desgraçadamente *piegas*.

O rosto de Poppy invadiu seus pensamentos. A jovem e inocente esposa planejando seus negócios com tristeza na linda casa onde o marido a deixara enquanto ele se tocou com frenesi numa carruagem de aluguel imaginando o estalido do couro nas próprias costas.

Não importa. Ele havia lhe prometido uma estufa e um navio – não a lealdade de seu corpo. Não o seu eu mais íntimo e privado.

Claro que importa.

Ele afastou as mãos da virilha bruscamente e as cravou nos cabelos. Queria arrancá-los do crânio. Queria gritar de frustração.

Em vez disso, enfiou o braço para fora e bateu na lateral da carruagem.

– Mudança de endereço. Threadneedle Street.

Capítulo vinte e três

D ez minutos.

Por dez minutos ela vagara pela casa vazia à procura do marido. Por dez minutos espreitara pelos corredores e closets, até que, por fim, percebera que *ele a tinha deixado ali*. Era uma atitude indigna, confirmada pelo acanhamento do arquiteto e de seu assistente, que esperavam na sala de estar, onde, sem dúvida, passaram dez minutos ouvindo-a gritar o nome de Archer, incrédula.

– Sua Graça pediu-me que a levasse para casa em seu barco – murmurou o Sr. Partings, ruborizado.

– Entendo – disse ela.

E entendia. Finalmente.

Nos olhos daquele homem, viu o papel patético de mulher abandonada que estava fazendo. Um objeto de piedade. A duquesa de Westmead, mais uma vez, destruída.

Enxergou aquela mulher e se viu farta dela.

Porque a bem-vestida duquesa de Westmead era uma criatura insuportável. Poppy não aguentava mais aquela dama de sentimentos sempre feridos e acessos de um maldito *desejo* não correspondido.

Poplar Elizabeth Cavendish não se comportava daquela maneira. Poplar Elizabeth Cavendish não tinha paciência para damas que agiam de forma tola e nutria um profundo desprezo pela vulnerabilidade feminina diante dos homens.

Poplar Elizabeth Cavendish era inteligente o bastante para reconhecer que Westmead não era nem seu amigo nem seu aliado. Ele era apenas seu *marido*. Essa era a natureza de sua ligação. E, de alguma forma, ela havia deixado esse fato escapar mesmo sendo uma botânica tão habilidosa.

Na estufa não havia romance no ato de reprodução. Ela não ficava com os olhos rasos d'água ao tirar o pólen de um estame e aplicá-lo em um pistilo com seu pincel. Cruzavam-se dois espécimes saudáveis para produzir um terceiro. Fora isso que ele lhe pedira. Por que ela se permitira imbuir o ato de tanta tensão, não sabia dizer.

Exceto pela história que as camponesas ignorantes de sua terra às vezes contavam sobre um duende que espreitava em encruzilhadas arborizadas e oferecia riquezas pela alma de uma donzela. Havia muitas versões dessa narrativa, mas a moral era sempre a mesma: as tentações que o homem oferecia eram a danação disfarçada.

Em outras palavras: ela deveria ter sabido.

Por isso, assim que voltou para a casa na cidade, marchou para o andar superior, convocou uma criada e se livrou de seu rígido vestido Valeria Parc, com suas armações, seus bordados e espartilhos sufocantes.

– É um vestido tão bonito, Vossa Graça! – disse a criada com entusiasmo.

– Gostou, Sophie? Por que não fica com ele?

– Mas a senhora só o usou uma vez. Eu tirei da caixa esta manhã.

– Acho que não combina comigo.

Poppy foi até os fundos do quarto de vestir e revirou um baú. Ali estava ele. Musselina cinza com uma bainha remendada. Seu favorito.

Uma vez vestida, foi para o escritório e sentou-se à mesa do marido. Fitou seus papéis tão ordenados e o caro conjunto de escrita. Empurrou-os para o lado e sorriu enquanto caíam no chão. Então colocou seu livro-razão esfarrapado à direita, sua correspondência comercial à esquerda e uma pilha de páginas em branco no meio.

E Poplar Elizabeth Cavendish começou a trabalhar.

Se havia de fato vendido sua alma, pretendia conseguir o que lhe fora prometido em troca dela.

O duende que fosse para o inferno.

⁓

Archer subiu as escadas de casa à meia-noite, tendo trabalhado no escritório administrativo até que se tornasse menos provável que o calor em seu sangue pudesse queimar os transeuntes. Pretendia ficar acordado pondo em ordem seus bens de Westhaven até tão tarde quanto fosse necessário para alcançar um estado de calma que lhe permitisse dormir.

Contudo descobriu que isso seria impossível. Porque sua esposa estava no escritório ocupando a mesa dele, sobre a qual causara uma desordem tão grande que se comparava ao caos primordial.

– O que está fazendo aqui? – perguntou ele, em um tom que não era civilizado.

Ela o encarou como se estivesse irritada com a intrusão dele no *próprio* escritório em sua *própria* casa.

– Trabalhando.

– Não lhe dei permissão para se apoderar de minha escrivaninha – rebateu ele rispidamente. – Nem a convidei a usar meu escritório. Esta casa tem muitos cômodos vazios. Escolha um.

– Não creio que eu tenha *pedido* permissão, Vossa Graça – ressaltou Poppy, insensível à agressão dele. – E não tem o direito de gritar comigo. Vá embora.

Ele observou a esposa, tão serena naquela desordem. Então notou papéis aos pés dela.

Ela havia empurrado os papéis dele para o chão.

Todo homem aspirava a ser racional e sensato. Ele aspirava a cumprir suas responsabilidades, a guiar sua família. Para alguns, talvez, isso acontecesse de forma natural. Para ele, demandava muito rigor.

A esposa podia até zombar de suas pilhas de papéis, de suas listas e cálculos. Mas essas coisas nunca lhe falharam. Sempre provavam que o tumulto podia ser resolvido impiedosamente, até que fosse trazido à ordem. O controle era o único antídoto para a força indecorosa e caótica da paixão.

O que era o motivo de ele, aparentemente, não conseguir pôr de lado o tom ameaçador ao falar naquele momento com ela.

– Na verdade, eu sou seu marido. Tenho *todo* o direito de gritar com você ou fazer o que quiser. Como certamente sabe, dada a sua incomum familiaridade com a lei.

O queixo dela, de alguma forma, encontrou uma maneira de parecer ainda mais desdenhoso do que o habitual.

– Ah, sim. Há tantos meios de proteger a autoridade masculina. A lei... herança... – disse ela com um suspiro, depois estendeu o braço por cima da escrivaninha e bateu com um único dedo desdenhoso no peito dele. – *Demonstrações brutais de força*. Nós, mulheres, não temos meios tão fáceis. Devemos confiar apenas em nossa inteligência. Então, por favor, Archer, invoque a lei se ela lhe traz conforto. Mas faça isso estando ciente de quanto você se revela fraco.

Ela sorriu para ele de forma serena e retomou a escrita de uma carta.

Ele tentou uma tática diferente.

– Deixe a minha maldita mesa e vá para a cama, Poppy! – gritou.

Como uma gata, ela sorriu.

– Não estou *cansada*, Vossa Graça.

Se ela queria provocá-lo, tinha escolhido a noite errada para testar do que ele era capaz.

Sabia que as pessoas o descreviam como presunçoso, esnobe e tirânico. Sorrira ao descobrir isso, porque significava que sua tática estava funcionando. Significava que as barreiras que ele tinha construído dentro de si para controlar seu temperamento eram fortes, ainda que parecessem despretensiosas. A verdade era que *não* lhe faltavam sentimentos. Ele os tinha de sobra. Ser o inabalável duque de Westmead era um grande esforço. Não havia nada fácil nisso.

E ele se permitia uma libertação desse esforço em uma casa na Charlotte Street onde podia, finalmente, abandonar as exigências da autoridade e a farsa do autocontrole. Onde podia abandonar seu próprio eu e ser usado da maneira cabível. Sem esse alívio, seu verdadeiro eu transbordava – todo desordem, sentimento e tristeza.

E, às vezes, como naquela noite, vinha a ira.

– Se não está cansada, acredito que tenha deveres a cumprir – disse ele, sabendo que se comportava de maneira vil, mas não se importando. – Venha para a cama.

Poppy estendeu a mão e passou um dedo pela face dele. Seus olhos estavam frios.

– Ah. Quer reivindicar seus direitos conjugais? – falou, sorrindo com falsa simpatia. – Suponho que eu também ficaria ansiosa para garanti-los se tivesse que pagar tão caro pelo que homens decentes podem conseguir simplesmente pedindo.

Ele se aproximou.

– Já tentei a abordagem de "fazer amor", caso não se lembre. Minha esposa alegou que não tem gosto por isso.

Ela ergueu uma sobrancelha.

– A julgar pela natureza do livro que encontrei em seu escritório em Westhaven, valeria questionar se você mesmo tem gosto por isso.

Ele congelou. Sabia exatamente a que livro ela se referia.

Pensar nela lendo-o fez seu membro despertar de imediato. Assim como a raiva por ela, mais uma vez, *meter o nariz em seus assuntos privados*.

Ele se inclinou de modo que o rosto ficou a apenas alguns centímetros do dela.

– Cuidado com o que pode descobrir, Poppy. Não posso prometer que meus gostos se limitem aos livros.

Ele esperou que ela lhe perguntasse o que ele queria dizer com aquilo. Mas Poppy apenas esboçou aquele seu sorriso felino.

– Ah, é por isso que teve que comprar uma duquesa? Ninguém mais iria querê-lo?

Ela o estava provocando. E estava funcionando.

– Se bem me lembro, eu a salvei da ruína quando poderia ter escolhido uma dama decente *de verdade*. Não esta "perturbação" – falou ele, correndo a mão pela guarnição de renda desbotada do vestido dela e deixando que o polegar se demorasse cruelmente na carne acima dos seios dela.

A expressão de Poppy ficou tão sombria que ele achou que seria esbofeteado.

Em vez disso, ela soltou uma risada sem alegria, como se achasse ridículas suas tentativas de crueldade.

– Ah. O homem galante. Que *heroico*.

Ela contornou a mesa até ficar no mesmo nível que ele e sorriu.

– É isso que precisa me ouvir dizer para garantir sua virilidade? Que senhor forte e *temível* você é? É isso que sempre quis, Vossa Graça?

Ela deslizou a mão até a ereção nas calças dele.

– Ah, meu Deus, posso ver que está funcionando. Está tão empolgado que não sei se teremos tempo para chegar até a cama.

Eles se encararam fixamente. Os olhos dela brilhavam de desafio. Ela esperava que ele negasse. Que se desculpasse. Que recuasse.

Archer não o faria.

Afastou as coxas, deixando sua ereção bem clara.

Se ela queria a verdade, poderia tê-la. Nada o deixava mais excitado do que uma mulher que o via como o infeliz que ele era.

Poppy se abaixou e tomou a aba de abertura das calças em ambas as mãos. Sem deixar de fitá-lo, ela sorriu. Então a rasgou.

Pequenos botões se espalharam silenciosamente pelo chão. Foi o único som no aposento além daquele que indicava o fim do jogo: o gemido de Archer.

Ela sorriu de forma afetada e fechou sua mão em torno do membro dele.

– Suspeito, Archer – disse ela, correndo a mão ao longo de seu comprimento –, que esteja prestes a se envergonhar por me querer tanto.

Era uma ideia tentadora.

– Você quer, não quer? – perguntou ela, provocando-o com carícias longas e fluidas. – Quer se aliviar aqui mesmo, sobre seus preciosos papéis.

Ela passou o polegar pela ponta, onde, de fato, a probabilidade de tal evento foi pressagiada por um breve derramamento de excitação masculina.

– Por outro lado, isso violaria os termos do nosso acordo, não é verdade, Vossa Graça? Não foi por isso que me *salvou*? Porque sabia que eu era versada em sementes?

Enquanto dizia isso, Poppy erguia suas saias.

Ela o empurrou para trás, de modo que ele não ficou apenas encostado na mesa, mas foi jogado em cima dela.

Poppy estendeu as coxas de Archer para se apoiar e se posicionou acima dele, seu sexo a apenas um milímetro de distância do membro dele.

Ela podia *farejar* o quanto ele queria aquilo? Podia *ler a mente* dele?

– *Ahhhhh!* – gritou ele, porque tinha que fazer algo para não gozar só de *pensar* no que estava acontecendo.

Ele se arqueou para senti-la com seu membro. Mas ela foi mais rápida, saltando para fora de seu alcance.

– Se você quer, implore.

– Por favor – disse ele, louco de desejo.

– Por favor o quê?

– Por favor, *me deixa te comer*, Poppy.

Ela ajustou o membro dele até que o ângulo lhe agradasse.

E então, como tinha feito uma vez na banheira que ocupava um lugar entre as melhores lembranças dele, ela afundou o quadril e o levou para dentro de si.

Foi quando Archer percebeu que havia mais nela do que ela deixava transparecer. Porque ela estava tão molhada que poderia ter passado horas sentada à mesa dele se tocando e imaginando usá-lo exatamente como fazia naquele momento.

Ela estava *gostando*.

E, assim, ela ganhou o jogo. Pois isso foi suficiente para ele explodir dentro dela com apenas uma estocada profunda.

– *Ahhhh!* – gritou ele de novo e bateu na lateral da mesa com toda a força. – *Aaaahhhhhh!*

Poppy não o libertou.

– Não se mexa.

Ela levou a mão debaixo do vestido para se tocar e se balançou contra ele com força até que, com um soluço trêmulo que ressoou pela casa silenciosa, ela o travou dentro de si.

Ela escorregou para sair dele e, com toda a cerimônia, endireitou o vestido enquanto ele continuava deitado, ofegante e paralisado.

– Pode pegar sua mesa de volta, Vossa Graça – disse ela. – Já a usei para o que queria.

~~~

Poppy deixou o marido esparramado na escrivaninha e caminhou às cegas até o quarto, onde trancou a porta e ficou em choque com o que tinha acabado de acontecer. Com o que ele tinha lhe dito. Com o que ela fizera com ele. Como ele ansiara por aquilo. E ela também.

Entorpecida, tirou a roupa e foi para a cama.

O duque de Westmead se mostrava austero e retraído desde que ela o conhecera. Seu modo de agir era firmemente controlado.

Só naquela primeira noite em que ele a tocara, em seu escritório, o vira vacilar. Mesmo ao lhe contar sobre a esposa e o filho, ele lutara tanto para manter o autocontrole que a dor tivera que sair dele numa explosão incontrolável.

Agora a máscara finalmente caía.

Esta noite ele fora obsceno. Desrespeitoso. Mesquinho. Ele merecera o desprezo que tinha recebido.

E, se ela não estava enganada, ele gostara da punição.

Ele lhe dera uma pista. Mais um vislumbre de algo que ele mantinha escondido. Uma sombra nele que se comunicava com algo igualmente obscuro nela. Uma parte de Poppy que esperara a vida toda para ver as ilustrações daquele livro, porque respondiam a instintos seus em que não confiava e que sequer entendia.

Eles não podiam continuar assim.

Porque a obscuridade daquela cena era odiosa. E a natureza de seus prazeres era agitada e raivosa.

As palavras que ele lhe dissera foram cruéis.

As coisas que ela fizera a ele foram insultuosas.

E nada disso pareceria tão importante se não fosse sintoma de uma guerra amarga que ela estava perdendo.

O fato de ela ter *gostado* a fez sentir-se sozinha e com medo. Ela ansiava por bater à porta dele e pedir desculpas. Enroscar-se ao lado dele no escuro e dizer que estava arrependida, confusa e triste, e perguntar-lhe o que significava aquela cópula e por que seu casamento *feria* tanto.

Não podia imaginar o que ele diria.

Eles já tinham falado demais. O que quer que fosse essa coisa estranha entre eles, conversar serviria apenas para piorar a situação.

Apesar de tudo isso, Poppy começou a se tocar enquanto pensava no tremor que sentiu quando o agarrou. Na centelha sombria, selvagem e primitiva que ela nunca tinha visto e que cruzara os olhos dele.

Revendo essa cena em sua cabeça, ela se satisfez mais duas vezes antes de dormir.

E, quando acordou, duas palavras queimavam sua mente como um farol visto do mar agitado, a única esperança de salvação.

Nunca. Mais.

Capítulo vinte e quatro

Londres
5 de dezembro de 1753

— Minha irmã e os Rosecrofts voltaram de Paris – disse Archer à esposa em uma fria manhã de dezembro, quando compartilhavam uma carruagem até o escritório administrativo.

Poppy ergueu os olhos da carta que estava lendo.

– Que bom. Quando os veremos?

– Hilary está ocupada acomodando a família, mas convidei Constance para jantar em Hoxton esta noite.

Ele parou, pois tinha aprendido a tomar cuidado para não fazer suposições sobre o tempo livre dela.

– Eu ficaria muito feliz se você pudesse se juntar a nós.

– Sim, estou ansiosa por isso. No entanto, preciso acompanhar as obras em Hammersmith esta tarde e não estarei de volta a Londres até a noite. Não esperem por mim. Vou arranjar um transporte separado para casa.

A carruagem parou na Threadneedle Street. Archer ajudou Poppy a descer, o toque de sua mão apenas uma leve pressão de carne contra carne. Mera cortesia. Educado.

– Tenho uma reunião no Parlamento agora – disse ele.

Ela sorriu.

– Desejo-lhe boa sorte.

Ele a observou entrar, amaldiçoando a si mesmo por ter permitido que as coisas chegassem àquele ponto: tão escrupulosas e irremediavelmente *educadas*.

Tudo começara na manhã seguinte àquela noite que havia destruído seu casamento em dois atos separados.

Ele acordara com o medo amorfo e incômodo de que costumava sofrer depois de noites de bebedeira na juventude. Demorou um longo e atordoante momento para que a lembrança do que acontecera na noite anterior se juntasse à sensação em seu peito de que tinha sido indecente. Quando isso aconteceu, ele despertou de forma completa e violenta. Sem apetite para o café da manhã.

Ele se vestira devagar naquela manhã, tomando o cuidado de colocar o duque de Westmead novamente em ordem. Tinha se demorado, ganhando tempo ao se barbear, reunindo coragem para revelar a decisão que tomara enquanto estava deitado na cama na noite anterior, tremendo com o peso do que acontecera.

Ele seria honesto com a esposa.

Iria confessar.

A única questão era *como*.

Deveria começar pedindo desculpas por não controlar o próprio temperamento, por contaminar seus desejos e por insultá-la. Ele *odiava* ter se comportado daquela forma. *Odiava* o que tinha dito na noite anterior. Os atos consequentes de sua falta de postura foram um escárnio do que ele realmente queria.

O que ele queria não era colérico. Era tão terno quanto impiedoso.

Iria explicar seus gostos e o que significavam para ele. Reconheceria que eram considerados estranhos e deveriam ser praticados com discrição. Descreveria os prazeres possíveis entre dois amantes que entendiam as necessidades e os limites um do outro.

Ele se desculparia por esconder o que desejava e por pretender continuar com isso sem o conhecimento dela. Admitiria que sempre fora um conforto para ele ter o ritual realizado por uma profissional em troca de pagamento e que tudo fosse mantido estritamente separado do restante de sua vida, porque ele não podia suportar ser tão vulnerável diante de alguém com quem se importava profundamente. Ele imaginara que permitir à esposa conhecer sua alma tão intimamente seria insuportável.

Porém ele estava errado.

Porque, quando olhava para Poppy, não conseguia separar seu corpo de seu coração.

Queria confiar nela com todo o seu ser, se ela o aceitasse.

E queria todo o ser dela em troca.

Poppy não era obrigada a dá-lo. Archer deixaria isso claro. Ela não precisava compartilhar suas predileções. Não lhe devia *nada*. Mas, caso ela lhe desse seu coração, ele o guardaria como um tesouro, independentemente do que ela decidisse.

Ele pegara a chave de Elena que estava ao redor de seu pescoço e a colocara no bolso. Contaria à esposa o que era aquilo. E, se ela quisesse essa parte secreta dele, também poderia tê-la.

Tinha endireitado os ombros, respirado fundo e descido as escadas até a sala de café da manhã, sentindo que poderia vomitar de puro nervosismo.

Contudo não encontrara Poppy em seu lugar habitual à mesa.

Gibbs informara que ela havia se levantado cedo e saído.

Archer se dirigira para o escritório administrativo sentindo-se nauseado. Ficara aliviado ao encontrar a esposa lá, sozinha, muito concentrada em sua mesa. Enquanto ele estava lá, segurando a chave e tentando pensar em como começar, ela olhara para ele com seus olhos verdes vidrados e o rosto, a imagem de desespero.

– Ontem foi um erro – dissera ela, serena e educada. – Eu lamento muito. Espero que concorde que é melhor esquecer.

Ele ficou estagnado, atingido por uma mudez temporária.

– Você tinha razão ao sugerir que mantivéssemos certa distância – acrescentara ela. – Eu não deveria tê-lo desafiado nesse assunto. Não vou me intrometer na sua privacidade de novo.

Ela voltara ao trabalho, sem se preocupar em erguer os olhos quando ele por fim murmurara um nebuloso "É claro" e fora embora.

Archer devolvera a chave ao cordão ao redor do pescoço. E, se naquele momento ele se sentira um covarde, à tarde estava grato por ela ter se pronunciado antes que ele revelasse a profundidade do seu erro de julgamento. Antes que ele tivesse destruído a maneira como Poppy o via.

Eles voltaram para casa juntos numa carruagem, muitas horas mais tarde, e foram educados. Jantaram e falaram sobre o horto, sempre formais. Ela se retirara cedo para o próprio quarto, tediosa e insuportavelmente cortês.

Os dias se passaram com a mesma formalidade. A noite que tanto os havia abalado não era mais mencionada. Mas, maldição, ela era *sentida*.

Pois, quando o outono deu lugar gentilmente ao inverno e o ar se tornou inoportunamente frio, eles ainda não haviam se recuperado dela.

Poppy se mantinha calada e séria, por mais que Archer tentasse consertar a fissura entre eles. Ela trabalhava desde o nascer do sol até tarde da noite no escritório administrativo, ganhando influência e respeito entre os arquitetos e construtores que trabalhavam sob sua direção. À noite, escrevia para jardineiros e botânicos de todo o mundo, detalhando seu projeto de aquisição de cotas entre hortos. Ela pouco dizia a Archer sobre seu trabalho ou suas ideias, exceto quando desejava entender algum detalhe sobre finanças. Contratos. Seguros. Risco. O conhecimento dele sobre esses conceitos e seus conselhos sobre como executá-los da melhor forma era tudo o que ela lhe pedia.

E o que ele lhe pedia era, uma ou duas vezes por semana, permissão para se juntar a ela em sua cama. O ato era tão breve e embaraçoso quanto tal intimidade poderia ser. Uma transferência das sementes dele para ela. Educada. Isso o enojava. E, apesar de tudo, não vingava.

Ele havia conseguido seu casamento de conveniência. Agora via que era um tolo por tê-lo desejado. Sentia falta de Poppy, do companheirismo que eles haviam compartilhado.

Fizera tentativas de reconquistá-lo, quando podia tirá-la do trabalho. Ele a levara à ópera, ao teatro, a Vauxhall Gardens e para passear a cavalo em Rotten Row. Ela fora atenciosa, mas irredutível. Ele a levara às compras, às elegantes arcadas ao longo da Lombard Street e às barracas animadas de Cheapside. Ela comprara nada mais do que plantas.

Sua casa – que antes era apenas um lugar para trabalhar e dormir – vicejava de plantas. Vasos e jarras de flores apareciam de repente, como ervas daninhas que brotavam da terra depois de uma chuva, tornando cada aposento uma natureza morta holandesa. Seu escritório acumulava pilhas de livros sobre botânica, pedaços de giz usados para fazer esboços de jardins tarde da noite e pequenas tigelas de frutas cítricas que exalavam um aroma agradável. Ele começara a encontrar flores prensadas entre as páginas de seus livros.

Era grato por essa invasão. A presença dela em sua casa era como a de Perséfone no submundo, uma luz na escuridão. O que fazia dele seu Hades, que a convencera a estar ali contra a sua vontade e a assediava com sementes de romã, tentando-a a ficar para sempre.

Porque, por Deus, naquele momento no escritório administrativo, quando ela o fitara com olhos vazios, ele tivera certeza – certeza – de que Poppy o deixaria.

Era uma bênção que, em vez disso, ela houvesse apenas escolhido fingir que nada acontecera. Ele retribuíra prometendo, a cada palavra que lhe dizia, ser melhor. Viver como se aquela noite não estivesse suspensa em toda palavra tão comedida de ambos.

Porque uma coisa estava muito clara. Se ele escorregasse e lhe mostrasse de novo essa parte de si mesmo, destruiria o pouco que restava deles.

Ele nunca lhe mostraria.

Preferia ter um pouco dela a ter nada.

Ainda que precisasse ser escrupulosa e dolorosamente educado.

Poppy se acomodou em sua mesa ensolarada, no último andar do escritório administrativo, e começou a separar suas listas. Começava a entender por que o marido tinha um impulso tão forte para a ordem. Quando alguém era responsável por detalhes complicados, com tempo escasso e milhares de guinéus em jogo, não podia manter seus documentos bagunçados.

Ela arquivou as últimas cartas em uma bandeja para seu secretário. Fez anotações em seu livro-razão sobre pedidos de certas mudas e sementes que iriam nortear suas decisões sobre o que cultivar e importar e anotou coordenadas ao longo da rota de distribuição terrestre.

Isso feito, destrancou a gaveta dos projetos e encontrou o rolo de desenhos do arquiteto com os últimos esboços para Hammersmith. Fez algumas observações sobre o sistema de irrigação e anotou questões que deveria discutir com o Sr. Partings à tarde.

Parou e sorriu. Às vezes a preciosa emoção de sua autonomia ainda a deixava abismada.

Apesar de todas as maneiras pelas quais seu casamento era um exercício de solidão, era também um triunfo nesse único e deslumbrante aspecto. Westmead não blefara. Tinha dado a ela o controle completo sobre seus assuntos e a autonomia para agir sem ter que se desgastar por ninharias.

Duquesas não precisavam provar seu direito de tomar decisões como as outras mulheres se viam obrigadas a fazer.

Livre dessa luta constante, ela estava construindo algo maravilhoso. Era bom sentir que estava *tão* certa sobre si mesma. Mas não ajudava a neutralizar o peso doloroso que lhe pressionava o peito sempre que seus pensamentos se voltavam para o marido.

Devolveu seus papéis aos devidos lugares e trancou as gavetas. Aqueles armários continham os frutos inestimáveis de meses de trabalho – as rotas de navegação, as plantas da estufa, a programação de plantios –, e ela temia tanto que se perdessem ou fossem roubados que os levava para casa à noite. Agora que seu sonho estava tão próximo de se realizar, a ideia de perder ainda que um centímetro de terreno a deixava nauseada.

– Vossa Graça – chamou o secretário. – O Sr. Van Dijk chegou. Está tomando café no saguão.

– Irei encontrá-lo agora. Por favor, arquive as cartas que deixei na bandeja e anote as quantidades dos pedidos.

Ela alisou as saias e pegou sua proposta para a parte europeia da sua rede de aquisição de cotas entre hortos. O Sr. Van Dijk, que tinha um próspero jardim botânico nos arredores de Amsterdã, era a pessoa ideal para se tornar seu sócio no continente. No andar de baixo, ela descobriu que ele era mais alto e mais jovem do que esperava. Ele se levantou para cumprimentá-la com um sorriso.

– Vossa Graça. É uma honra.

– A honra é minha, Sr. Van Dijk. Sempre fui muito grata por sua correspondência. Nem todo botânico está disposto a dar explicações a uma jovem inexperiente. E, ainda por cima, pelo correio.

– Bem, é raro encontrar uma jovem inexperiente tão conhecedora de plantas quanto a Srta. Cavendish – disse ele em um inglês cuidadoso. – Ficou claro em sua primeira carta que a senhora tinha um dom particular.

– Bondade sua. Diga-me, como foi a viagem?

Eles passaram quinze minutos trocando gentilezas, até que ela não aguentou mais e empurrou sua proposta por cima da mesa. Os olhos do Sr. Van Dijk se iluminaram de interesse enquanto ela explicava os detalhes.

– Providenciarei o capital para construir um armazém perto dos portos – explicou ela. – Seu horto forneceria a lista de plantas da página quatro nas quantidades indicadas, que, eu espero, devem aumentar à medida que o grupo de aquisição de cotas se expandir.

Os olhos azuis se fixaram nos dela. Ele era um homem bonito – de pele dourada pelo seu trabalho ao ar livre –, e seus olhos evidenciavam uma franca admiração por ela. Era como uma chuva fresca em um dia quente, depois dos meses que passara encarando o frio glacial do olhar de Archer.

– Vou pedir aos meus advogados que revisem os termos, Vossa Graça, como formalidade. Mas o que propõe é bastante aceitável. Só me arrependo de não poder alegar que pensei nisso sozinho.

Poppy se despediu do homem e o acompanhou até as portas, entusiasmada.

– Bonito diabo, esse aí – disse uma voz grossa por trás dela enquanto Poppy voltava para o santuário do saguão interno. – Só não imagino que Westmead iria gostar do jeito como você flertou com ele.

Ela deu meia-volta.

Tom Raridan estava esparramado em uma poltrona de couro funda, refestelando-se como um rei diante de uma bandeja de café feita de prata, deixada ali por outros convidados. Vestido com as roupas de um cidadão comum, à primeira vista ele não parecia deslocado entre os ricos cavalheiros que conduziam negócios na silenciosa sala de mogno. Observando um pouco melhor, contudo, era possível ver que sua pele clara apresentava manchas cor-de-rosa vívidas ao redor das bochechas e do nariz e que sua compleição larga tinha dado lugar ao inchaço. Bebidas. Dominando-o, assim como haviam dominado seu pai.

– O senhor não foi anunciado, Sr. Raridan. Se quiser me ver apropriadamente para pedir desculpas pelo seu comportamento, sugiro que escreva ao meu secretário e marque uma hora.

– Acho que vou ficar. É muito confortável aqui.

Ele gesticulou expansivamente para abarcar o suntuoso saguão, esbarrando em um castiçal de prata que ela conseguiu pegar antes que caísse no chão.

– O que você quer?

– Vim visitar minha garota. Dar uma olhada ao redor. Ficar de olho no velho Westy.

O cheiro fermentado de seu hálito chegou até Poppy. Ele já andara bebendo, embora ainda não fosse meio-dia. Um fraco tremor dançou pela parte de trás do pescoço dela. Medo.

– Deve ir embora – disse ela com firmeza. – Com licença.

Ele saltou tão rápido que seus joelhos bateram na bandeja de café, fazendo com que chocalhasse. Um grupo de cavalheiros ergueu os olhos, irritados com a perturbação. Ela lhes endereçou um sorriso de desculpas e seguiu em direção à porta para as escadas do escritório administrativo, mas Tom foi mais rápido, pondo-se entre ela e a passagem. Poppy estava presa em plena vista e ele sabia disso. Se ela gritasse por ajuda, faria uma cena que seria a fofoca da cidade durante semanas.

– Você precisa ir embora – sibilou ela.

– Belo estabelecimento, este escritório. Dei uma olhada por aí. Ele até lhe arranjou uma mesa, como se você fosse um cavalheiro. Aposto que você gosta mais daqui do que daquela casa feia em Hoxton.

Ele estava tão perto que ela sentiu partículas de saliva caírem em sua orelha.

– Teve que abrir muito as pernas em troca desse arranjo de merda.

Ela correu os olhos pelo aposento buscando um meio de fuga discreto. Naquele exato momento, Archer passou pela porta, de volta de sua reunião. Graças a Deus. Ela acenou.

O marido se surpreendeu ao ver Tom e se aproximou a passos largos.

– É só falar do diabo e ele aparece – escarneceu Tom em sua orelha. – As más-línguas têm falado sobre o interesse dele por partes obscenas da cidade. Ele deveria ter cuidado para que os ouvidos errados não ouçam o que dizem sobre ele.

– Como se atreve? – sibilou ela.

– Se eu soubesse que você estava atrás de um trouxa, teria ficado feliz em ajudar. Meu traseiro não se importaria de provar o couro com alguém como você.

Ele a tocou onde as nádegas encontravam sua coluna, acima do vestido.

Poppy se afastou, o corpo inteiro ardendo de repugnância, e aterrissou no abraço reconfortante do marido, que colocou a mão firme em suas costas. Ela se inclinou na direção dele, como se seu toque pudesse anular o de Tom. Nunca se sentira tão grata por seu ar autoritário. Por sua estrutura física tão dominante.

– Sr. Raridan – disse Archer com uma calma mortal, os dedos entrelaçados aos dela.

E então ele ergueu o outro punho.

Um soco estalou antes que ela pudesse piscar e evitar vê-lo. A sala inteira congelou, trinta pares de olhos fixos na figura de Tom tombando para trás, sobre uma mesa cheia de louças. Xícaras de porcelana caíram e se estilhaçaram. Tom ficou mudo, estatelado e encharcado em uma pilha de cacos e folhas de chá, zonzo, mas sem grandes ferimentos.

– Isso, Raridan – falou Archer em tom alto o suficiente para que todos os homens na sala ouvissem –, é uma prova muito pequena do que pode esperar se chegar perto de minha esposa de novo. – Então, dirigindo-se a Poppy: – Vá lá para cima – disse com calma, levando-a alguns passos até a porta de serviço.

Então ele voltou para o saguão.

Capítulo vinte e cinco

Ignorando os olhares dos cavalheiros ao redor, Archer fez sinal com o queixo para um par de criados corpulentos que vieram correndo com o barulho.

– Deem um jeito nele.

Eles sabiam o que o patrão queria dizer.

– É melhor tomar cuidado, Vossa Graça – gritou Raridan enquanto eles o arrastavam porta afora. – Eu sei o que anda fazendo, eu sei. E, quando tiver provas, *ah*, eu vou me certificar de que sua duquesa saiba.

Archer se conteve para não enterrar o punho na mandíbula do homem uma segunda vez. Podia sentir os olhos de todos no saguão sobre ele, sem dúvida horrorizados que o impassível duque tivesse acabado de se envolver em uma cena tão pública e desagradável. Especulando sobre o significado da ameaça de Raridan.

Pela primeira vez, não se importou.

Que pensassem o que quisessem.

Ele precisava ficar com a esposa.

Poppy esperava por ele no patamar da escada logo depois das portas duplas, as costas contra a parede, o peito arfando.

– Ah, querida – murmurou ele ao vê-la tão abalada. – Você está bem?

Ela passou os braços em torno de si mesma e balançou a cabeça. Sem pensar, Archer a abraçou. Ela enlaçou a cintura do marido e pousou a cabeça em seu ombro. Céus, tê-la de novo assim, mesmo que só por um momento...

– Ah, Archer – disse ela, tremendo.

Ele correu a mão pela nuca da esposa, deixando seus dedos se enlaçarem nos cachos dela.

– Está tudo bem. Ele foi embora. Você está segura.

– Estou tão feliz por você ter chegado bem na hora!

– Eu também – sussurrou ele em seus cabelos.

– Sinto muito por isso.

Ele tomou o rosto dela entre as mãos.

– Não peça desculpas. Meu único pesar é você mesma não ter batido nele.

– Não queria envergonhar você fazendo uma cena.

Que sentimento totalmente inquietante.

– Poppy, você é muito mais importante para mim do que qualquer cena. Faça todas as cenas que quiser.

Ela pareceu querer discutir, mas, em vez disso, levou os dedos dentro do casaco dele para encontrar o lugar logo acima do quadril onde ele guardava o relógio de bolso. Archer congelou, atordoado pela naturalidade do gesto, pelo leve roçar de seus dedos na roupa dele, quentes e ágeis enquanto ela puxava a corrente de ouro para retirar o relógio. Se ela percebeu que ele havia parado de respirar, não deixou transparecer, apenas conferiu a hora.

– Estou atrasada. Estão me esperando em Hammersmith.

Tão delicadamente quanto o retirou, ela devolveu o relógio ao seu pequeno bolso. Archer nunca imaginara aquela cena e agora sabia que se lembraria dela por toda a vida.

Poppy olhou para cima e correu o dedo pelo maxilar dele.

– Obrigada. Talvez um resgate não seja tão ruim de vez em quando. Agora vejo por que as donzelas gostam disso.

Ah Deus, o toque dela. Como ele ansiava por aquilo. Durante semanas, todos os seus frustrados membros estiveram unidos no propósito de encontrar maneiras de roçar nela – a mão em seu ombro quando pisavam na rua, os dedos dele a resvalar nos dela ao lhe passarem um maço de papéis. E agora ela o estava tocando. Por vontade própria. Sorrindo para ele. Gracejando com ele.

E indo embora.

Archer baixou a cabeça e a beijou. Não foi delicado nem cavalheiro. Não foi *educado*. Ele a beijou com todo o desejo que se avolumara nele por meses, tempo durante o qual ela raramente estivera a mais do que alguns passos de distância – em casa, na carruagem – e, ainda assim, tão longe.

Quando ele por fim se afastou, os olhos dela estavam fechados e a boca, inchada.

– Ah, Poppy – murmurou ele.

Ele apoiou os antebraços na parede e, vacilante e derrotado, deu um beijo na testa da esposa. Não era racional o que sentia por ela. Era algo que vivia no seu sangue e na sua carne, animando-o contra a sua vontade, um sentimento que ele não conhecia desde que era um garoto apaixonando-se durante momentos roubados na floresta. Um sentimento que uma vez pensara ser capaz de qualquer coisa para nunca mais experimentar.

Ele havia se apaixonado por ela.

– Estarei em casa às oito – disse ela e pousou a mão no ombro dele, uma deixa gentil para libertá-la.

Ele recuou. Ela se virou. Ele a viu se afastar.

O que ele faria?

⟋⟍

Quando Poppy voltou para casa naquela noite, se surpreendeu ao ouvir o som incomum de risadas.

Ela o seguiu até a sala de estar, onde o marido, com um aspecto estranhamente descontraído, com o colete desabotoado e sem o paletó, estava estendido num sofá perto da irmã, tendo uma jarra de vinho na mesa entre eles.

Poppy sorriu diante da cena, feliz em observá-los por um momento antes de perturbar a dupla.

– Você vai finalmente me dizer o que está achando da vida de casado? – disse Constance. – Percebi que a pergunta foi cuidadosamente ignorada em todas as minhas cartas.

Poppy ficou quieta, esforçando-se para ouvir a resposta.

Uma centelha de desolação atravessou o rosto dele, desaparecendo tão depressa quanto surgira.

– É bastante agradável – falou ele.

Poppy se deixou afundar contra a parede. Conhecia aquele olhar. Era o mesmo que a assustava quando ela erguia os olhos em seu toucador e acidentalmente captava os olhos em seu reflexo desprevenido no espelho.

Uma solidão penetrante e insuportável.

Ver a mesma mágoa estampada nas feições dele reforçou o arrependimento que ela sentira de manhã, parada nas escadas, sob a luz do sol, vendo-o prender a respiração enquanto ela alcançava o relógio no bolso dele.

Talvez contratos pudessem ser renegociados.

Talvez não fosse tarde demais.

Um longo suspiro perturbado escapou de Constance.

– Agradável – repetiu ela, com ceticismo. – Suponho que você diria o mesmo quer fosse extraordinariamente bom ou um inferno na terra, então me pergunto por que insisto em querer saber.

Poppy entrou na sala antes que ouvisse mais.

– Duquesa! – entoou sua cunhada, correndo para ela e quase a derrubando com a força de seu abraço.

Depois de soltá-la, Constance se afastou e olhou para ela.

– Querida, que atrocidade é essa que você está usando?

Poppy estava com um dos novos vestidos simples e robustos que encomendara para substituir os exuberantes trajes feitos por Valeria Parc.

– Minha esposa se veste como uma mulher trabalhadora deve se vestir – interveio Archer. – Nem todos levam a sua vida de lazer. Agora venha para a sala de jantar e nos regale com suas histórias de ostentação ociosa e podridão intelectual.

Poppy lhe lançou um agradecimento silencioso por lhe poupar de um interrogatório sobre vestidos. Não passaria despercebido a Constance que ela havia se livrado decididamente das armadilhas da feminilidade aristocrática, e defender seus motivos só levaria a uma discussão que seria melhor evitarem.

– Então, nos fale de sua viagem a Paris – pediu Poppy, enquanto eles se organizavam ao redor da mesa de jantar.

Constance e Hilary desfrutavam de um círculo social muito mais informal no exterior do que era considerado apropriado para damas de seu meio em Londres.

– Ah, foi fabuloso. Os boatos eram deliciosos – disse Constance. – Não se podia andar dos jardins das Tulherias até a modista sem ouvir as histórias mais extraordinárias.

– Quero crer que elas ficaram seguras dentro do seu diário e não foram levadas para seus amigos no *Peculiar* – falou Archer. – Eu odiaria ter que trancá-la em meu porão durante o inverno.

Constance revirou os olhos.

– Quantas vezes preciso lhe dizer que fui virtuosa? Tenho me portado tão impecavelmente acima de qualquer reprovação nos últimos meses que temo já não ser uma boa companhia. No entanto, há alguns boatos que *tenho* que contar a *vocês*.

Na hora seguinte, Constance mal comeu, saltando de uma história magistralmente narrada para outra. Não era de admirar, para Poppy, que a jovem estivesse sempre coberta de tinta. Era uma observadora notável. Na verdade, isso deixava Poppy pouco à vontade, pois na certa ela e Archer não escapariam das sutilezas da percepção de sua cunhada.

– Suponho que Paris sempre superará Londres quando se trata de emoção – disse Archer. – Nós, os ingleses, somos um grupo estável e decoroso.

Constance resfolegou diante dessa observação.

– Nem todos nós somos tão maçantes quanto você, meu tedioso irmão. Na verdade, uma das histórias deliciosas que ouvi no exterior tratava de certa intriga na nossa bela e adorada Londres.

Ela abaixou a voz.

– Disseram-me que há um estabelecimento em Mary-le-Bone que é um verdadeiro furor. É tão discreto que não tem nome e só os clientes sabem onde fica. Mas diz-se que uma pequena elite o frequenta religiosamente.

Ela examinou a mesa para certificar-se de que tinha toda a atenção deles.

– Para ser *chicoteada* – emendou.

Archer bateu sua taça com tanta força que o vinho tinto se espalhou pela toalha de mesa branca.

Constance gritou:

– Tenha cuidado! Esta é a renda centenária da nossa mãe.

– Constance! – vociferou ele, arranhando o assoalho ao arrastar a cadeira para trás. – Precisamos trocar uma palavra em particular. Lá em cima. Agora.

Assim que passaram pela soleira da porta, os dois começaram a gritar um com o outro.

Poppy podia captar a tensão da conversa através das tábuas do assoalho. Ela permaneceu lá embaixo, deixando-os com sua discussão. Sentiu-se mal por Constance. A súbita fúria de Archer parecia desproporcional à pequena indiscrição da irmã. O boato poderia ser indelicado se dito a um grupo social misto, porém não era um grande crime contar uma história de mau gosto na privacidade da família. Certamente não justificava um ataque de fúria que reverberava por uma casa robusta.

A menos, é claro, que ele estivesse familiarizado com tal lugar.

Poppy permaneceu sentada à mesa deserta, raspando os dentes de seu garfo pelo manjar-branco enquanto pensava nas marcas ao longo das costas de Archer e no que Tom dissera sobre a reputação dele.

Não. Não era possível.

Tom com certeza falara aquilo para insultá-la. Archer, tão exigente e correto – que usava seu poder como um manto quer percorresse os corredores de seu escritório administrativo ou do palácio de Westminster –, visitando tal lugar era algo inimaginável. E havia a maneira desdenhosa como ele falava sobre o comportamento do pai. Ela nunca conhecera um homem menos propenso a se deixar levar por vícios do que seu marido.

Quando as vozes através das tábuas do assoalho finalmente se calaram, Poppy subiu as escadas. Supondo que o silêncio não seria uma indicação de que seu marido e a irmã haviam matado um ao outro, ela lhes desejaria boa-noite e se recolheria.

A porta do escritório estava entreaberta. Ela bateu e, em seguida, enfiou a cabeça para dentro. Constance estava agachada no sofá com o tronco curvado sobre os joelhos, a cabeça quase no colo. Ela sussurrou algo para Archer e sua cabeça se moveu para a frente e para trás com a força do que ela estava dizendo, a incredulidade óbvia no gesto. Archer se inclinou sobre ela e sussurrou intensamente em resposta, a mão dele em seu ombro, uma expressão pesarosa no rosto. A irmã dele se jogou para trás, balançando a cabeça com violência diante do que quer que ele tivesse dito, e as mãos dela se ergueram, agitadas, do colo.

Ela segurava dois retratos em miniatura.

Poppy saiu e fechou a porta.

Capítulo vinte e seis

Só horas mais tarde Poppy ouviu Constance partir.

Assim que ela se foi, uma batida soou à porta de seu quarto.

– Posso entrar? – perguntou Archer, do corredor.

Ela se levantou e o espreitou. Lá estava ele, os olhos vermelhos.

Poppy se afastou, abrindo caminho.

– Claro.

Ele sentou-se na beira da cama. Havia duas rugas finas entre seus olhos que o faziam parecer mais velho. Ela queria estender a mão para ele, mas se manteve rígida, esperando que ele falasse.

– Constance encontrou os retratos. Da minha... de Benjamin e de Bernadette. Foi por isso que não retornamos.

Ele ergueu os olhos para ela.

– Desculpe. Foi indelicado da nossa parte tê-la deixado lá.

– Eu... percebi que isso tinha acontecido. A porta estava aberta. Não quis incomodá-los.

– Ah.

Ele se recostou na cama dela até sua cabeça descansar no colchão. Então fechou os olhos.

Poppy não pôde deixar de sentir que a angústia do marido se devia em parte a ela mesma.

– Archer, sinto muito por ter deixado os retratos à vista. Não era meu desejo colocá-lo nesta posição, eu só queria deixá-los em um lugar onde você pudesse vê-los e se lembrar...

– Eu sei – disse ele, abrindo os olhos e fitando-a. – Eu sei disso.

Impotente, ela se deixou cair sentada ao lado dele, tomando cuidado para manter certa distância.

– Meu Deus, Poppy, ela teve a reação mais *estranha* possível. É claro que ficou horrorizada. Mas, no fim, ficou tão, tão... *magoada* por eu nunca ter contado a ela... Disse que passou a vida inteira pensando que ela me afastara do casamento por ser um peso para mim.

Ele crispou o rosto, frustrado.

– Meu Deus, será que eu sou *tão* horrível assim?

Poppy fechou as mãos para não fazer o que queria: tomá-lo nos braços.

– Você está muito longe de ser horrível.

– Eu não contei a ela porque... Meu Deus, você sabe como é hediondo.

– Você quis protegê-la.

– Sim. Mas parece que a machuquei mesmo assim. Constance não faz ideia de quanto eu a amo.

Poppy respirou fundo. Nunca o ouvira dizer essa palavra referindo-se a alguém que estivesse vivo.

– Você já... *contou* a ela?

Ele expirou demoradamente.

– Sim, esta noite.

Ela sorriu.

– Ótimo.

– Sabe, fico feliz por você ter deixado os retratos à vista. Caso contrário, eu jamais teria contado a ela. Mas estou feliz por tê-lo feito. Fico feliz que ela saiba.

– Segredos são um fardo – comentou Poppy, avaliando o rosto do marido. – Eles pesam em nossos ombros.

Archer estendeu a mão e tocou seus cabelos.

– Você é uma mulher sábia, Cavendish. Quase tão sábia quanto bonita.

Ele fez sinal para que ela se deitasse a seu lado.

– Deitaria aqui comigo?

Ela hesitou.

Poppy *realmente* não deveria fazer aquilo. Nos últimos meses, a presença do marido no quarto dela tinha sido breve e respeitosa. Exceto pelas peças que precisavam tirar, permaneciam vestidos, e todo o processo não demorava mais do que cinco minutos.

Contudo, mesmo esses encontros desapaixonados haviam despertado nela uma reação muito indesejável. Poppy tentava não demonstrar, mas ele devia perceber, pois, enquanto durava a relação, ele usava seus dedos hábeis para garantir que ela atingisse o clímax e nunca ejaculava enquanto não ouvisse seu pequeno grito de prazer. Esse elemento da relação deles – que ela não fosse capaz de suprimir o prazer – e o fato de que ele a conhecesse tão bem a ponto de lidar até com isso de forma educada deixavam algo muito claro para Poppy: ela não era imune a Archer, por mais que tentasse ser.

Nunca seria.

Caso ela se aconchegasse ao lado dele só porque ele estava atormentado e desejasse sua companhia, algo muito mais vulnerável estaria em risco além de seu corpo.

Ela deveria dizer não e mandá-lo embora.

Ou deveria dizer sim e lhe pedir o que realmente desejava: ele, por completo.

Quando mais jovem, Poppy imaginava que estaria melhor sozinha. Que fora feita para inspirar solidão e transformá-la em energia, como uma planta.

Confundira solidão com felicidade.

Ela não era uma planta.

Sentia falta do marido. E, se não estivesse enganada, ele também sentia falta dela.

Entretanto, havia a questão da verdade. A que ela escondia e a que desconfiava que ele escondesse.

Buscou uma forma de transformar aquela dolorosa confusão em uma pergunta, mas encontrou apenas um pânico pulsante e silencioso ao imaginar como ele poderia respondê-la. Era muito mais seguro não dizer nada.

Assim, ela se deixou afundar ao lado dele, ávida pela danação até o amargo fim.

Ficaram a apenas dois centímetros um do outro, fitando o teto como se observassem estrelas em vez de gesso.

Archer tomou a mão de Poppy na dele.

– Nunca lhe perguntei – disse ele, a voz neutra. – Como está progredindo o trabalho em Hammersmith?

Outra questão temida. Essa, mais fácil de perguntar, sem dúvida, com ambos mantendo os olhos fixos no teto.

Foi uma abertura tão boa quanto qualquer outra, pois a casa nova trazia à tona o delicado assunto de como viveriam. Até o final da semana, a construção estaria pronta para ser habitada, embora não terminada, e Poppy se mudaria para lá, para supervisionar o progresso de seu horto. A questão era se Archer iria com ela.

Até aquela manhã, ela estivera decidida a insistir que vivessem separados, para sempre. Seus esforços para conceber pareciam não ter dado certo. Dentro de uma semana, ela saberia se as tentativas deveriam continuar, mas, mesmo que elas fossem necessárias, Archer poderia visitá-la uma ou duas vezes por semana até que ela engravidasse.

Poppy não poderia viver para sempre naquele estado de incerteza. Era uma tortura. Particularmente quando ele estava deitado ao lado dela, o que levava seu coração a querer dizer e fazer todo tipo de coisas que ela não deveria.

Ela se preparou, mais uma vez jogando fora a coragem de dizer as palavras certas.

– Poppy? – sussurrou ele, desamparado, da mesma forma que dissera o nome dela antes de beijá-la de manhã na escadaria.

Então Poppy fez uma coisa muito tola.

Ela não disse nada.

Em vez disso, se inclinou e colou os lábios aos dele.

Não *queria* beijá-lo, mas não *podia* evitar, quando ele estava a dois centímetros de distância, sussurrando seu nome como uma espécie de encantamento.

Archer correu as mãos pelos cabelos dela e a puxou para cima de seu corpo.

Então eles se perderam um no outro. Ela mal distinguia seus membros dos dele, seu hálito do dele. As roupas caíram no chão. Ele estava dentro dela, suas mãos exploravam cada parte dele, os dentes dele arranhavam o pulso dela quando ele gozou e a levou consigo.

Tinham se tornado um emaranhado ofegante.

Ela descansou a cabeça no ombro quente dele. O lábio roçando as ranhuras na pele. E mais uma vez ela soube – soube – que eles não podiam mais ser as duas coisas ao mesmo tempo.

Amantes ou sócios. Não as duas coisas.

Ela teria que fazê-lo escolher.

Colocou o dedo sobre a maior e mais grossa cicatriz do marido.

– Archer?

– Mmm?

– Por que Tom Raridan teria ouvido falar sobre você frequentar uma casa mal-afamada?

O olhar sedutor desapareceu do rosto dele.

– Como é?

– Antes de você chegar esta manhã, Tom disse algo sobre você e uma casa mal-afamada.

Seu belo marido, saciado, nu e ainda molhado por fazer amor com ela, assumiu num instante os contornos do duque de Westmead.

Ele se levantou, afastando-se dela.

– O que ele disse *exatamente*?

– Não entendi direito. Algo sobre trouxas e chicotes. Mas ele queria dizer que há rumores sobre você em partes desonrosas da cidade. E, depois, quando Constance mencionou aquele clube, você me pareceu exageradamente aborrecido. Quase como se... conhecesse o lugar.

Ela respirou fundo, foi para o lado dele e fez a pergunta que estivera se formando em sua mente durante toda a noite.

– Você conhece?

O olhar que atravessou o rosto dele foi a única resposta de que ela precisava. Mesmo que não fosse a verdade exata, não estava tão longe dela. Não importava a natureza dos detalhes. O que importava era a decisão que ela estava pedindo que ele tomasse.

Archer não era obrigado a responder. Afinal, eles tinham um acordo. Contudo, se ele queria aquilo – ela, ele, o emaranhado dos dois, ser o único a sussurrar o nome dela sem fôlego –, o acordo tinha que mudar.

– Conhece? – repetiu ela.

Conte a ela. O pensamento o atravessou como se fosse uma ordem dos céus. *Se você a quer, tem que contar.*

Mas como poderia?

A última vez que ela tivera um vislumbre da verdade, isso quase os destruíra. Uma amostra de quem ele realmente era tinha sido suficiente para abalar o relacionamento durante meses. De que maneira ela reagiria se soubesse a verdade? O que restaria a ele?

– Você *acreditaria* em Tom Raridan?

A expressão límpida nos olhos dela ficou fria.

– Eu apenas perguntei o que ele queria dizer.

– Não, você me perguntou se há verdade nesta fala.

– E você não respondeu.

Poppy colocou a mão de volta no ombro dele.

– Archer, onde conseguiu essas marcas?

Ele balançou os ombros para afastar a mão dela, sentindo-se nauseado.

– Você pode confiar em mim – falou ela, pondo-se de pé ao lado da cama, nua, os braços ao longo do corpo. – Pode *mesmo*.

Não podia mesmo. Apesar do que a esposa estava dizendo, ele *vira* a maneira como Poppy olhara para ele na manhã depois do que havia acontecido no escritório.

Era a maneira como a mãe olhava para o pai dele.

Archer não poderia suportar ser visto dessa forma.

Principalmente por ela.

Ele se obrigou a respirar fundo e relaxar a postura.

– Tom Raridan é um bêbado grosseirão a quem você tem um longo histórico de dar mais crédito do que ele merece. Ele queria provocá-la e está funcionando. Você deixou que ele fizesse isso.

– Você está claramente mentindo – disse ela.

Archer não respondeu. Só conseguia olhar para aquela figura esbelta, iluminada à luz de velas, e desejar que não fosse verdade.

<hr />

– Muito bem – disse Poppy, inclinando-se para encontrar sua camisa de baixo.

Ela fez uma pausa e encarou o marido direto nos olhos.

– Você está no seu direito. Mas, por favor, entenda isto: quando concordei em me casar, tudo o que você pediu foram negócios. O acordo que me ofereceu era justo. Isto, o que quer que *isto* seja, não é. Não posso entregar tanto de mim a uma pessoa que não dá tanto quanto deseja receber.

Poppy teve esperanças de que ele lhe dissesse que ela não estava errada.

Que expressasse algum tipo de compreensão de que, à sua maneira, ela estava admitindo o que sentia por ele.

Que, de algum modo, ele assumisse sentir o mesmo. Que confiasse nela, como ela havia confiado nele.

Ele desviou os olhos.

Poppy o viu tomar sua decisão.

Ela sentiu a faísca que lhe dera coragem para falar a verdade perder o brilho e tremulamente se apagar.

– Acho que está na hora de você voltar para seu quarto – disse ela. – E acho que, no final desta semana, quando minha casa estiver pronta, eu me mudarei para Hammersmith. Sozinha.

Capítulo vinte e sete

Poppy abriu os olhos ao ouvir passos no corredor. Alguém se movia pela casa. Correndo.

O quarto dela estava escuro. Ainda não amanhecera. A casa deveria estar em silêncio, adormecida.

– Archer? – gritou ela.

Talvez ele tivesse ficado até mais tarde no escritório e só agora estivesse indo para a cama. Ela mesma tivera dificuldade em dormir, seu estômago apertado e nauseado com amargura muito depois de ele tê-la deixado.

Ela espreitou o corredor.

– Archer?

O quarto dele estava vazio. Através da porta entreaberta, Poppy viu os lençóis jogados de lado, a camisa de dormir no chão, uma desordem que destoava de sua habitual organização.

Gibbs passou às pressas carregando uma pilha de lençóis. O suficiente para um palácio. Poppy soltou, aliviada, o atiçador do fogo que segurava.

– O que aconteceu? – perguntou ela. – Onde está o duque?

– Houve um incêndio em Threadneedle Street, Vossa Graça. Ele foi para o escritório administrativo. Recebemos ordens para nos prepararmos para receber qualquer um que precise de cuidados, caso haja feridos.

Incêndio.

Era o flagelo da cidade, fazendo arder os antigos edifícios de madeira que se amontoavam desordenadamente ao longo das ruas superlotadas. Era uma ameaça que nunca se ausentava do ar nebuloso de Londres, um gosto que se sentia ao respirar a fumaça do carvão. Homens como Archer pagavam taxas exorbitantes a brigadas de bombeiros, investindo neles com a mesma fé desesperada que levara seus antepassados a comprar indulgências para protegê-los do inferno.

Morar em Londres era viver constantemente com medo dos incêndios. Mas Archer os temia mais do que a maioria das pessoas.

Ele era muito cuidadoso. Mantinha escadas no escritório administrativo, armazenava barris de água em cada patamar das escadas de serviço, pagava guardas para vigiar seus prédios durante a noite. Em casa, ele insistira para que seus quartos ficassem no térreo, apesar da moda de dormir no andar de cima.

– Mande trazer minha carruagem – disse ela a um criado.

Não se deu o trabalho de trocar de roupa. Calçou suas botas e meias, colocou uma capa sobre a camisola e saiu correndo porta afora.

– Deus, mantenha-o a salvo – sussurrou Poppy para si mesma conforme chocalhavam ruidosamente pelas ruas escuras. – Não o deixe fazer nenhuma tolice tentando salvar vidas ou coisas ou...

E então ela se lembrou.

Não levara seus papéis para casa. Seus livros, arquivos, correspondências, todos os projetos cheios de anotações – ela os ignorara no tumulto, abalada pela cena com Tom. Seriam destruídos.

Anos de pesquisa cuidadosa e meses de trabalho ininterrupto. O futuro pelo qual ela havia trocado seu passado.

Tudo trancado nos malditos armários atrás de sua maldita escrivaninha.

Enquanto fazia uma oração silenciosa, ainda mudou o foco.

Faça com que eu chegue a tempo. Ah, Deus, por favor, não os deixe queimar.

⌇

Archer ficou parado na rua, observando o incêndio e esperando o inevitável.

O fogo tinha começado em uma padaria e o vento o guiara lentamente para oeste, saltando de um telhado para outro. Os esforços da brigada para debelar as chamas eram heroicos, mas elas continuavam se propagando, engolfando os edifícios um a um, até não haver mais dúvida de que seu escritório administrativo arderia. Agora as chamas estavam lambendo o edifício vizinho ao que ficava colado ao dele. Dentro de meia hora, o trabalho de sua vida seria destruído. Seu cofre de arquivos – uma década de informações cuidadosamente organizadas que ele guardava como um templo de relíquias de valor inestimável – se incendiaria. Tudo seria reduzido a menos do que o papel em que foram escritos.

No entanto, ele se sentia estranhamente calmo.

Fora devastado pelo fogo uma vez. Sabia o que poderia ser perdido. Esse incêndio levaria apenas coisas. O prédio estava vazio. Ele mesmo o revistara. Contara cada homem.

Uma carruagem parou na esquina e uma mulher envolta em uma capa saltou, abrindo caminho pela multidão de espectadores em direção à iminente conflagração. Ela parou na porta do prédio dele para olhar as chamas que se aproximavam lambendo os telhados, em seguida passou correndo pelo meio dos bombeiros e entrou pelas portas abertas. Foi tão rápida que já estava lá dentro antes que Archer percebesse que a carruagem carregava seu próprio brasão e a mulher tinha a estatura de sua esposa.

Em nome de Deus, o que Poppy estava pensando?

Archer correu atrás dela, gritando seu nome. Mais perto do fogo, o ar era uma parede de calor sufocante. Ele fez uma pausa, arrancou seu lenço, molhou-o em uma tina de água. Com essa máscara sobre o nariz e a boca, correu para dentro.

O saguão de entrada estava vazio – ela devia ter subido as escadas, em direção às salas do topo. Archer se precipitou pelos degraus tão rápido quanto qualquer homem era capaz, galgando-os de três em três. Os andares mais altos estavam mais quentes e escuros, engolfados pela fumaça que entrava pelas janelas. Ele tossiu dentro do lenço e molhou o rosto e os olhos para se proteger da fumaça ardente.

Archer a encontrou no último andar, agachada sobre sua escrivaninha. Ela descarregara o conteúdo – seus livros-razão, resmas de papéis e rolos de desenhos – e o colocava em suas saias como uma criança coletando frutinhas em um avental. Ele podia ver labaredas lambendo as janelas, avançando depressa da chaminé do telhado vizinho. Dispunham apenas de alguns minutos, se tanto.

Ele se precipitou na direção de Poppy, o coração prestes a explodir. Ela tossia, encurvada, e ainda assim juntava papéis em sua roupa – teimosa o suficiente para ser queimada viva. Sem uma palavra, ele a arrancou do chão, com os papéis e tudo o mais.

– Pare – falou ela com voz rouca, afastando-o com os cotovelos, enquanto as mãos tentavam agarrar as páginas que saíam voando.

Como ele não obedeceu, ela começou a lutar para escapar dele.

– Meus projetos! – gritou ela com a voz entrecortada. – Eu preciso salvá-los. Me ponha no chão!

Lágrimas escorriam pelo rosto dela, abrindo trilhas na fuligem que se acumulava na pele.

Archer era mais forte. Enquanto Poppy lutava para se libertar, ele correu carregando a esposa que se contorcia, com seus papéis e tudo, em direção às escadas. Ela se debatia a cada passo.

– Pare! – gritava ela, a voz áspera, rasgada. – Deixe-me ir. Ainda há tempo.

– Não há! – falou ele por entre os dentes, prendendo-a com força enquanto ela lutava.

– Por favor! – implorou ela, chorando e contorcendo-se tão violentamente que ele quase perdeu o equilíbrio.

– Você vai morrer, Poppy! – gritou ele, lançando-se em direção às portas das escadas.

A voz dele continha uma espécie de animosidade.

– *Você vai morrer.*

Ela ficou imóvel e se deixou levar, sem reação, pelas escadas, soluçando como se ele tivesse roubado sua alma.

Um estrondo rugiu acima deles. A primeira viga de madeira desabava, enchendo o patamar de cinzas ardentes. Ele respirou com força através de seu lenço encharcado e se precipitou para o térreo, chocando-se contra as paredes e os corrimãos na escuridão, os pulmões ardendo, a respiração crepitando no peito.

Por fim, ele alcançou a porta de serviço que saía para o beco. Abriu-a com um chute e se jogou através dela, amortecendo o impacto em seus dedos, antebraços e ombro para proteger Poppy. Atordoado e sem ar, mal conseguindo respirar, ele a carregou através da tempestade de cinzas.

Archer soltou a esposa e caiu de joelhos, arquejante com o esforço. O suor escorria de seus cabelos para os olhos. Ele arrancou o pano da boca e ficou arfando no ar frio da noite em espasmos dolorosos que lhe queimavam a garganta.

Não conseguia respirar. O rugido, a fuligem, a fumaça estavam nele, escaldando-o vivo. Ele estava de volta a Wiltshire, na ala oeste em chamas, os gritos do filho, o desespero, a escada incinerada desmoronando entre eles.

– Como você pôde? – gritou uma voz alquebrada para ele.

Bernadette. Não, Poppy. Ele olhou para baixo, atordoado, e não estava em Wiltshire, mas em Londres, vendo uma mulher encolhida em uma pilha de papéis pretos de fuligem.

– Eu ainda não tinha terminado – disse ela, soluçando. – Eu tinha tempo suficiente. Não estava queimando... todo o meu trabalho.

A raiva cauterizou a dor dele.

– Está louca? – gritou, pegando um punhado dos papéis dela e esfregando-os na cinza molhada até senti-los se transformarem em uma massa contra o cascalho. – Sabe o que teria acontecido com você?

– Eu não me importo! Eu não me *importo*! – continuou ela, soluçando. – Não faz diferença. Você não entende?

Atrás deles, o sótão do prédio desmoronou com uma grande explosão.

– Você podia ter morrido – disse ele, percebendo, dessa vez, que era ele que soluçava.

Ele se colocou sobre ela, apoiado nos antebraços, grandes tremores sacudindo-o, o corpo dela imóvel sob o dele, os olhos dela brilhando com o reflexo do fogo.

Um membro da brigada veio e o tirou de cima dela. Alguém enrolou um cobertor ao redor dele. Archer ouviu vozes urgentes sussurrando seu nome. Porém, acima de tudo, ele ouviu a esposa repetindo as mesmas palavras com a voz rouca, uma e outra e outra vez, como uma louca.

– Eu não vou perdoar você.

Capítulo vinte e oito

Archer abriu os olhos em seu quarto e percebeu a luz pálida de uma tarde fria. Tossiu e sentiu a queimação em seus pulmões. Uma secreção negra lhe subiu à garganta.

Poppy surgiu a seu lado e passou um lenço em seus lábios. Se o fogo havia chamuscado o nariz e a garganta dela como aos dele, ela não demonstrava. Fazia horas que estava sentada à cabeceira dele, limpando sua testa com toalhas frias e colocando pedaços de gelo em seus lábios. Fazia horas que ele se esquivava e tentava afastar os cuidados dela, desejando não ter se casado, desejando que ela simplesmente fosse embora.

– Me deixe – disse ele, rouco. – Saia daqui.

Ela franziu os lábios.

– Você precisa se levantar. Os advogados estão aqui.

– Mande todos embora.

– Eles vieram para discutir os estragos.

– Que se danem os estragos.

– Não seja insensato – rebateu ela. – Nosso trabalho não pode seguir em frente até que as avaliações do seguro tenham sido concluídas. Seus contratos de financiamento foram congelados. Se não receber os advogados, eu me reunirei com eles sozinha.

Ele fechou os olhos e, quando os abriu, um trio de homens idosos se apresentou contra sua vontade, todos vestidos de preto, como se três corvos tivessem chegado para examinar um cadáver fresco.

O Sr. Tynedale, o mais velho de todos, fez uma reverência e começou uma avaliação sucinta do incêndio. Os contratos e o dinheiro em espécie estavam seguros no cofre de Archer no banco. O escritório administrativo era irrecuperável, mas estava coberto pelo seguro. Sua Graça tinha sido muito perspicaz ao se preparar para as inevitabilidades. Poderia facilmente reconstruir tudo. Mas havia a questão de acalmar os credores, para que o fluxo de capital para sua carteira não fosse interrompido. Era fundamental fazer uma demonstração de força o mais cedo possível.

Ele não se importava.

Poppy os cobriu de perguntas sobre operações, sobre a necessidade de garantir salas temporárias para os funcionários, sobre os acordos com os financiadores.

A esposa aprendera depressa.

– Tynedale, nos deixe a sós.

– Vossa Graça, ainda há vários assuntos a discutir – objetou o advogado.

– Fora. Agora.

Os corvos trocaram um olhar e saíram discretamente. Poppy permaneceu, como um fantasma, aborrecida com ele por tê-los mandado embora.

– O mínimo que pode fazer é ouvir o que eles têm a dizer – sibilou ela. – Se não garantirmos nossos bens e reputação, os credores cairão sobre nós como abutres. Eles podem causar atrasos de meses.

– Chega, Poppy! – gritou ele, batendo a cabeça contra a cabeceira de madeira.

A dor o sanava. Ele repetiu o gesto.

– Pare com isso! Você vai se machucar.

Archer abriu a boca e riu, um rosnado sinistro e gutural.

– Será que vou? Sábias palavras para uma mulher que *entrou correndo em um prédio em chamas*.

– Ainda não estava em chamas – objetou ela, erguendo a cabeça de forma petulante.

Pela primeira vez, seu queixo determinado e seus cabelos soltos não o comoveram. Ele tinha vontade de sacudi-la.

– Sua vida significa tão pouco para você? E se estiver grávida?

Os olhos dela chisparam.

– Sim, Deus nos livre de que algo aconteça com sua égua reprodutora. Eu estava perfeitamente segura...

– Chega! – gritou ele.

– Não! – rebateu ela. – Como você pode me censurar por tentar salvar meu trabalho? É tudo o que tenho. Eu não teria nada se o perdesse. Nada.

Ele a odiou por aquelas palavras. Sabia exatamente quanto um incêndio podia levar e esboços de plantas não eram nada em comparação.

– Você não faz ideia do que significa perder tudo – disse-lhe ele, com uma lentidão excruciante. – E que Deus a ajude, Poppy, se algum dia vier a saber.

A esposa captou a nota de repugnância na voz dele. Olhou para ele assustada, como se tivesse acabado de perceber o que ele queria dizer.

– Eu não estava comparando... Eu não quis dizer... – começou ela.

Mas ela *quisera*, maldita fosse. Nunca parecera tão jovem. Só de vê-la ele se sentia vazio e exausto.

– Não é a mesma coisa – disse ela em voz muito baixa, os olhos desviando-se para o chão. – Você os *amava*, Archer. Fique com raiva se quiser, mas, por favor, não diga que é a mesma coisa. Você deixou claro para mim, de todas as formas, que não é.

Ele sentiu a escuridão se esgueirando do peito até a garganta. Sentiu-a atrás dos olhos, nos ombros, nas pernas, nos pés, nos dedos dos pés.

Sabia o que estava por vir.

– Saia – disse ele, levantando-se da cama.

– Archer, espere – pediu ela, seguindo-o. – Eu insisto que eu não queria...

Ele abanou a mão, fazendo sinal para que ela saísse.

Poppy bateu na parede com os punhos cerrados e começou a chorar convulsivamente.

– Sabe, você não é a única pessoa que tem direito ao luto. Eu também tinha uma família, Archer. Não brotei desta terra *sozinha* e sem *nada*. Aconteceu aos poucos.

– Saia! – bradou ele. – Já não a mandei sair?

Ele se curvou sobre os joelhos, a cabeça girando, o fragor das chamas ensurdecendo-o de novo.

– Você tem razão, não foi sensato da minha parte – continuou ela, gritando. – Nos últimos meses venho me sentindo tão desesperada, tão... abandonada... porque estou aqui com você, com *você*, e ainda assim estou *sozinha*.

Poppy perdeu o controle, soluçava, falando sobre a discussão que tiveram, o segredo dele, suas malditas cicatrizes. Ele ouvia as palavras, mas quase não conseguia entendê-las, enquanto se misturavam com o rugido em seus ouvidos. Gotas de suor se formavam em sua testa e em seus braços. Ele tinha que parar com aquilo. Precisava recuperar o autocontrole antes que desmoronasse.

Passou aos tropeços pela esposa devastada e se precipitou para fora do quarto. Subiu as escadas até seu escritório e bateu a porta, trancando-a com dedos trêmulos.

Poppy bateu à porta e chamou seu nome através das lágrimas.

– Desculpe. Por favor, podemos conversar de forma sensata?

– Me deixe em paz! – gritou ele.

A voz saiu fraca; a garganta ainda estava impregnada de fuligem.

Archer se sentou à mesa, colocou as mãos espalmadas em cima dela e simplesmente respirou. O aposento cheirava a cinzas. Porque ela o tinha coberto com *seus malditos papéis chamuscados*.

Estavam por toda parte, presos nas paredes para secar. Archer se levantou e os atirou no chão. Nada deveria fazê-lo se sentir assim. Não era para isso que ele tinha se casado com ela, para jamais voltar a se sentir assim?

Poppy estava certa. *Não deveria* ser a mesma coisa.

Mas era.

Ele ficou sem papéis para lançar ao chão e derrubou uma pilha de cartas da mesa. Ficou observando-as se espalharem no piso. Abriu gavetas e atirou fora todos os pertences dela que pôde encontrar: pacotes de sementes, manuais de cultivo, o eflúvio de sua intrusão na vida, no espaço e no coração dele.

Derrubou uma prateleira e arremessou suas plantas e porcelanas no chão, fazendo uma confusão de pétalas, pólen e estilhaços de vidro molhado. Tirou gavetas de seus trilhos e as esvaziou no piso.

Só depois que tinha revirado cada canto e cada superfície que continha vestígios da incursão da esposa, finalmente se deixou afundar em uma cadeira, desesperado, tremendo e sentindo nojo de si mesmo.

O cômodo era uma vergonha.

Ele era uma vergonha.

Tinha arruinado as coisas dela, as coisas dele, o tapete. Os criados iriam achar que ele era um monstro. *Ela* acharia que ele era um monstro.

Ajoelhou-se e juntou as coisas que havia derrubado do armário. Um frasco de vidro com o rótulo "chá de poejo" rolou pelo chão e aterrissou perto de seu joelho.

Ele o jogou para o lado. Estava na metade do cômodo quando um instante furtivo de clareza se sobrepôs à tristeza que o obliterava.

Chá de poejo servia para...

Ele não conseguiu terminar o pensamento.

De todas as coisas *monstruosas*...

Ela zombara do medo dele sobre o quarto das crianças. Escarnecera, minutos antes, da possibilidade de gravidez.

Ela sabia muito bem que não estava grávida.

Ela se certificara disso.

Ele pegou o frasco, o atirou na lareira e o viu se quebrar.

E então deu um puxão no cordão da sineta para chamar um criado.

Capítulo vinte e nove

O que ela havia feito?

Estava abatida de remorso. Passara o dia enfurecida com o marido por resgatá-la do incêndio. Por repreendê-la como se ela fosse uma criança tola. Por impedir que salvasse o que lhe era mais precioso no mundo. Poppy estava tão concentrada em sua raiva que não tinha pensado nele, que perdera mais.

Ela sabia e mesmo assim o fizera.

Ainda que Archer não a amasse, ela fora incalculavelmente egoísta. Cruel. A culpa a atingia, insuportável, fazendo com que ela se sentisse aprisionada no próprio corpo.

– Archer, por favor – sussurrou ela à porta.

A agitação atrás da porta não parou. Ela havia suplicado ao marido que se revelasse, mas nunca o imaginara daquela maneira, fora de controle.

Ela era a culpada. Ela o provocara até que ele explodisse. Tinha feito isso porque estava furiosa por ter apenas seus papéis para salvar. Porque o coração dela não tinha cooperado com o acordo deles. Porque ela o amava desesperadamente e ele apenas a tolerava.

Iria contar a ele. Viver com as palavras não ditas girando dentro dela, envenenando seu espírito, era insuportável. Estava transformando-a em uma pessoa imoral, alguém capaz de tratar os outros como tratara Archer. Não importava mais se ele não suportava confessar seus segredos. Ela lhe daria seu amor e aceitaria a penitência que merecia.

A balbúrdia do outro lado da porta finalmente cessou. Poppy se encostou contra a parede quando Gibbs surgiu correndo.

Archer escancarou a porta e passou por ela, sem sequer lhe lançar um olhar. Desceu as escadas ruidosamente sem dizer uma palavra.

O som da pesada porta da frente se fechando ecoou pela casa antes que Poppy pudesse se recompor. Atordoada, ela abriu caminho pelos destroços do escritório e olhou pela janela para a rua. Archer caminhava a passos duros para sua carruagem. Ela abriu a janela aberta, preparada para suplicar que ele voltasse, sem se importar com a cena pública que estava prestes a fazer.

– Charlotte Street, número 23 – ouviu-o dizer ao cocheiro.

Antes que Poppy conseguisse formular uma palavra sequer, o marido já partira.

Ela olhou para o caos em que ele havia transformado o escritório. Tinha arrancado todos os papéis dela, quebrado vasos, esvaziado as prateleiras. Ela se abaixou para pegar pedaços de vidro. Parou de repente.

Ah, meu Deus. *Não.*

Era o chá de poejo. Dado a ela meses antes pela Sra. Todd quando lhe fizera o pedido movida por raiva, mas prontamente esquecido. Archer devia estar pensando que...

Ele nunca a perdoaria se a achasse capaz de tal coisa. Mas ela não era. Não tinha feito aquilo. Nem sequer quisera realmente.

Precisava encontrá-lo.

Não se preocupou em pedir sua carruagem. Vestiu uma capa e saiu para a rua.

O motorista da carruagem de aluguel lhe lançou um olhar estranho ao ouvir o endereço.

– Tem certeza, senhora? Não é uma parte da cidade apropriada para damas bem-nascidas a esta hora da noite.

– Depressa – ordenou ela, sem se preocupar em lhe dizer que não era uma dama bem-nascida.

Era uma rua tranquila. A porta de número 23 não parecia diferente das outras e nenhuma placa indicava tratar-se de um estabelecimento comercial. Seria uma casa particular? Ela bateu várias vezes com a pesada aldrava de ferro.

Depois de uma pausa bastante longa, uma jovem de ar sisudo atendeu. Usava um vestido preto de corte severo o bastante para ser o traje de uma noviça em um convento, mas feito de seda fina e com detalhes típicos de um traje de luto. A jovem não disse nada, apenas olhando fixamente para Poppy com expectativa. A sala atrás dela era silenciosa e escura, iluminada apenas por algumas velas bruxuleantes. Poppy se esforçou para ver lá dentro, mas a jovem bloqueou seu campo de visão.

– Preciso falar com meu marido – disse Poppy. – O duque de Westmead. É urgente.

A jovem a avaliou de cima a baixo.

– Tem uma chave?

– Como?

– Você tem uma chave?

– Não.

– Então o estabelecimento está fechado.

– Eu sou a duquesa de Westmead. Meu marido está aqui.

A jovem olhou para ela de forma inexpressiva, impassível diante de seu título ou de sua aflição.

– Por favor, informe a ele que estou aqui – pediu Poppy. – Eu lhe suplico.

A jovem meneou a cabeça.

– A menos que tenha uma chave, precisa ir embora. Boa noite.

Em seguida, a jovem fechou a porta no rosto de Poppy.

Ela ouviu uma tranca se fechar do outro lado. Inacreditável. O que era aquele lugar? Não era um clube de cavalheiros. Tal estabelecimento teria uma placa, um mordomo adequado, alguma reverência às regras básicas de classe e cortesia.

Poppy pensou nas palavras vulgares de Tom Raridan. Contudo aquele lugar não trazia à mente os bordéis que ela vira em gravuras maliciosas – mulheres com seios expostos e maçãs do rosto vermelhas de ruge assediando homens embriagados. A casa tinha o ar silencioso de uma catedral.

Vários homens passaram por ela, interrompendo suas conversas ao ver uma mulher sozinha na rua escura. O cocheiro de sua carruagem de aluguel fora embora e não havia nenhuma outra livre por ali.

Bem, por que ela deveria se acovardar? Seu marido estava dentro da casa – doente, fora de si e erroneamente convencido do pior a respeito dela. Isso não lhe dava o direito de entrar? Caso ela o encontrasse com uma cortesã, que assim fosse: precisava falar com ele. Se não se livrasse daquele peso, não conseguiria suportar a sensação da própria pele.

Havia um beco estreito entre a casa e o prédio maior ao lado. Ela se esgueirou pelo caminho iluminado apenas pelo luar, avançando de forma lenta e cuidadosa, até se aproximar de uma porta. Tom Raridan tinha lhe mostrado certa vez como abrir uma fechadura com um grampo de cabelo. Ela tirou um dos seus e começou a trabalhar. Quando forçou a maçaneta, a porta se abriu com um rangido.

Poppy estava no corredor dos criados, escuro e sem adornos, mas escrupulosamente limpo. A casa estava silenciosa.

Na ponta dos pés, entrou por uma porta e se viu em uma austera sala de recepção. Cortinas escuras cobriam a única janela. Um espartano banco de sala de aula junto à parede mais afastada do fogo era o único assento. Decididamente, não era uma casa de família.

Poppy parou para ouvir, mas nenhum som ou voz ecoava pelos corredores. Havia apenas o silêncio profundo e aveludado de uma escuridão envolvente.

Passou por uma antecâmara e viu a criada a uma mesa, untando com óleo uma fileira de chaves que lembravam a que ela vira no pescoço de Archer. A jovem se virou ao som de uma campainha e Poppy voltou para as sombras. Ela observou a moça reunir uma estranha variedade de itens em uma bandeja – um jarro de água, uma pilha de lençóis limpos e uma caixa cujo cheiro ela reconheceu imediatamente como turfa. Ela a usava para embalar plantas em caixotes a fim de desacelerar sua deterioração. Os cirurgiões a usavam para evitar infecções.

Seria possível que Archer estivesse mais gravemente ferido do que ela percebera? Teria se machucado ao destruir o escritório?

A jovem com a bandeja entrou em um longo corredor no outro lado do cômodo. Uma leve batida. O sussurro de uma dobradiça bem-lubrificada. O murmúrio de vozes femininas.

– A esposa dele esteve aqui – Poppy escutou a jovem dizer, em um tom que não era para ser ouvido. – Disse a ela que fosse embora.

Poppy não conseguiu entender a resposta.

Recuou para as escadas dos criados quando a porta se fechou e a jovem foi embora. Uma pancada fraca e percussiva soou do quarto. Um som estranho, como o balançar de um galho de árvore batendo em uma janela durante uma tempestade.

Um gemido. Um gemido *dele*.

Archer estava sentindo dor. Ela entrou no corredor sem se preocupar em disfarçar o som de seus passos. Se seu marido estava ali, sofrendo, era seu dever ir até ele.

Empertigou a coluna, respirou fundo e abriu a porta, preparando-se para se anunciar. Mas a cena com que se deparou lhe roubou as palavras.

Compreendeu exatamente onde estava.

Claro.

Uma casa exclusiva e privada aonde as pessoas vão para serem chicoteadas.

Archer estava curvado. De quatro sobre um cobertor preto, a cabeça voltada para a parede. Ele estava nu, exceto por uma camisa de linho rasgada no meio que caía de seus ombros, como se tivesse sido cortada. Jogara a cabeça para trás em agonia ou êxtase, com um lenço vendando seus olhos. Ele arqueou as costas – suas belas costas, feitas arquitetonicamente, cada tendão e ligamento poderoso e tão bem-esculpido sob a teia de cicatrizes. Cicatrizes, agora estava claro, que tinham sido feitas pelos chicotes e varas organizados ao longo de uma prateleira, tão simples e ordenados como as ferramentas no barracão de jardinagem de Poppy.

A mulher que estava de pé acima dele era alta, de cabelos grossos e escuros puxados e presos em um coque firme. Ainda sem ter notado a presença de Poppy, ela pousou seu punhado de varas em um aparador baixo e pegou um chicote pesado, uma trança de couro com tiras douradas tecidas de algo que parecia fino e doloroso. Ela o levantou no ar e com um movimento de seu pulso o trouxe para baixo em direção às costas de Archer.

– Não! – gritou Poppy.

Ela correu na direção do marido, preparada para receber o golpe por ele. A mulher girou o corpo e o chicote estalou contra a parede. Archer se apoiou nos joelhos e se virou, arrancando a venda.

A mulher olhou para Poppy. Seu rosto não tinha nenhum vestígio de ruge ou pó e, embora não fosse jovem, tampouco era velha. Seus cabelos escuros não tinham franja, cachos ou fitas. Suas faces eram largas e os contornos de seu maxilar, firmes e definidos, com sobrancelhas escuras e olhos mais escuros ainda. Em outras vestes, ela seria considerada bonita, ainda que fosse uma beleza sóbria.

Um fino fio de sangue vermelho e brilhante brotou de um corte na coxa de Archer e escorreu pela perna dele, gotejando pelo tornozelo. Seu tornozelo elegante e aristocrático.

Ele ficou de pé e, quando se virou na direção da esposa, ela viu a confirmação de que aquela tortura – o que quer que fosse – não era inocente. A camisa havia caído a seus pés e sua ereção se anunciava claramente, descoberta.

Poppy recuou da sala enquanto o marido tirava a venda dos olhos. O rosto dele se contraiu ao vê-la, e seu olhar passou de vidrado a incrédulo, depois horrorizado.

Ele disse o nome dela, a voz rouca, ainda devastada pelo fogo.

Quando seus olhos se encontraram, foi como se os dedos dos pés de Poppy se cravassem no chão através dos sapatos e os tornozelos os fizeram girar em direção à porta. Suas coxas impeliam as pernas – um passo, depois dois.

Contudo, mesmo enquanto seu corpo se virava e fugia e seus olhos viam o tapete se transformar em escadas e as escadas darem lugar ao beco, mesmo ao erguer o braço e fazer sinal chamando outra carruagem de aluguel, mesmo ao se virar e vê-lo surgir na rua – a capa cobrindo sua nudez, os pés descalços escavando a lama e o cascalho, aquela única gota de sangue ainda escorrendo pelo tornozelo – mesmo ao ouvi-lo gritando "Espere!" e "Por favor", mesmo com tudo isso, um único pensamento se infiltrou no fundo de sua mente, pérfido e completo, tão urgente e determinado quanto as batidas de seu coração impuro e incrédulo.

Ela o queria assim.

Abjeto.

De joelhos.

Dela.

– Vá – implorou ela ao cocheiro.

E, enquanto se distanciava do marido, foi como se ela tivesse dois corações, como tinha duas pernas, duas mãos, dois pés.

Dois corações – e um estava partido.

Um o odiava por ir até aquele lugar, por traí-la, por mostrar a outra mulher um lado que ela, sua *esposa*, implorara que ele lhe revelasse. Uma verdade que ele não havia lhe confiado, mesmo diante da possibilidade de perdê-la.

Mas o outro...

Como *desejava*.

Capítulo trinta

Archer se sentou sozinho no quarto de vestir de Poppy, onde o cheiro dela era mais forte.

Segurava a mensagem que ela lhe deixara. Estilhaços de vidro e folhas de chá, cuidadosamente envoltos num lenço de seda com um breve bilhete escrito em sua caligrafia: *Eu nunca tomei isso*. Junto, seu anel de casamento. A pequena e simples pluméria de pérolas.

Ele não precisava encontrar o anel para saber que ela o deixaria. Tinha visto isso nos olhos dela, enquanto ela o fitava da porta na casa de Elena. A expressão em seu rosto, pouco antes de fugir correndo, não era de repugnância.

Era muito mais simples: *mágoa*.

Ele temera o motivo errado. Não tinha sido o teor de seu segredo que a afastara. Fora a traição que ele cometera ao guardá-lo.

Tinha sido traição. Archer sabia disso agora. Negociara um acordo que lhe permitiria fazer aquilo, era verdade. Mas não fora ele mesmo que uma vez explicara a Poppy que os contratos baseados em fraude são nulos e sem efeito? Portanto, não era ele o culpado? Não fora ele quem havia deturpado os termos da oferta? Pois ele tinha proposto um casamento de conveniência quando o fato era que, na época, já estava irremediável e irrecuperavelmente apaixonado por ela. Ele se apaixonara no momento em que a vira na floresta que ela criara, usando nos cabelos as plumérias que lhe dera.

Ele a pressionara para ser sua esposa quando sabia muito bem o que o casamento custaria a Poppy. Poderia ter encontrado outra maneira de ajudá-la. Não era necessário se casar com a proprietária de um negócio para que ele tivesse sucesso. Archer aproveitara a oportunidade proporcionada pelo infortúnio dela porque a *queria*. E, em vez de lhe oferecer seu verdadeiro eu – aquele que era, sim, torpe e propenso a momentos de descontrole, mas que a *amava* –, ele lhe ofertara o fictício duque de Westmead, com todos os seus termos e limitações a disfarçar um acordo nulo.

Ele não tinha apenas tirado a independência dela. Ele a enganara para conseguir isso.

Correu os dedos pelas prateleiras de roupas caras que Poppy deixara para trás. Os vestidos simples e sóbrios que usava no dia a dia, ela levara consigo. O que restava eram vestidos de brocado bordados, capas forradas de pele, camisas de baixo feitas de seda fina, com corte enviesado. Um armário de crinolinas acolchoadas e uma prateleira de roupas íntimas delicadas, ainda envoltas em papel dourado, intactas. Os aparatos da esposa do duque de Westmead. Um papel que ela nunca havia pedido nem almejado.

Não era uma prova disso que ela houvesse entrado naquele prédio em chamas com o desespero de uma mulher que não tinha mais nada pelo que viver? Archer sabia que Poppy considerava seus sermões sobre negócios cansativos e condescendentes, mas se ela achava que seu próprio valor se resumia a plantas, projetos e papéis, ele não a instruíra direito sobre o significado de tal palavra. Pois não havia nada, nada neste mundo que fosse mais precioso ou insubstituível do que ela.

Ele fechou a porta para as sedas abandonadas, fantasmagóricas. Ficar olhando para elas não mudaria o que ele tinha feito. Se quisesse reparar seu erro – e ele o faria, por tudo o que era sagrado –, havia negócios a resolver.

Subiu as escadas até o escritório, ainda atordoado com a confusão em que se metera. Recolheu os papéis dela, espalhados pelo chão. Salvou o que pôde das flores e sementes. Passou três horas endireitando, organizando e empacotando coisas com cuidado para serem enviadas a Hammersmith.

Depois de ter feito o seu melhor para reparar os danos nos pertences dela, sentou-se à escrivaninha, pegou uma pena e escreveu um bilhete a seu advogado.

Tynedale,
Preciso consultá-lo o mais rápido possível sobre os trâmites para um divórcio.

Capítulo trinta e um

Hammersmith, Londres
23 de dezembro de 1753

Poppy estava no gramado gelado vendo uma equipe de homens corpulentos usar cordas e andaimes para instalar o último painel de vidro de sua estufa.

– A mais alta do tipo na Inglaterra – comentou Partings com um sorriso. – E que visão ela é!

A estrutura era realmente bonita, erguendo-se das fileiras de árvores recém-plantadas para cintilar à luz mortiça de inverno como fios de açúcar. Para além dela, os jardins murados haviam sido lavrados recentemente para o plantio da estação e os galpões para florescimento forçado fervilhavam de jardineiros contratados para construir canteiros para as plantas que deveriam chegar da Virgínia no mês seguinte.

A cena era tudo o que ela sempre sonhara e o fato de ter se materializado em tão pouco tempo era nada menos do que um milagre da indústria moderna e dos poderes da riqueza ilimitada. Poppy deveria chorar de alegria e gratidão ao vê-la. Em vez disso, queria apenas chorar.

– Algo errado, Vossa Graça? – perguntou Partings.

– Não – respondeu ela, forçando um sorriso. – É apenas o frio. Que tal nos aquecermos com uma xícara de algo quente perto da lareira?

Ela levou Partings para dentro da casa, agora aconchegante, com tapetes de lã, jarros de azevinho e o sem-número de livros e esboços acumulados nas três semanas desde que ela se mudara, por mais diligente que fosse sua criadagem doméstica.

– Ah, Alison – chamou ela, ao avistar pela porta da biblioteca entreaberta uma figura masculina curvada sobre uma bandeja de chá. – Por favor, nos traga um bule de chocolate perto da lareira. E talvez uma garrafa de conhaque. Acredito que mereçamos um pouco de alegria no inverno, não é verdade, Sr. Partings?

A porta se escancarou e outro homem a atravessou. Seu marido sorriu para ela.

Ela teve que segurar o braço do Sr. Partings para se manter firme.

– Sou conhecido por fazer o trabalho do jardineiro e do cocheiro – disse Archer, com afabilidade –, mas vou me abster dos serviços de mordomo.

– Vossa Graça! – cumprimentou Partings, dobrando-se em uma profunda reverência. – O senhor veio ver a estufa? Acabamos de instalar o vidro.

– De fato, eu o vi ser erguido enquanto me dirigia para cá. Uma maravilha. Por outro lado, quando se trata da minha duquesa, nunca me faltam maravilhas.

Partings, Deus o abençoasse, continuou a conversar, o que encobriu o fato de a garganta de Poppy ter se fechado, tornando impossível que cumprimentasse o marido.

– Sim, o projeto é engenhoso – prosseguiu o arquiteto, incapaz de disfarçar seu orgulho ou sua empolgação no raro encontro privado com o empregador. – A tubulação fica sob as paredes da fundação, sabe, de modo que as plantas não são expostas à fornalha. Muito melhor para regular a temperatura. Talvez o senhor queira uma visita guiada?

Archer inclinou a cabeça para ele, como se a ideia fosse empolgante e, no entanto, não exatamente aonde deveriam chegar. Era o mesmo olhar que um dia Poppy achara tão enlouquecedor quanto encantador. Sem dúvida, o efeito pretendido era facilmente alcançado com Partings, que fazia um grande esforço para deduzir o que Archer tinha em mente.

– Vossa Graça, pensando bem, devo partir – disse ele, satisfeito consigo mesmo por ter compreendido afinal e ainda mais contente quando o sorriso de Archer confirmou que aquela era a resposta correta. – Creio que teremos neve esta noite e é melhor eu voltar para casa, para que a Sra. Partings não se preocupe.

– Ah, uma pena – respondeu Archer. – Um pouco de alegria noutra ocasião, então. Minha duquesa e eu gostaríamos que o senhor e a Sra. Partings se juntassem a nós em breve para um jantar, para agradecermos pelo seu trabalho.

O absurdo de se envolver em uma cena doméstica tão prosaica com o marido, no qual ela não punha os olhos havia quase um mês, ajudou a restaurar a concentração de Poppy.

– Escreverei à Sra. Partings depois das festas de fim de ano para convidá-los – emendou ela.

– É muita gentileza – disse Partings, entusiasmado. – Bom dia, Vossas Graças. Não é necessário me acompanhar.

Poppy esperou até que o arquiteto fosse embora para permitir que seu olhar caísse com toda a força sobre o marido.

Ele estava exasperantemente imaculado. Depois de uma ausência tão longa, a beleza dele a ofuscava como na ocasião em que eles se encontraram pela primeira vez, incólume à passagem do tempo. Ela captou um vislumbre de si mesma no espelho sobre o aparador e viu que o cabelo se embaraçara por causa do vento e as bochechas estavam vermelhas do frio. Sempre o mesmo e velho placar: ele, de tirar o fôlego; ela, desgrenhada.

– Cavendish – disse ele, fitando-a nos olhos.

Seu coração *traiçoeiro*. Era patético de tanta simplicidade, martelar ao ouvi-lo dizer seu descartado nome de solteira. Era uma história tão antiga e cansativa que ela se perguntava por que alguém se preocupava em contá-la: ele a magoara e ela se apaixonara por ele. Ansiara por sua presença nas últimas semanas. Tivera esperanças de que ele fosse atrás dela, que se desculpasse, que se explicasse, que deixasse que ela o repreendesse, censurasse, até que pudesse perdoá-lo e colocar tudo em ordem. Para assegurar-lhe que ela não tinha imaginado que eles pertenciam um ao outro, por maiores que fossem as diferenças entre eles.

Porém ele não aparecera.

A única notícia que recebera dele fora uma caixa bem-arrumada contendo seus pertences chamuscados no incêndio. Fora uma reprimenda tão eloquente que duvidava que o desgosto do marido por ela pudesse ter sido sinalizado mais poeticamente pelo próprio Alexander Pope. E isso – sua fria indiferença – era pior do que qualquer cena que ela tivesse interrompido na subversiva casa da cidade. Apesar de todos os segredos, o crime mais doloroso era aquele de que Archer não era culpado.

Ele simplesmente não a amava.

Ainda assim, ali estava ele.

Hoje, de todos os dias que poderia ter escolhido. O que significava apenas uma coisa: que o Dr. Hinton, aquele canalha velho e trêmulo, a havia traído. Foram necessárias apenas seis horas para que ele quebrasse sua palavra, apesar da promessa de não falar sobre sua condição. Ela iria comer o fígado daquele velho mexeriqueiro. Mas, primeiro, precisava resolver o inevitável confronto com o marido. Ficar parada no corredor torcendo as mãos não a ajudaria mais do que ficar lamentando a sua falta.

Deu meia-volta e passou direto por ele, rumo à biblioteca.

– A que devo a honra desta visita?

Ele a seguiu, tirou um envelope do bolso e o estendeu a ela. O pacote era grosso e estava lacrado com seu brasão ducal em cera vermelha. Negócio oficial da aristocracia.

– O que é isso?

Ele limpou a garganta. Sua voz saiu baixa, quase rouca.

– É o que lhe é devido.

Ela usou sua faca artística para abrir o selo e olhou dentro do envelope. Documentos legais, como ela suspeitava.

Poppy lhe ofereceu um sorriso tenso.

– Estou vendo. Mais contratos.

Sem dúvida continham algum adendo ao seu acordo de casamento, exigindo a custódia do filho ou seu banimento para uma casa de campo distante na Escócia após o nascimento da criança. Ela caminhou para trás de sua mesa e se sentou. Seria mais seguro ter móveis sólidos entre eles quando ela lesse os documentos, para não ser tentada a cortar a garganta dele.

– Como sabe – disse Archer, baixando ainda mais a voz –, contratos baseados em declarações falsas não são válidos.

– Como eu pensei ter deixado claro, Vossa Graça, não tomei o poejo. Certamente não pode duvidar disso nas circunstâncias atuais.

Ele piscou.

– Você me entendeu mal. Eu acredito em você. Mas não importaria, legalmente falando, se você tivesse tomado. *Eu* cometi fraude e *você*, portanto, merece ser liberada do nosso acordo.

Poppy não respondeu, porque sua mente estava ocupada lutando com as palavras escritas no papel. Ela havia tido muitos pensamentos infelizes sobre o marido nas semanas de seu afastamento, mas nunca cogitara que ele poderia ter enlouquecido.

Poppy levou os dedos até a escrivaninha, esperando que eles aterrissassem no ar, um sinal de que ela estava tendo um pesadelo especialmente vívido. Mas sentiu o carvalho sólido sob seu toque. E, sobre ele, estava uma petição à Câmara dos Lordes para um Ato do Parlamento concedendo divórcio ao duque de Westmead por motivos de adultério e perversão criminosa.

Dele mesmo.

As páginas se agitavam nas mãos de Poppy.

– Você está louco? – sussurrou ela.

Aquilo iria expô-lo. Iria projetá-lo à imagem do pai, transformando-o em objeto de escárnio público.

Ele colocou sua mão firme sobre a mão trêmula dela.

– Por favor. Não se preocupe. Eu lhe prometo que só estou aqui para consertar as coisas.

Folheou os papéis e apontou para uma cláusula na segunda página.

– Aqui. Sob estes termos, você terá direito ao dote estabelecido para você por ocasião do nosso casamento. Seu horto, várias propriedades e equidade total nos meus investimentos. Tudo o que possuo e que não esteja vinculado ao título de duque.

Ela olhou boquiaberta para o marido. Divórcios eram raros e tornavam as mulheres criaturas diminutas aos olhos da lei, dependentes de seus ex-cônjuges em cada moeda. O acordo que ele sugeria era pouco ortodoxo. Não tinha precedência na lei, nem no costume.

Ele limpou a garganta.

– Deve estar preocupada com sua reputação, imagino. Veja a página nove. É uma declaração juramentada esclarecendo que você não sabia nada sobre as minhas inclinações e ficou horrorizada ao descobri-las. Que traí sua fé e meus votos. Dado o histórico da minha família, ninguém vai culpá-la. Ainda haverá um escândalo, é claro. Não há como evitar. Mas farei o possível para que você seja poupada do pior. Lamento que tenha que ser envolvida.

Ele recuou um passo.

– Não vou insistir nisso; a escolha é sua. Mas, se quiser sua liberdade, quero que você tenha tudo o que eu puder restaurar dela. E sinto muito por tê-la tirado sob falsos pretextos.

Ele parecia sincero. Arrependido. Solene.

Aquilo não fazia sentido.

– Você fica repetindo que agiu de má-fé – falou Poppy. – O que quer dizer com isso?

Archer contornou a mesa e se ajoelhou ao lado dela, encarando-a de forma tão sincera que quase parecia vulnerável.

– Eu lhe pedi que desistisse do seu nome e da sua propriedade a fim de garantir os meus. Eu disse que, em troca, não exigiria nada do seu coração ou da sua independência. Eu menti. Estava apaixonado por você. Então fui eu quem cometeu a transgressão.

Ela se sentiu tonta.

De repente, compreendeu.

Aqueles documentos não eram uma rejeição.

Eram um testemunho dos sentimentos dele.

Era bem típico Archer fazer isso com uma cuidadosa pilha de papéis.

Archer estava dizendo que entendia do que ela havia desistido ao se casar com ele. O que também devia significar que ele sabia o que a motivara.

Que, sempre que ele estava por perto, o coração dela subia até a garganta. Quando ele a tocava, as fronteiras do mundo se estreitavam e se reduziam apenas a eles e ao desejo. Porque, antes dele, Poppy nunca se atrevera a imaginar que pudesse haver uma pessoa tão sob medida para sua personalidade. Porque, muito antes de se casar com ele, ela havia sentido, de algum modo, que ele lhe pertencia, por mais improvável e inconcebível que isso fosse. Seu Archer. Seu detestável, impossível, insuportavelmente adorável duque de Westmead.

Ela sacudiu as páginas em suas mãos, abalada demais para falar.

– E quanto ao seu herdeiro? – perguntou ela, ganhando tempo para tomar uma decisão. – Lorde Wetherby?

– Assinei um documento para que mais de 20 mil libras fossem transferidas para um fundo que preservará o bem-estar dos arrendatários de Westhaven. Isso os protegerá por muito tempo depois que o ducado deixar minhas mãos. Mesmo que Wetherby me suceda.

– Ah.

Se a voz dela pareceu distante, foi porque ela acabara de descobrir o que precisava dizer e estava buscando as palavras certas. Mas ele ergueu os olhos cheios de culpa, como se ela o tivesse flagrado em uma mentira.

– Eu sei. Eu deveria ter pensado em fazer isso antes de conhecê-la. Não deveria ter pressionado você para que se casasse comigo. Mas não posso dizer que me arrependo, Poppy. Não posso dizer que me arrependo de um minuto sequer do tempo que passei com você.

A dor lampejou nos olhos dele.

Ela encontrou as palavras.

– Eu odeio... – começou ela, mas sua voz falhou.

Ela pôde vê-lo encolher-se, preparando-se para suportar as coisas terríveis que imaginava estar prestes a ouvir.

Poppy pegou a primeira página do documento de divórcio e deixou que suas mãos fizessem o que a voz não conseguia. Ela a rasgou.

Os pedaços de papel que caíram no chão a encorajaram.

– Eu odeio ter que destruir isso – disse ela, rasgando outro punhado.

Um olhar hesitante cruzou o rosto dele.

– Eu amarei estas páginas, Archer. Assim que as tiver destruído. Elas são o gesto mais romântico que alguém já fez por mim.

Ele se retraiu.

– Se isso for verdade, é porque sou um idiota, Cavendish. Se eu tivesse agido certo, *isto* seria o gesto mais romântico que alguém já fez por você.

Ele tirou o anel de casamento dela do bolso e o colocou sobre a mesa.

– Eu queria tê-lo dado a você da forma correta. Queria ter sido honesto desde o princípio.

Ela sorriu, talvez seu primeiro sorriso genuíno em três semanas.

– E o que teria dito?

– Que eu pensei em casar com uma caçadora de fortunas e, em vez disso, conheci uma mulher que podia fazer florestas crescerem dentro de casa.

– Você parece estar falando de uma bruxa.

Archer sorriu.

– É possível. Isso explicaria por que eu parava de respirar toda vez que ela entrava em um cômodo e perdia noites inteiras de sono sonhando acordado com seus cabelos.

Ele parecia tão magoado que ela estendeu a mão para pegar a dele.

– Era óbvio que ela não tinha nenhum interesse em se casar comigo. Era óbvio que eu não servia para ser marido dela. Era óbvio que as coisas que eu queria quando olhava para ela eram as mesmas que eu havia prometido a mim mesmo que nunca, *nunca mais* iria querer. Mas eu ignorei tudo isso porque eu estava... estou... apaixonado por ela.

Ele pegou a mão dela e a colocou em seu ombro, em cima das cicatrizes.

– Poppy, eu estava com muito medo de admitir que te amo. Até para mim mesmo. Mas eu te amo. Muito. Ainda que eu seja um covarde.

Archer estava fazendo uma cena indecorosa. Ele não tivera a intenção de protagonizar um monólogo.

Os dedos de Poppy seguraram o ombro dele. Ele ergueu os olhos para os da esposa, sem saber o que ela pensaria dele, de joelhos e dilacerado daquela maneira. À luz fraca, o verde fresco das íris dela tinha ficado tão suave e cinzento quanto a névoa que descia das colinas nas manhãs de Wiltshire. Ele quis mergulhar no que via nelas.

Ela tomou o rosto dele nas mãos.

– Archer – sussurrou, a voz falhando. – *Covarde?*

– Eu pedi que confiasse em mim, e você confiou. Colocou seu maior tesouro em minhas mãos e aceitou minha palavra de que cuidaria dele como se fosse meu. Mas, quando pediu o mesmo de mim, eu me esquivei. Não pude suportar me revelar.

Ele enrolou um dos cachos da esposa ao redor do dedo e traçou a linha da face dela com o nó dele.

– Cavendish, aqui está a verdade. O que você viu na Charlotte Street não foi uma ocorrência casual. Sou um investidor do clube e tenho ido lá há anos. Gosto de estar à mercê dos outros. Tanto que às vezes sinto que vou desmoronar ou enlouquecer sem isso. Eu disse a mim mesmo que tinha razão para esconder isso, que, se você soubesse como eu ansiava por estar de joelhos no escuro, poderia não me ver da mesma maneira. Que você me consideraria fraco. Ou alguém igual a meu pai.

Ela apertou a mão dele.

– Archer, você não é fraco. E não é nada como seu pai.

Era um ponto de vista doce. Archer queria poder acreditar nela.

Poppy apertou a mão dele mais uma vez.

– O homem que vejo diante de mim teve sua família arrancada dele e substituída por dívidas, responsabilidade e dor. E ele, mesmo assim, se portou à altura do que lhe era exigido. Apesar das perdas que enfrentava, cuidou das pessoas ao seu redor. Ele se esforça muito para ser um homem bom e decente. E é a tentativa *que o faz assim*. O *esforço* é a marca do caráter, não o parentesco. E certamente não o que você deseja no escuro.

Ele não sabia o que dizer.

Os olhos dela brilhavam. Ela pegou seu anel de casamento da escrivaninha e o segurou na luz.

– Quer que eu use este anel de novo?

Ele não pôde conter um suspiro devastado.

– Eu te amo. Mas não posso pedir que você arrisque sua reputação em nome de gostos que não compartilha. Talvez pudéssemos fazer alguns arranjos...

– Me ensine – pediu ela, suavemente.

Os pensamentos dele emudeceram.

– Ensinar a você? – repetiu.

– Sim. Sabe, Vossa Graça, temo que eu ainda não tenha terminado de negociar. Se me quiser de volta, vai ter que me mostrar o que exatamente você aprecia ao se pôr de joelhos.

Ela delineou o polegar dele com o dedo e sorriu recatadamente, embora houvesse um brilho ávido em seus olhos.

Todos os pelos do corpo dele de repente se arrepiaram.

– Você quer...

– Sim. Todos os dias, desde que o encontrei naquele maldito clube, tenho pensado no que vi naquela noite e *desejado* você assim. Para mim. *Todos os dias.*

– *Ahhhhh*, Cavendish.

Deus o ajudasse, mas aquelas foram as palavras mais excitantes que ele já ouvira.

Ele pegou o anel e o colocou no dedo dela.

– Então você me terá. Do jeito que quiser.

Ele se inclinou e a beijou. Ela era tão macia. Tão feminina, cheirosa e meiga.

Poppy mordeu o lábio inferior dele.

– Me ensine a deixá-lo arrebatado.

Capítulo trinta e dois

Poppy tinha ficado nervosa aguardando o marido instalar sua carruagem nos estábulos para passar a noite. Em sua ausência, ela se lembrara tardiamente de que não era, de fato, uma temível agente dos desejos masculinos mais íntimos. Era uma florista de Wiltshire.

Alguém que, muito possivelmente, estava prestes a passar vergonha.

– O que há de errado? – perguntou Archer quando voltou, os cabelos cobertos de flocos de neve.

Ele trazia uma corda e, Deus do Céu, um chicote de montaria.

– São para mim?

Ele piscou para ela. O safado *piscou* para ela.

Poppy enterrou o rosto nas mãos.

– Archer, eu me sinto tão tola. Não tenho a menor ideia do que fazer.

Ele a tomou nos braços e a pressionou contra seu corpo, que tinha o delicioso aroma de nevasca.

– Não precisa fazer nada além de estar aqui. Sou louco por você exatamente como você é.

– E se eu fizer papel de idiota?

Archer pegou a mão da esposa e a deslizou até as calças dele, onde, mesmo através da grossa lã do casaco, ela podia sentir a rigidez da excitação.

– Não vai.

Ela respirou fundo e deixou seus dedos se demorarem. Certo. Ela sempre tivera esse efeito sobre ele. Tudo que precisava fazer era aprender a usar esse poder.

Não tinha analisado com curiosidade as ilustrações finais em seu livro roubado, imaginando exatamente aquele momento?

Pegou o chicote de montaria. Gostou da expectativa que flamejou nos olhos dele enquanto ela segurava a peça e a avaliava. Só que não queria machucá-lo.

– Eu quero agradar você. Mas tenho medo de machucá-lo.

– Não precisa se preocupar. A dor não é o principal, pelo menos não para mim. Mas ela aumenta o prazer de ser dominado. E sou bastante resistente a ela.

O prazer de ser dominado. A ideia de lhe dar isso foi suficiente para que ela encarasse o chicote com interesse renovado.

– Vai me mostrar do que gosta?

Ele pegou o chicote e deu um leve golpe no ar.

– Uma pequena chicotada. Está vendo? Apenas tome cuidado para não machucar minhas mãos ou o rosto. E não tire sangue.

– Como vou saber se exagerei?

– Posso lhe mostrar? – perguntou ele, virando a palma da mão dela para cima.

Ela engoliu em seco.

– Sim.

Ele golpeou de leve o delicado espaço de pele à mostra entre a manga do vestido e a mão dela.

– Nossa! – gritou ela, puxando a mão.

O sorriso de Archer se estendeu até os olhos quando ele levou aos lábios seu pulso rosado e ardente.

– Viu? Não é muito pior do que uma picada de abelha. Você não vai me matar.

Ela escondeu seu sorriso com a mão. Aquilo era mesmo um pouco engraçado. Parecia uma gatinha tendo aulas de caça com o rato que ela queria devorar.

– E o que você quer que eu faça com a corda?

O marido corou. Realmente *corou*.

– O que quer que você *queira* fazer, espero – disse ele, rindo um pouco de si mesmo. – É isso que eu quero. Estar à sua disposição. Me render à sua vontade.

– E se eu exagerar?

Ele sorriu com malícia.

– Não vamos nos precipitar, Cavendish.

Ela revirou os olhos para ele, embora tivesse que admitir que sua mistura de timidez e óbvia excitação a deixava à vontade.

Ele levantou o queixo dela.

– Estou lhe dando permissão para fazer o que quiser. Você pode ser misericordiosa ou me fazer sofrer. Recusar prazeres ou dá-los em tamanha abundância que seja uma tortura. Quero que você me use de qualquer maneira que possa imaginar. Mas, Poppy, se você *não quiser*, não precisa fazer isso. Pode parar quando desejar. E, se algo for demais para mim, eu vou dizer a palavra...

Ele parou para pensar, depois piscou para ela.

– ... *estufa* – concluiu. – E nós vamos parar.

Era estranho discutir tais atos com tanta franqueza. No entanto, ela gostou bastante. Gostou da expressão sonhadora que perpassava os olhos do marido quando ele lhe dizia o que queria. Ela queria lhe dar exatamente aquilo.

– Há mais uma coisa – disse ele. – Quando acabar, eu posso ficar abalado. Pode ser bastante intenso. Seja... terna comigo. Se puder.

Ele tossiu e suas faces ficaram vermelhas de novo.

Naquele momento, ela o amou tanto que pensou que poderia se derreter, se transformar em uma poça, escorrer através das tábuas do chão. Ela o puxou para si e beijou a sua fronte.

– Cuidarei muito bem de você.

Ele deu um sorriso frágil, seus olhos mais uma vez se tornando lascivos.

– Não bem demais, espero.

Ela se apoiou no aparador e levou o dedo aos lábios, pensativa.

– Muito bem. Chega de lições, Westmead.

Ele a observou, um leve sorriso ainda brincando nos lábios.

– Você está adorável assim.

Ela lhe lançou um olhar fulminante. Ele a estava provocando. Sabia que a condescendência a irritava e estava usando isso a seu favor.

Poppy cruzou os braços.

– Pare de sorrir ou terei que castigá-lo.

Ele endireitou o rosto, uma leve expressão divertida ainda bruxuleando em seus olhos.

– Assim espero.

– Tire o lenço do pescoço – ordenou ela.

Ele tirou o sobretudo e o colocou em uma cadeira, em seguida desamarrou o lenço, levando muito tempo para desenrolá-lo do pescoço e dobrá-lo em um retângulo perfeito. Sempre meticuloso, seu marido. Ela pegou o chicote de montaria e o usou para empurrar o lenço dobrado, sorrindo enquanto ele caía no chão.

Um ar de irritação cruzou o rosto de Archer.

– Pegue-o e traga-o aqui – exigiu ela.

Ele obedeceu. Assim era melhor.

– Fique quieto.

Poppy alisou o cabelo do marido e posicionou o tecido sobre os olhos dele, dando várias voltas para vendá-lo.

Sim, *muito* melhor. Ele não poderia zombar de suas vacilantes tentativas de maestria se não as visse.

Ela se demorou deslizando as calças dele pelas pernas, provocando a pele macia entre as coxas. Suas mãos deixavam uma trilha de arrepios por onde roçavam. Archer não era imune a ela. Nem de longe.

Poppy puxou a camisa dele pela cabeça e deixou o tecido roçar os ossos do quadril enquanto caía no chão.

Levou as mãos ao peito dele e correu as unhas de leve por sua pele até chegar ao umbigo. Ela respirou calor e sândalo.

A boca dele se entreabriu quando os dedos dela rodopiaram por entre os pelos que levavam à virilha. Assim como a dela. Seu instinto pedia para beijá-lo, mas, em vez disso, ela levou a mão até a virilidade dele e a fechou em torno do membro. Ele estava excitado, mas não urgentemente. Ela correu o dedo dos testículos até a fenda entre suas nádegas. Ele afastou as coxas, convidando-a. Ela caiu de joelhos e tomou a cabeça do sexo dele na boca. Queria deixá-lo muito, muito rígido. Ele soltou um gemido enquanto ela o tomava mais fundo e correu as mãos pelos cabelos dela.

Poppy esperou até que ele ficasse frenético, inclinando o corpo para que ela tomasse mais dele, então o soltou.

– Nada disso. Você não deve me tocar, a menos que eu mande. Venha.

Ela o levou até a borda de sua mesa e jogou todos os livros e papéis no chão.

– Deite-se.

Posicionou os braços de Archer acima da cabeça e os amarrou nas pernas da mesa com a corda. Ele arquejou ao sentir as fibras arranharem seus pulsos. Estava completa e resplandecentemente excitado agora. Ela sorriu ao notar.

– Espero que os criados não entrem e o encontrem assim – disse ela, os dedos aterrissando nos mamilos do marido.

Diante dessa ideia, ele praticamente choramingou.

Ela os torceu.

– Ah, *gosta* disso? Seu devasso!

Ele sibilou de dor e os músculos do seu abdômen se contraíram enquanto seu membro saltava no ar.

Intrigante.

Poppy pegou o chicote e o deslizou para cima e para baixo pela parte interna da perna dele, permitindo que o punho afundasse na pele. Archer prendeu a respiração. Ela o golpeou na parte interna da coxa, onde deixou a impressão de uma meia-lua rosada.

O ato fez a pelve de Archer responder com entusiasmo. Ela provocou a ereção dele delicadamente com a ponta do chicote.

– O que devemos fazer com isso?

Ele ergueu o quadril da mesa.

– Menino travesso.

Ela arrastou o chicote para longe da virilha dele e de volta para o peito, parando para chicoteá-lo, várias vezes, nos ombros. Ele suspirou de dor e por um momento ela se perguntou se tinha ido longe demais. Mas ele sorria.

Então, essa era a alquimia. A dor aumentava o prazer, como ele dissera. Misturar os dois era a maneira de levá-lo ao estado erótico e atordoado que ela testemunhara no clube.

Deus, como ela queria vê-lo naquele estado de novo. Levá-lo até lá, ela mesma.

Se ele ainda conseguia sorrir, era hora de aumentar as apostas.

– Chega de descanso para você.

Ela desamarrou os pulsos de Archer e o colocou de pé de costas para ela, inclinado para a frente, diante do armário que ficava encostado na parede.

– Mãos acima da cabeça. Não faça barulho.

Ela correu o chicote entre as pernas dele, deixando-o roçar a fenda das nádegas. Ele gemeu. Como punição, ela lhe deu uma dolorosa palmada no traseiro.

– Silêncio!

Ele obedeceu, mas ela o sentiu tenso de excitação. Bateu nele de novo com a palma da mão, com mais força, até seu traseiro ficar vermelho-vivo e seus joelhos tremerem.

E ele permitiu. Não a provocava mais, apenas aceitava o que ela fazia. Era como se ele desaparecesse sob o comando dela, subjugando completamente o seu lado mais vulnerável ao poder de Poppy.

Quanto mais forte ela batia, mais ele se entregava.

– Ah, meu querido – sussurrou ela, passando a mão sobre as marcas vermelhas e quentes na pele dele.

Ele se inclinou para trás, pressionando-se contra a mão dela, querendo tanto o afeto quanto a violência.

Confiando nela.

Ele confiava nela.

Imediatamente, Poppy sentiu que tinha algo muito precioso e muito, muito delicado em suas mãos. Como se ela controlasse o Universo e devesse ser muito, muito delicada com ele.

Ele encostou a cabeça no armário, sem forças, os ombros trêmulos.

O desejo e a impotência de Archer foram como uma carícia na pelve de Poppy. Ela se sentiu liquefazer, o quarto desaparecendo até restarem só ele, ela e a ligação que corria entre eles.

Descansou o rosto nas costas de Archer. Estavam quentes por causa dos golpes.

– O que vou fazer com você? – perguntou ela, trêmula.

A voz dele saiu como se estivesse em transe.

– Bater com mais força.

Em vez disso, ela levou o rosto ao pescoço dele e o beijou com ternura. Quando ele se inclinou para beijá-la, ela afundou os dentes na cavidade entre o pescoço e o ombro. Ele arquejou. Poppy levou as mãos aos ombros dele e o empurrou para baixo, até vê-lo de joelhos.

Ele estava agachado diante do armário, os joelhos afastados, suas poderosas coxas flexionadas. A pose era ao mesmo tempo servil e atlética. Linda de se ver. Completamente dela.

Ela bateu nele com toda a força que podia, atravessando as nádegas com seu chicote. Ele se contorcia de dor e prazer. Poppy fez isso até seu braço latejar e ele tombar, apoiando-se nos antebraços. Archer estava exatamente como na noite em que ela o descobrira na casa escura da cidade. Domado, desapoderado, excitado, forte e *insaciado*.

– Quero que você se vire e se exiba para mim – ordenou ela.

Ele estava afogueado e inchado de excitação. Seu membro pulsava no ar, a ponta úmida, implorando por atenção.

– Agora se toque.

Ele agarrou a própria ereção.

– Certamente você quer mais do que isso – disse ela. – Certamente está morrendo de vontade de se acariciar. Quer fazer isso?

– Sim – gemeu ele, movendo a mão para cima e para baixo ao longo do membro.

Poppy adorou observá-lo naquele ato particular. Vê-lo excitado como se estivesse sozinho. Desejou ver o rosto dele.

Desatou a venda. Ele cessou o movimento.

Poppy beijou o ombro do marido.

Arfando, ele a encarou com um olhar de êxtase e tortura ao mesmo tempo. Ele tremia. Seus olhos fitavam os dela intensamente. E então ela percebeu o que ele estava esperando.

A permissão dela.

Ela correu a mão pela ponta da ereção dele, usando o polegar para espalhar sua essência.

Ele arquejou. Ela estremeceu.

– Você quer muito gozar, não quer?

– Sim. Céus, sim. Por favor.

– Por favor o quê? O que você quer?

Ele estremeceu.

– Quero gozar. Quero que você me veja gozar.

A respiração dela ficou presa.

– Então goza.

Ele passou a língua pela palma da mão, umedeceu o pênis e começou a mover o punho com golpes longos e precisos.

– Agora. Goza para mim – ordenou ela.

Os olhos dele se abriram e, por um segundo, encontraram os dela. O que ela viu neles foi uma confissão nua e sem defesas – uma alma se anunciando. O grito veio do fundo dele. Ele gritou quando um arco espesso jorrou de seu membro. Manteve os olhos abertos enquanto gozava. Olhando direto nos dela.

Ela se sentiu derreter até o âmago enquanto ele a observava. Caiu de joelhos e pressionou a cabeça contra a pele quente e lisa dele.

– Ah, meu querido – sussurrou.

Ele enterrou o rosto nas saias dela, lágrimas rolando dos olhos.

Ela o abraçou enquanto ele se recuperava, acariciando seu cabelo, beijando cada marca vívida deixada em sua pele.

Quando a respiração dele voltou ao normal, ela buscou na mesa um pano e um jarro de água fria e limpou a sujeira que ele tinha feito.

– Obrigado – disse ele, olhando para ela. – Nunca foi tão... Eu nunca... obrigado.

Ela se curvou e beijou os últimos vestígios das lágrimas que ele derramara.

– Você gostou? – perguntou ele, olhando para a esposa por baixo dos cílios.

Em resposta, ela pegou as mãos dele e as levou a seus seios.

– Me toque.

Ele a puxou para o colo e a beijou devagar, apaixonadamente. De repente, as mãos dele estavam em todos os lugares. Poppy segurou uma delas e a guiou por entre suas coxas.

O que fizera com ele a deixara enlouquecida. Se ele não a tocasse onde ela mais queria, Poppy desmaiaria.

Os olhos dele brilharam ao entender o que ela desejava. Ela era dele agora; o manto de controle voltara. Ele lhe deu pequenos beijos lenientes no pescoço e nos seios enquanto a aconchegava ao lado do seu corpo e levantava suas saias. Ela abriu as pernas e os dedos dele logo encontraram a parte mais faminta e carente de seu corpo. Archer colocou um dedo dentro dela ao mesmo tempo que o polegar trabalhava intensamente ao longo das bordas de sua feminilidade e sua boca sugava e mordiscava os mamilos através do vestido, como um especialista que soubesse exatamente como cuidar dela. Estrelas se iluminaram por atrás dos olhos de Poppy e ela desabou com um grito, tremendo e lânguida, seu corpo um delírio febril.

Ele a abraçou e envolveu seu corpo com as pernas. Eles ficaram entrelaçados em silêncio, enquanto os minutos se passavam repletos apenas da respiração ofegante deles. Eram o próprio retrato de um duque totalmente exausto e pervertido e de sua indecente e debochada duquesa.

Archer se vestiu devagar, parando para sentir a pele dolorida. Para saborear a dor, a prova de que era real. Poppy tinha visto a parte dele que desejava ser comandada. E isso só a fizera desejá-lo mais.

Fizera com que ela o quisesse *mais*.

– Obrigado – disse Archer a ela, sentando-se ao seu lado no chão.

Poppy parecia insegura, então ele sorriu para ela e ela sorriu de volta. Então ela irrompeu em lágrimas.

Ah, Santo Deus! Ele ficara tão absorto na própria luxúria que não tinha visto que a horrorizara. Só agora, depois que tivera tempo para refletir, ela caíra em si. Enquanto ele se demorava com os botões do próprio colete, ela tivera tempo de mudar de ideia a respeito dele.

– O que houve? – forçou-se a perguntar, apesar de sentir em seus ossos qual era a resposta.

– Eu te amo – disse ela, soluçando.

Ele soltou a respiração com um suspiro entrecortado.

Com isso ele conseguia lidar.

Com muito carinho, envolveu a esposa nos braços.

– Isso não é um problema, Cavendish. Não sei se você ouviu meu discurso esta tarde, mas eu também gosto muito de você.

– Ah, Archer – disse ela com o rosto enterrado no pescoço dele. – Eu pensei que você não iria voltar. Quando me enviou aquela caixa com meus papéis, pensei que tudo tivesse acabado.

– Não, querida – falou ele. – Só achei que você iria querer os papéis de volta.

– Eu só queria *você* de volta – confessou Poppy, com a voz estrangulada. – Você era a única coisa que eu queria.

Ele respirou fundo para se acalmar.

– Vamos caminhar lá fora.

265

Ela fungou e balançou a cabeça.

– Está nevando. Vamos congelar.

Ele a agraciou com o seu melhor olhar malicioso.

– Cavendish, prometo com a minha vida que vou encontrar uma maneira de manter você aquecida. Venha.

Ele destrancou as portas duplas que levavam ao jardim.

Um manto macio de neve cobria as árvores e o terreno. Ao longe, os pináculos da estufa pareciam uma montanha de gelo. Sozinhos naquela tela branca, sentiam-se como se fossem as duas últimas pessoas no mundo.

Ele se colocou atrás dela e a abraçou, de modo que ela ficasse protegida no calor dele enquanto olhavam para a casa.

– Quando vi esta casa pela primeira vez – disse ele ao ouvido dela –, me imaginei beijando você aqui, neste exato lugar, debaixo das árvores.

Poppy apertou a mão dele.

– Foi muito gentil da sua parte encontrar este lugar para mim. Eu nunca lhe agradeci de verdade. É perfeito.

– Fui egoísta. Eu comprei porque não consegui parar de imaginar uma família aqui.

Poppy se virou para ele com flocos de neve em suas pestanas escuras. Ele usou os polegares para limpá-las.

– Você vai realizar seu desejo.

Ela pegou a mão do marido e a colocou sobre a própria barriga, deixando os dedos entrelaçados aos dele.

– Em agosto, eu acho – completou ela.

– Ah, meu Deus – sussurrou ele.

Archer tinha recebido um anúncio como aquele uma vez antes e tinha se sentido satisfeito e até orgulhoso. Na época, não conhecia o terror, o amor, a alegria e a tristeza que agora o afligiam. Mesmo assim, foi impossível conter o sorriso que tomou conta de seu rosto. Ele podia sentir aquele sorriso no próprio peito. Nos tornozelos, até.

Fechou os olhos e levou a testa aos lábios de Poppy. Ela o beijou suavemente e ele ergueu o queixo até sua boca. Encontrou a elevação dos seios dela e se maravilhou com a curvatura suave e exuberante – um pouco mais cheios agora: suas mãos podiam perceber o que ainda não era visível apenas aos olhos. Ele correu os dedos de volta à cintura, até o ventre dela.

O inchaço quase imperceptível entre seus quadris, onde um mês antes havia uma concavidade, provocou uma ferocidade possessiva nele. Archer se ouviu gemer enquanto a beijava mais profundamente.

– Aqui não – disse ela, rindo. – Lá dentro.

Só conseguiram chegar até a soleira da porta. Archer queria ver as mudanças no corpo dela sem o vestido pesado e as grossas anáguas de inverno. Seus dedos procuraram os cadarços e começaram a desamarrá-los, a destreza surgindo por pura força de vontade. Ele soltou o corpete da esposa e ela se contorceu para se livrar da peça. Ele ficou tão agradecido que ouviu a si próprio dizendo "boa menina" e a ouviu rir da luxúria não disfarçada nas palavras dele.

Ele a levou para um divã no canto mais escuro do cômodo – um canto com vista para os jardins nevados. Deitou-a ali e tirou sua camisa de baixo pela cabeça. E lá estava ela, os mesmos membros longilíneos e a pele leitosa.

Archer passou dez minutos deleitando-se em recordar os prazeres daquela pele. Não teve pressa, até ela começar a sinalizar a impaciência de seu corpo. E, quando ela se perdeu, ele também se perdeu nela.

Capítulo trinta e três

Poppy baixou o véu sobre os olhos e saiu para a rua. Era cedo demais para visitar um estabelecimento como aquele, mas ela sabia que Archer a deteria se soubesse aonde ela pretendia ir. Assim, saíra antes que ele acordasse. Eram as vantagens de se levantar com o raiar do sol.

Puxou sua capa em torno de si e bateu a pesada aldrava de ferro duas vezes.

A sisuda criada abriu a porta.

– Você de novo – disse ela.

– Vim para falar com sua patroa.

A garota olhou para ela impassivelmente.

– Não, a menos que tenha uma chave.

Poppy teve que conceder certo respeito pela insolência da jovem. Se era uma aprendiz no ramo de sua patroa, estava no caminho certo para ficar versada em desprezo impiedoso.

Sorriu calmamente para a jovem.

– Talvez você prefira que eu mesma a encontre. Caso não se lembre, já fiz isso antes.

A garota não esboçou nenhuma reação, mas, depois de um momento, abriu passagem.

– Espere naquele banco – disse ela. – Vou perguntar se a Sra. Brearley quer vê-la, mas não espero que ela diga que sim.

Sra. Brearley. Então a mulher tinha nome, como um mero mortal.

Poppy se acomodou rigidamente na madeira implacável, sentindo-se como uma criança travessa, o que ela suspeitava ser o efeito pretendido.

Depois de algum tempo, o som de passos quebrou o silêncio.

A Sra. Brearley era alta, vestida da cabeça aos pés no mesmo tom de preto severo da criada. No entanto, algo no vestido que ela usava era atraente e familiar. *Era uma criação de Valeria Parc.* Dramático e sóbrio, de corte imaculado e com rendas finas que emergiam das mangas compridas e subiam pelo pescoço. Se fosse de outra cor, não seria tão diferente dos vestidos pendurados no guarda-roupa de Poppy. Isso significava que Valeria tinha se encontrado com a governanta chicoteadora, tinha ajustado sua roupa, repreendido sua postura e ameaçado espetá-la com a agulha se ela se mexesse.

Perceber isso fez com que Poppy se sentisse mais segura.

– Obrigada por me receber, Sra. Brearley – disse ela, levantando-se do banco. – Receio que não tenhamos sido devidamente apresentadas.

– Sei quem você é, duquesa – falou a mulher.

Seu sotaque era educado e fazia lembrar os condados do norte.

– O que me intriga é por que está aqui – prosseguiu ela. – De novo.

– Vim pedir um favor.

– Se deseja que eu impeça seu marido de entrar no meu estabelecimento, não considero tais pedidos. Mas, neste caso, a questão é irrelevante, já que Westmead cancelou sua afiliação.

– Não é esse o tipo de assistência de que preciso.

– E qual é?

– Instrução.

Um lampejo de interesse cruzou os olhos da Sra. Brearley.

– Ele a enviou aqui?

– Não. Foi ideia minha. Acho que os interesses dele têm despertado os meus. Pensei que talvez eu pudesse contratá-la para me ensinar.

A mulher cruzou os braços, considerando a proposta. Então se virou e mexeu em um painel na parede, que se abriu, revelando um cofre.

– Se deseja saber o que é praticado aqui, primeiro deve se afiliar e assinar um juramento de discrição. Nós estamos fechados a novos membros, mas, considerando que é esposa de Westmead e sou afeiçoada a ele, farei uma exceção.

– É afeiçoada a ele?

A Sra. Brearley a avaliou, depois suavizou sua expressão.

– Não sou nenhuma ameaça à sua reivindicação sobre os afetos dele. Eu me preocupo com ele apenas como um velho amigo a quem desejo o melhor.

A mulher a fitou nos olhos e, por um momento, seu rosto se abriu em um sorriso irônico.

– Especialmente quando tais amigos têm o hábito perverso de se tornarem infelizes.

– Ah.

Poppy se viu rindo diante desse inesperado momento de compreensão.

A Sra. Brearley entregou a ela duas folhas de papel e gesticulou para indicar uma escrivaninha.

Eu, Poppy escreveu, *Poplar, duquesa de Westmead, por meio deste concordo...* Ela copiou o roteiro restante e assinou seu nome.

– Esta será a última vez que você vai usar seu título aqui. Nós não seguimos as hierarquias usuais. Cada homem ou mulher caminha por entre estas paredes trazendo apenas o humilde poder da própria humanidade.

– Há mulheres entre os membros de uma casa onde se levam chicotadas?

– Há todo tipo de gente entre os membros. E os prazeres que encontram aqui não se limitam, de forma alguma, a chicotadas.

Ah.

A Sra. Brearley trancou o documento no cofre e entregou a Poppy uma pesada chave de ferro.

– Isto parece...

– A do seu marido? Sim. Ele a devolveu quando encerrou sua afiliação. Ainda não a coloquei de volta em circulação. Pode dizer que sou sentimental. Agora é sua. No futuro, apresente-a à porta para entrar aqui. Isso vai lhe poupar do atrevimento da minha criada.

A senhora a levou para o andar de baixo e passou por uma das pesadas portas no corredor. As paredes eram forradas com uma macia camada de lã para absorver os sons do interior do cômodo e havia uma estante bem-organizada contendo instrumentos da profissão. Chicotes em uma variedade de tamanhos e feitos de todos os tipos de material, de cânhamo a couro, e correntes. Algemas, amarras, açoites e esculturas cilíndricas que se assemelhavam à anatomia masculina.

Durante a hora seguinte, aprendeu muito sobre aquele empreendimento rigoroso e fisicamente exigente. A dona do estabelecimento não se envergonhava, falava abertamente como se descrevesse melhorias agrícolas em vez de subjugação erótica. Ela lhe mostrou como estalar um chicote – "uma chicotada desta maneira para uma provocação, um estalo chocante para um golpe mais cruel". Como amarrar um cilício, uma venda, uma contenção. Como manter o tênue equilíbrio entre ternura e tormento.

Quando ela devolveu os itens para as prateleiras, olhou por cima do ombro e fixou os olhos em Poppy.

– Eu seria negligente se não acrescentasse que tudo isso é apenas *técnica*. Deve encontrar dentro de si mesma o que quer da experiência, e ele também deve. Entendeu?

– Posso perguntar, então, o que você ganha com isso? Por que o pratica?

A Sra. Brearley lhe lançou aquele olhar implacável.

– Porque há um poder inebriante em ser o único a outorgar tais intimidades. Mas você já conhece isso, não é, Poppy? A sedução desse ato. Pude ver no seu rosto na noite em que entrou pela minha porta de serviço.

– Sim – admitiu ela.

– Espero que volte a me visitar. A verdadeira perícia requer aprendizado. Enquanto isso, enviarei alguns itens para a sua residência. De modo discreto. Uma espécie de presente de casamento.

– Não sei como lhe agradecer.

Novamente, o lampejo de um sorriso irônico.

– Não precisa. Receberá a conta.

– Obrigada, Sra. Brearley.

– Passe bem – disse a mulher.

Ela fez uma pausa e seu rosto se tornou gentil.

– E seja boa para ele – prosseguiu. – Ele deve estar muito apaixonado por você para desistir deste lugar.

Poppy sorriu. Pois naquele dia, pela primeira vez desde que conhecera Archer, ela acordara sem nenhuma dúvida de que ele estava mesmo.

Archer não estava com disposição para festejar.

Estava dolorido. E não sensualmente. Sua pele pinicava da umidade gelada da carruagem. A camisa abrasava as costas nos pontos em que tinha sido atingido com o chicote. A cabeça doía de tensão.

E, em vez de ir para casa, para um banho quente ou uma grande garrafa de conhaque, ele estava a caminho da maldita ceia de Natal da irmã, sua última esperança de localizar a esposa, que havia desaparecido antes do café da manhã.

Ele nunca se sentira menos animado.

Desceu da carruagem no silêncio assustador da praça congelada e vazia, pois os moradores da região havia muito tinham partido para o campo, para as festas de Natal. A casa de Constance estaria repleta de decorações festivas, com plantas e iluminada por velas. Estaria perfurmada com canela, incenso e ganso assado. A longa mesa estaria repleta de órfãos, solteiros e viúvas que a irmã reunia todos os anos na véspera de Natal, quando o restante da cidade se retirava para os confortos do lar e da família. E cada um deles estaria ansioso para saber o que acontecera com a esposa de Archer.

Não faço a menor ideia. Por favor, me diga se conseguir localizá-la. Feliz Natal.

Ele não tinha nenhuma razão para suspeitar que ela tivesse mudado de ideia e o deixado. Poppy não fizera nenhum pronunciamento grandioso, nem empacotara suas coisas em um baú.

Ainda assim, ele não conseguia se livrar da sensação de que o dia anterior tinha sido uma espécie de conto de fadas criado por ele. Que ele acordara e descobrira que fora um sonho.

Uma carruagem imponente e dourada parou atrás da dele, salpicando a lama fria em suas botas já geladas. Ele reconheceu o brasão de Rosecroft e gemeu. Sua prima, que não via Poppy desde o casamento, iria querer saber onde ela estava.

Rosecroft ajudou Hilary a descer, seguida por uma ama carregando seu filho vestido em veludo e renda. O conde de Apthorp ia na retaguarda. Pelo menos alguém o igualaria em falta de humor naquela noite.

– O que está fazendo na cidade? – perguntou Archer a Rosecroft, depois da troca de amabilidades. – Me disseram que as famílias decentes partem no primeiro dia do Advento.

– Tínhamos planejado passar as férias no campo, mas fomos apanhados pela neve. Sua irmã convenceu minha esposa a ficar para o jantar.

– Lady Constance está planejando uma surpresa. Suponho que ela não o tenha informado de seus planos, não é? – perguntou Hilary.

Com toda a certeza, Constance não o fizera. No ano anterior, houvera uma encenação do nascimento de Jesus representada por um grande número de atrizes em roupas nada cristãs. Dois anos antes, a surpresa fora um macaco treinado tocando hinos em um órgão.

– Minha irmã há muito aprendeu a não me favorecer com o conhecimento prévio de sua ostentação. Ela sabe que isso só me faz querer manter distância. Sobretudo depois do incidente com os bailarinos de ópera.

Apthorp ficou boquiaberto.

– Bailarinos de ópera. No *Natal*?

Rosecroft bateu nas costas dele.

– Calma, rapaz. Você ainda terá a chance de ver a *Noite de Reis*.

Uma mulher loura com um penteado extravagante surgiu em uma janela no andar superior e acenou para eles freneticamente, exibindo as luvas bordadas a ouro.

– Feliz Natal, meus queridos! – entoou Constance para eles, balançando-se pela janela. – Entrem, entrem, depressa! Vocês têm que ver a surpresa!

– Lady Constance está muito bonita, não está? – comentou Hilary com Apthorp em voz baixa. – Nossa temporada em Paris foi muito boa para ela. Creio que esta será a sua última temporada como uma dama solteira.

Deus o ajudasse. Então esse era o motivo de a prima colocar de lado a habitual viagem de sua família para o sul: fazer o papel de casamenteira. E casar Constance com Apthorp, de todas as pessoas. Hilary estava louca? Apthorp era um tipo estável, porém mais rígido do que uma perna de carneiro congelada e igualmente sem humor. Constance iria espalhar sua geleia de rosas favorita pelo pobre rapaz e o devoraria com torradas, mas ficaria entediada demais e o cuspiria fora ainda na metade da refeição.

Apthorp olhou de forma cautelosa para o alegre rosto à janela.

– Lady Constance – respondeu ele a Hilary – está a centímetros de quebrar o pescoço. Sugiro que entremos antes que ela caia e morra.

– Onde está a bela duquesa esta noite? – perguntou Rosecroft quando entraram. – Vieram separados?

Ali estava a pergunta inevitável.

– Minha mulher está indisposta – murmurou ele.

Ela deveria juntar-se a ele ali. Se não aparecesse dentro de uma hora, ele sairia para procurá-la.

Um par de criados abriu as portas do átrio e os pensamentos sombrios de Archer foram interrompidos pelo cheiro tonificante e cáustico de sempre-vivas. Era o perfume do bosque de abetos ingleses de sua esposa.

Ele parou na entrada, inalando.

E então viu a surpresa.

À sua volta, por toda parte, frondes de verde. Arcos grossos e perfumados pendurados ao longo das paredes, espiralando em direção ao teto e descendo pelas laterais do cômodo, de tal forma que se sentar à mesa de jantar era se sentar dentro de uma floresta de inverno. Era, de fato, notável. Mas ele só tinha olhos para a mulher vestida em cetim verde mexendo em um galho de visco solto.

– Cavendish – disse ele, a voz entrecortada.

Ela exibiu um sorriso radiante.

– Está atrasado. O convite era para as seis.

Ele não se importou que estivesse cercado por diversas pessoas, incluindo sua irmã e seu afilhado. Aproximou-se a passos largos da esposa, ergueu-a contra uma coluna e a beijou apaixonadamente.

– Bem, boa noite – disse ela. – Imagino que a culpa seja minha, por pendurar tantos viscos.

– Maldita seja, eu estava preocupado que você tivesse me *deixado* – sussurrou ele, entre os beijos que deixava em sua testa, sua sobrancelha, suas maçãs do rosto, sua boca.

– Só fui buscar seu presente de Natal. E, quando descobrir o que é, acredito que vai achar que minha ausência valeu a pena.

– Você poderia ter deixado um *bilhete* – disse ele, furioso, contra a clavícula dela.

Ele colocou a cabeça no peito dela e torceu para que ninguém visse que ele estava sutilmente, muito sutilmente, chorando de alívio.

– Minha Nossa, esses dois – ouviu Hilary dizer com uma distinta nota de diversão. – Cenas de recém-casados. Será que tiveram um momento de descanso?

Ele não se deu o trabalho de responder, pois estava beijando o ombro da esposa.

– De fato. Eu não tinha ideia de que o casamento poderia envolver tal teatralidade – comentou Constance, maravilhada. – Vou ter que encontrar um marido agora mesmo.

– Sem dúvida você deve – garantiu Hilary, sorrindo de modo expressivo para Apthorp.

Archer finalmente pôs a esposa no chão, convencido de que ela não pretendia fugir do país para escapar dele.

– Eu te amo – disse ele, alto o suficiente para todos ouvirem.

– Ele acabou de dizer que a *ama*? – perguntou Rosecroft em voz alta.

– Aquilo no olho dele é uma lágrima? – entoou Constance, admirada.

– E pensar que, até hoje, eu mal o via rir – falou Hilary, pensativa. – Muitos disseram que nem era possível.

Archer se virou para todos eles e os brindou com um sorriso sereno.

– Eu amo minha esposa. Com fervor. Agora eu gentilmente convido vocês a nos deixar para que eu possa demonstrar a ela exatamente quanto.

No futuro, quando recordasse sua vida, Archer lembraria que, naquelas primeiras manhãs em Hammersmith, na casa que se tornaria o lar de sua família, o ar tinha cheiro de rosas e alecrim fresco.

O quarto de Poppy – o quarto *deles*, corrigiu-se ao acordar na manhã de Natal, pois não tinha intenção de deixá-la dormir sozinha nunca mais – continuava quente e fragrante com o cheiro dela, mas ela não estava lá.

Desta vez, cuidando da sensibilidade do marido, Poppy deixara um bilhete ao lado dele em seu travesseiro.

Seu presente de Natal está na biblioteca.

Ele se enrolou em um roupão, bocejou e desceu as escadas.

– Você vai me deixar em frangalhos com esse seu entusiasmo por acordar tão cedo – gritou ele ao entrar na biblioteca.

Porém a esposa não estava lá. O aposento estava vazio. Havia uma caixinha embrulhada sobre a mesa dela, com o nome dele escrito na pequena etiqueta.

Dentro da caixa outro bilhete: *Você vai encontrar seu presente no armário sob a estante.*

Os pelos do pescoço dele se eriçaram. Abriu o armário e olhou lá dentro. Na prateleira estava um pequeno chicote de couro, com tiras curtas e macias e um cabo de prata trabalhado – feminino e delicado, em nada parecido com o de Elena. Encontrou também quatro feixes torcidos de fita de veludo resistente, do tipo usado para prender mãos e pernas sem escoriação. Havia ainda uma chibata de varas de bétulas verdes frescas, mergulhadas em água numa bacia esmaltada que ele reconheceu do galpão de Poppy. E, ao lado deles, um livro fino, encadernado em couro, gravado com as palavras *Les Interdits*.

Ele o abriu na primeira página, onde encontrou uma nota.

Archer,

Gostaria de propor um acordo cordial. Espero ansiosamente por uma vida feliz recriando quaisquer imagens que lhe agradem. E você vai me manter acordada até tarde da noite explorando as que me agradam.

Com todo o meu amor,

Poppy

Foi só mais tarde naquela manhã, enquanto dormia preguiçosamente nos braços do marido, que Poppy percebeu por que se sentia tão feliz.

Tinha sido depois que ela encontrara Archer na biblioteca usando nada mais do que seu roupão e uma expressão gratificante no rosto, folheando um livro de gravuras eróticas tão chocantes que só poderia ter saído de um endereço particular na Charlotte Street. Depois que ela pegara o livro e confessara ao marido seu grande interesse pelas ilustrações IX e XIV. Depois de Archer ter sugerido que, para que eles as recriassem, ela o fizesse *merecer* o privilégio de seus favores. Depois de Poppy ter sussurrado que um homem que planejava fazer coisas tão indescritíveis com ela sem dúvida merecia ficar de joelhos. Depois que ele gemera sob o estalo de um lindo galho de bétula verde do seu jardim e gozara deliciosamente. Depois que ele a levara para a cama e ela permitira que ele retribuísse o favor.

Não tinha que ser uma luta, ela percebeu. Poderia simplesmente ser um presente.

O marido a puxou na sua direção, tirou os grampos que seguravam seu cabelo e o deixou cair em torno dos ombros.

– Veja só, você é a imagem da inocência – disse ele, a voz um murmúrio rouco e exausto, cheia de aprovação.

E ela era. Exceto por um cordão de couro preto ao redor do pescoço e uma chave de ferro que caía entre seus seios.

Ele a puxou para si.

– Eu te amo, Cavendish.

– Me mostre, Vossa Graça – sussurrou ela.

E ele o fez.

Epílogo

Constance desceu da carruagem no gramado da casa de seu irmão e da cunhada em Hammersmith. A relva estava coberta com flores do início de agosto e com os insetos insuportáveis que elas atraíam. Constance soltou um gritinho e tentou se defender de uma abelha com o leque. Um grupo de jardineiras contratadas por Poppy riu baixinho ao testemunhar a cena enquanto passavam com um carrinho carregado de flores roxas.

Que curioso. Seria de se pensar que, dado o importante evento que acontecera ali naquela manhã, o lugar estaria calmo e silencioso em homenagem à ocasião abençoada. Mas Archer e Poppy celebrariam o nascimento de sua primeira criança com um pouco mais de seu passatempo favorito: trabalho.

Alison a recebeu à porta com uma expressão decididamente emocionada. Pelo menos alguém ali reconhecia um milagre quando o via. E seu irmão morando em uma casa fervilhante de cor e desordem, com uma esposa por quem estava apaixonado e um bebê saudável no berço, era de fato um milagre.

Ela se jogou nos braços de Alison.

– Minha sobrinha é incrível?

– Incrível – confirmou ele, desembaraçando-se educadamente de seu abraço como mordomos estavam habituados a fazer quando jovens senhoras excessivamente emotivas os atacavam. – Eles estão no quarto de dormir de Sua Graça esperando pela senhora.

– Pode deixar, não precisa me acompanhar.

A casa era bem-arejada, tinha cheiro de coisas em crescimento e irradiava luz. À porta de Poppy, Constance parou.

Que visão!

Nunca Constance havia imaginado seu irmão em uma cena imbuída de tamanha tranquilidade doméstica. No entanto, lá estava ele, sentado numa cadeira debaixo da janela, aninhando um bebezinho nos braços. Tão natural que se pensaria que ele tinha nascido para ninar bebês.

Ela planejara dizer algo espirituoso, mas, ao invés disso – malditos fossem ela e seu coração sentimental –, começou a chorar.

– Ah, meu Deus! – exclamou, fungando. – Ah, meu Deus, deixe-me vê-la.

Archer a fitou com um sorriso e acenou para que ela se aproximasse.

Constance se inclinou para ver a criatura sonolenta nos braços dele. A criança tinha narizinho achatado e um tufo de cabelo escuro e desgrenhado – claramente filha de Poppy. O bebê abriu os olhos, apenas uma fresta, e eles eram castanhos, iguais aos de Archer.

A tia colocou os lábios na lanugem da cabeça minúscula da criança.

– Ela é a própria perfeição! – entoou.

Poppy e Archer riram, mas Constance não conseguia evitar: continuou chorando. Archer entregou o bebê a Poppy e passou um braço ao redor dos ombros da irmã.

– O que foi? Angustiada por não ser mais o bebê da família?

Para mérito de Constance, ao menos dessa vez ela não se utilizou de artifícios.

– É que agora sinto que somos uma família. Estou tão feliz!

Archer a puxou para um dos abraços fortes que ele passara a lhe dar com muita frequência nos últimos tempos.

– Constance, nós sempre fomos uma família.

A irmã o abraçou também e chorou em seu ombro. Talvez ele tivesse razão. Só que, antes da chegada de Poppy Cavendish, eles não eram felizes.

Quando ela finalmente se recompôs, o irmão a levou até a cadeira, entregou-lhe um cobertor e permitiu que ela segurasse sua filha, mantendo-se ao seu lado o tempo todo, para o caso de ela não estar à altura da tarefa. Verdade fosse dita, até aquele dia Constance nunca tinha tocado em um bebê tão novo e pequeno e certamente nunca quisera.

– Como vão chamá-la?

– Pluméria – disse Poppy.

– Que nome glorioso! Eu não esperava que meu irmão permitisse que você desse a ela um nome tão extravagante. No meu tempo ele era uma figura muito severa e sem alegria.

– Foi Archer quem o escolheu – contou Poppy, com um sorriso misterioso.

Constance se virou para o irmão devidamente chocada. Ele apenas deu de ombros.

– É um prazer conhecê-la, lady Pluméria – disse ela perto dos lábios rosados incrivelmente perfeitos do bebê. – Nós duas vamos nos meter em muitas confusões juntas. Na verdade, vou começar a planejar o seu batizado. Vamos deslumbrá-los, não vamos?

Constance suspirou ao pensar em todas as festas que deviam ser organizadas antes que partisse para Paris.

– Vai ser um outono muito agitado. Estou desesperada com todos os meus planos.

– Estamos em agosto – lembrou Archer. – Faltam meses para a temporada de eventos sociais.

– Eu sei! Quase não há mais tempo. Tenho um pequeno projeto em mente, sabe, e coisas assim têm que ser feitas delicadamente.

– Devo me atrever a perguntar o que isso significa? – perguntou Archer a Poppy.

– Vocês se lembram da minha amiga Srta. Bastian? – indagou Constance.

– Sem dúvida – disse Archer.

Seus olhos adquiriram um brilho engraçado, na certa lembrando que um dia fizera o plano esdrúxulo de se casar com ela, até que sua linda irmã tivera o bom senso de salvá-lo.

Constance sorriu para ele por cima da cabeça do bebê.

– Decidi casá-la com Apthorp.

– Casá-la com Apthorp! – repetiu Poppy, rindo. – Você fala como se os dois não tivessem escolha.

Archer, que conhecia os poderes da irmã, não achou a ideia tão divertida nem impossível.

– Qualquer conspiração que você esteja tramando, por favor, me dê sua palavra de que não vai colocar a pobre garota em apuros – pediu ele.

– Claro que não! – objetou ela, como se não tivesse procedido de tal forma com Poppy.

Contudo, suas ações não tinham levado àquela exibição chocante de felicidade? Ela queria que o irmão parasse de questioná-la e aceitasse que ela era dotada de um talento especial para encaminhar as pessoas ao seu destino. No fim das contas, ela trabalhava a serviço do amor. Era preciso colocar torrões de terra no caminho para dar às sementes do romance um lugar para florescer. Constance não poderia ser culpada se pessoas desprevenidas às vezes se machucassem ao escorregar neles.

– Só usarei o poder da sugestão – assegurou ela, sem faltar inteiramente à verdade. – Mas vocês devem concordar que algo tem que ser feito sobre Apthorp. Graças ao seu valioso projeto de vias navegáveis, ele está sempre por perto, tedioso e inconveniente. E, como você está ocupado, sou *eu* quem fica encarregada de ouvir suas opiniões sobre cães e coletes. Dada a sua afeição por conversas amenas, a tagarelice de Gillian sem dúvida o encantará. Além disso, seria um golpe requintado para ela agarrar um conde. E você sabe como adoro encenar um golpe.

– Posso dar uma sugestão? – perguntou Archer.

– É claro.

– Não faça isso. Apthorp não é tão inofensivo quanto parece.

– Eu concordo, ele é perfeitamente mortal.

Ela tocou no nariz do bebê.

– Ou seja – disse ela à criança –, suas *tentativas de conversar* são mortais.

– Você tem muito tempo livre – disse o irmão. – Eu deveria colocá-la para trabalhar no meu escritório.

– Não, deixe-me levá-la para o horto – interveio Poppy. – Ela pode usar seu dom com as palavras para lidar com toda a minha terrível correspondência.

Eles trocaram um olhar de perfeita compreensão. Pela forma como terminavam as frases um do outro, seria de imaginar que compartilhassem o mesmo cérebro.

Constance revirou os olhos para ambos. A desvantagem de juntar casais e fazê-los se apaixonarem perdidamente era que depois eles podiam unir forças para importuná-la.

– Zombem de mim se quiserem, mas eu teria muito menos tempo à minha disposição se vocês não me proibissem de mexericar. Só porque fui muito obediente e virtuosa é que me encontro à toa.

– Certamente é possível fazer bom uso dos seus talentos. Por que não escreve alguma coisa? – sugeriu Poppy. – Como poesia. Ou uma peça de teatro.

Constance levou um dedo aos lábios.

– Sabe, pequena Plum – disse ela, pensativa –, eu realmente acho que devo ser assustadoramente boa nisso.

Agradecimentos

S ou grata à minha encantadora, gentil e inteligente agente, Sarah Younger, e à agência literária Nancy Yost por ajudarem a colocar este livro no mundo. Agradeço ao meu editor, Peter Sentfleben, por entender minha visão e também por insistir que eu removesse aquela trama secundária clichê sobre o vilão maléfico. (Descanse em paz.) Obrigada à minha copidesque, Michele Alpern, pela mão delicada mas precisa em rastrear alterações, e a Kerry Hynds pela capa esplêndida e pela paciência com minhas particularidades a respeito de fontes. Um obrigada também a DoyDoy e Emily pelas conversas revigorantes e leituras iniciais. Agradeço à Romance Writers of America pelo Golden Heart; por favor, não acabem com ele, é tão radical. Meus agradecimentos aos Rebelles por sua camaradagem e conselhos e a todos os amigos e escritores que ajudaram a melhorar este livro – devo um vinho a cada um de vocês. Obrigada à minha assistente editorial, Nonie, que é uma gata. Obrigada, Londres. Já estou com saudades.

E obrigada ao meu marido. Ei, ainda estamos casados! Olha que legal.

LEIA UM TRECHO DO PRÓXIMO LIVRO DA SÉRIE

O conde que eu arruinei

– Céus, Apthorp, que lugar é este? – perguntou lady Constance Stonewell, estranhando a umidade. – Tremont disse que você tinha se hospedado em Apthorp Hall, mas não mencionou que o lugar estava abandonado.

Julian Haywood, conde de Apthorp, só conseguia encará-la horrorizado.

Acima deles, as velhas tábuas do assoalho se assentavam com um rangido assustador e uma aranha grande, uma falsa viúva-negra, caiou de um candelabro enferrujado na mão enluvada de Constance.

Ela ergueu uma sobrancelha loura e tirou o inseto.

– Diga-me, foram os fantasmas que o atraíram para cá ou as aranhas?

Ele por fim encontrou a própria voz.

– A senhorita *não deve* ficar. Temos que tirá-la daqui. Vou conseguir uma liteira para levá-la para casa.

Ela abanou a mão, descartando a ideia.

– Não é preciso. Meu cocheiro está esperando nas estrebarias. Eu disse a ele que demoraria uma hora. Preciso lhe falar. Há algum lugar mais… arrumado… onde possamos conversar um pouco?

– Constance! – falou ele, mais enfaticamente do que seria educado, esperando que o uso indevido de seu nome de batismo a surpreendesse a ponto de fazer com que o ouvisse. – Você *precisa* ir embora. Agora mesmo.

Em resposta, ela levantou a cabeça, intrigada, inclinou-se na direção dele e inspirou o ar. Os olhos dela se iluminaram com o brilho travesso que a tornara uma presença tão polêmica nas salas de visita mais aristocráticas da nação.

– Apthorp – disse ela, com um sorriso irônico. – Você andou bebendo?

– Não tanto quanto eu gostaria – murmurou ele. – Por favor, você tem que sair.

Ela riu como se ele tivesse contado uma piada engraçadíssima e permaneceu onde estava.

Doía olhar para ela: de pé naquela cozinha imunda com seus olhos risonhos e seu lindo vestido amarelo, o cabelo claro encaracolando na umidade.

Tinha que *salvá-la*.

– Venha comigo lá para cima – disse ele, com urgência. – Se você se acomodar em uma liteira e mantiver as cortinas fechadas, ninguém vai saber que esteve aqui.

– Muito bem, se insiste. Mas, primeiro, preciso dizer algo.

Ele respirou fundo, uma respiração trêmula. Havia uma única explicação para sua resistência: ela não devia ter visto os jornais. O que, de acordo com sua sorte, faria daquele dia a *única vez na história* em que lady Constance Stonewell não fora a primeira a se inteirar de cada fragmento de fofoca em ambos os continentes.

Ele precisava fazer o que a honra exigia.

Algo infeliz, *humilhante*, mas honroso.

Tinha que contar a ela o que andavam dizendo sobre ele.

Ele se agarrou ao último fragmento de dignidade.

– Lady Constance, espero que me perdoe por falar de assuntos impróprios, mas houve um escândalo. Se alguém vier a saber que esteve aqui, a senhorita estaria...

– Tão arruinada quanto você? – completou ela, de forma alegre.

Ele se recostou na porta.

– Então a senhorita sabe. Claro que sabe. Todo mundo sabe.

A diversão nos olhos dela desapareceu e ela soltou um suspiro trêmulo.

– Não exatamente. Eu sei porque fui eu quem escreveu o poema. "Santos & sátiros" é de minha autoria.

Ela fez um pequeno movimento com a cabeça e ficou imóvel com um sorriso forçado de culpa, piscando como se ela mesma não pudesse acreditar.

A urgência de Apthorp para tirá-la de sua casa por qualquer meio necessário foi subitamente substituída por uma espécie de silêncio. Um silêncio que começou em seus ossos e se apoderou do sangue. O tipo de silêncio que o corpo fazia quando a cabeça precisava de toda a energia disponível para dar sentido ao que tinha acabado de ouvir.

Aquela afirmação não podia – *não deveria* – ser verdade.

Ele nunca tinha implorado por nada na vida. Era orgulhoso demais.

Contudo, naquele dia, naquele momento, só pôde sussurrar uma súplica:

– Me diga que eu a ouvi mal.

Constance o fitou nos olhos, mas logo desviou o olhar para o lado.

– Creio que deva estar muito irritado comigo – disse ela em voz baixa.

"Irritado" não era a palavra certa.

Nauseado, ele se agarrou à mesa empoeirada.

Ela contornou o móvel, aproximando-se, a bainha amarelo-clara do vestido juntando cotões de poeira enquanto se arrastava pelas tábuas sujas do assoalho.

Dizia algo enquanto se aproximava, num tom estridente e apressado que ele mal entendia.

– Eu realmente não queria lhe fazer mal! Pensei que estava evitando um desastre. Por outro lado, o que é desastroso para a Srta. Bastian não é bem o que é desastroso para *você* e, de qualquer modo, foi um acidente. Eu me arrependo agora, mas nem tudo está perdido porque…

Ela estava divagando, mas sua incoerência pouco importava. O coração dele estava tão partido que ele teria dificuldade para entendê-la ainda que ela dissesse o nome dele.

– Por que veio aqui? – indagou ele, com a voz rouca.

Ouviu a angústia na própria voz e não se importou que ela notasse também, porque, pela primeira vez na vida, não dava a mínima para o que ela pensasse dele.

Lady Constance se virou e olhou para ele com grandes olhos azuis afáveis e melancólicos.

– Para consertar as coisas – sussurrou ela.

Então, como por magia, a luz em seus olhos endureceu, transformando-se no luminoso clarão cor de cobalto que ele tantas vezes tinha admirado: um olhar de determinação feroz, ardente.

– Sr. Apthorp, estou aqui para fazer o que a integridade exige quando as ações de alguém, mesmo que inadvertidamente, arruínam a reputação de outra pessoa. Vim lhe oferecer minha mão em casamento.

Para saber mais sobre os títulos e autores da Editora Arqueiro,
visite o nosso site e siga as nossas redes sociais.
Além de informações sobre os próximos lançamentos,
você terá acesso a conteúdos exclusivos
e poderá participar de promoções e sorteios.

editoraarqueiro.com.br